# Nuestras diosas

Fátima Gordillo Santiago

# Nuestras diosas

## De las venus paleolíticas a las vírgenes negras

Orígenes, simbolismo y continuidad de los cultos femeninos desde la antigüedad europea

EDICIONES OBELISCO

Si este libro le ha interesado y desea que le mantengamos informado de nuestras publicaciones, escríbanos indicándonos qué temas son de su interés (Astrología, Autoayuda, Ciencias Ocultas, Artes Marciales, Naturismo, Espiritualidad, Tradición...) y gustosamente le complaceremos.

Puede consultar nuestro catálogo en www.edicionesobelisco.com

**Colección Esoterismo**
NUESTRAS DIOSAS. DE LAS VENUS PALEOLÍTICAS A LAS VÍRGENES NEGRAS.
*Fátima Gordillo Santiago*

1.ª edición: marzo de 2025

Corrección: *M.ª Ángeles Olivera*
Diseño de cubierta: *Enrique Iborra*



Edita: Ediciones Obelisco, S. L.
Collita, 23-25. Pol. Ind. Molí de la Bastida
08191 Rubí - Barcelona - España
Tel. 93 309 85 25
E-mail: info@edicionesobelisco.com

ISBN: 978-84-1172-234-6
DL B 18644-2024

Impreso en los talleres gráficos de Romanyà/Valls S. A.
Verdaguer, 1 - 08786 Capellades - Barcelona

*Printed in Spain*

*A Roberto, mi marido,*
*por estar siempre a pesar de todo.*

*A Laura W.,*
*que ahora está junto a la Madre.*

*«Somos como el fuego que duerme en la rama seca o en el pedernal,*
*y luchamos e intentamos encontrar en todo momento*
*el fin de nuestra estrecha prisión.*
*Pero acaban llegando los momentos de la liberación*
*que compensan siglos de lucha, momentos en que lo divino*
*sale de su celda, en que la llama se desprende de la madera*
*y se eleva victoriosa sobre las cenizas, en que nos parece*
*que el espíritu libre, olvidadas las penas y la servidumbre,*
*vuelve en triunfo a las galerías del sol».*

*Hölderlin*

# INTRODUCCIÓN

El libro que tiene en las manos ha sido escrito y reescrito varias veces. Esta versión no es la primera ni la segunda... ni la tercera. Inicialmente, la idea de este trabajo era hacer un recorrido por las vírgenes negras en España, hablando de su historia, simbolismo, iconografía, etc. Sin embargo, después de llegar al final del primer capítulo, al investigar las relaciones del culto mariano con el de los femeninos paganos, en especial gracias a los trabajos de Marija Gimbutas, me di cuenta de que iniciar la historia de las vírgenes negras en los orígenes del cristianismo y en las influencias paganas que tuvo inevitablemente en sus primeros siglos de vida, era quedarse muy muy corto.

Cuando hablamos de culto mariano da la impresión de que se trata de algo en exclusiva cristiano, y no de todos los cristianos. Incluso si nos referimos a las influencias de Isis o de Cibeles, asumiremos que se trata de deidades diferentes, sin relación alguna entre ellas, cuando la verdad es justo lo contrario. La realidad es que los cultos femeninos que se documentan en la época paleolítica fueron el germen, el inicio de todos los cultos femeninos que vinieron después. La gran mayoría de la iconografía, la mitología, los atributos y la simbología de aquellas primeras deidades se transfirieron a las distintas versiones que fueron apareciendo a lo largo del tiempo. La gestación de la Gran Diosa como idea es la fuente de la que beben todas las diosas o cultos femeninos. Creer que Atenea no es lo mismo que Hera porque una era una virgen guerrera y la otra la protectora de los matrimonios y los compromisos, o que Isis no es lo mismo que la Virgen María porque Isis era diosa de la magia, esposa de Osiris, mientras que María no es una diosa, sino una mortal elegida para ser la madre de Dios encarnado, es una visión en extremo limitada, que apenas logra arañar la superficie de lo que han representado para la humanidad los cultos femeninos que, además, en sus orígenes, podían integrar también lo masculino a través de un aspecto andrógino.

Lo que llamamos «cultos femeninos» obedece a la naturaleza intrínseca de lo humano y, como tal, no son puramente femeninos, sino que en muchas ocasiones lo que encontramos al estudiarlos es cierta ambigüedad, donde lo masculino y lo femenino están presentes de alguna manera, juntos y polares pero armonizados. Una de las grandes aportaciones de **Gimbutas**[1] a la interpretación de las sociedades paleolíticas y neolíticas ha sido romper con la idea tradicional de que nuestra sociedad patriarcal es la evolución y contraposición a las primitivas sociedades matriarcales, entendidas como lo contrario la una de la otra. Es decir, si en las sociedades patriarcales el poder lo ostenta el hombre y es el hombre el que domina a las mujeres, en las sociedades matriarcales es la mujer la que tiene el poder y la que domina al hombre. Sin negar que existan o hayan existido sociedades matriarcales, lo que Gimbutas descubrió fue que, en gran medida, los grupos humanos anteriores al patriarcado no eran matriarcales, sino sociedades donde la mujer tenía un rol importante dentro de la sociedad, pero sin que eso fuera en detrimento de los hombres, es decir, lo femenino era importante sin ser lo dominante, porque la naturaleza se entendía como un contexto sagrado en el que la dualidad era omnipresente y estaba siempre armonizada, y la sociedad, como reflejo de esa naturaleza, intentaba imitarla. Así, los cultos femeninos no lo eran por estar centrados en la mujer o ser exclusivos de ella, sino porque atendían a un principio de cooperación que no excluía las partes, sino que las integraba. Ése ha sido, en la gran mayoría de las deidades femeninas que han pervivido hasta nuestros días bajo otros nombres y otras representaciones, el valor principal: la concordia, la armonía, la mediación, el puente, la integración y, en definitiva, la llamada a la unidad.

Tras vislumbrar todo esto, no me era posible hablar de las vírgenes negras (o de las vírgenes sencillamente) como un ente aislado, diferenciado o exclusivo de una época y de una cultura. Los cultos femeninos

1. Marija Gimbutas, arqueóloga y antropóloga lituana que introdujo en sus investigaciones el estudio de la lingüística y los mitos para tener una mejor interpretación de los contextos culturales de la Edad del Bronce en la «vieja Europa».

y los masculinos pertenecen a todas las épocas y a todos los pueblos pasados, presentes y futuros; pertenecen al imaginario colectivo humano, es una percepción innata que, cada vez que se ha intentando aplastar o ignorar a lo largo de la historia, ha vuelto a surgir con la misma o más fuerza, como cuando se intenta hundir una boya bajo el agua.

La idea central de este libro, donde abundan las palabras, las fechas y los datos es, en el fondo, muy sencilla. Se trata de la continuidad. No en el sentido de una cultura que acaba pasado un tiempo, de dioses que desaparecen y, en su lugar, aparecen otras culturas con otros dioses semejantes. No es una continuidad de gentes diversas con sus distintos intereses y cultos. Hablamos del hilo que une a todos los seres desde el principio de la historia como las cuentas de un collar. Si bien los romanos pueden parecernos muy diferentes de los hindúes, de los escitas o de las personas que pintaron Altamira, lo cierto es que sus intereses, sus inquietudes y sus precepciones de lo trascendente no eran tan distintas. En lo que llamamos ser humano hay una esencia que se reviste de formas culturales o religiosas aparentemente distintas a lo largo del tiempo y el espacio, pero hay algo en todo eso que continúa, que sigue vivo y latiendo desde que el primer humano tomó conciencia de sí mismo hasta ahora.

Imagino que el orden en que está planteado este libro puede resultar un tanto extraño, pero tiene una razón de ser. En el primer capítulo abordamos lo que, de seguir una trayectoria lineal, sería casi el final. Sin embargo, la decisión de ubicarlo al principio obedece a que, para la gran mayoría de los lectores, seguramente, la historia del culto mariano será, a la vez, lo más conocido y lo más desconocido. En este capítulo encontrará muchas historias familiares y, luego, orígenes y razones que es posible que no supiera. Con esto queremos abrir la mentalidad del lector a lo que vendrá después, pues, si es capaz de sorprenderse sin airarse, si eso le incita a buscar más información, a leer otros libros y a mirar las imágenes de la Virgen con una visión más amplia, continuar el recorrido por los siguientes capítulos será algo más fácil.

Fátima Gordillo Santiago

# PRIMERA PARTE

# 1

# ORIGEN DEL CULTO MARIANO

A poco que echemos un ojo al calendario de celebraciones y fiestas populares de los pueblos católicos, nos costará entender que hubo un tiempo en el que el culto a María era prácticamente inexistente. De hecho, hasta finales del siglo XI y a lo largo del XII, no se produjo la explosión y expansión del culto mariano tal y como lo conocemos hoy, sobre todo gracias a san Bernardo de Claraval, sobrino, por cierto, de uno de los nueve fundadores de la orden del Temple y redactor de la regla de los caballeros.

El cristianismo nace dentro de judaísmo, una cultura de tradición en esencia patrilineal y monoteísta, donde la deidad, aunque no tiene representaciones, es valorada en las expresiones lingüísticas como masculina: es *el Señor Dios*, el Creador, el Vengador, el Señor de la promesa, El que bendice y maldice, El que otorga la ley… Sin embargo, en la historia del pueblo judío no siempre fue así. Como pueblo semítico del Levante mediterráneo, nómada en su inicio, convivieron y compartieron los cultos de la época y de las zonas donde se establecían. Así, en Jeremías 7-17 se lee lo siguiente:

> ¿No ves lo que hacen en las ciudades de Judá y en las calles de Jerusalén? Los niños recogen leña y los padres encienden el fuego, las mujeres amasan la pasta para hacer tortas a la Reina del cielo; vierten libaciones en honor a dioses extranjeros para irritarme.

El entorno en que se desarrolló el pueblo judío era fundamentalmente politeísta y contaba entre sus cultos con una amplia diversidad de deidades, tanto masculinas como femeninas, a las que no fueron ajenos en etapas tempranas de la creación identitaria hebrea. Los arqueólogos Israel Finkelstein y Neil Asher Silberman, en el libro *La Biblia desenterrada,* hacen un interesante análisis de la Biblia a la luz de las pruebas arqueológicas, y revelan, entre otras cosas, cómo y por qué se consolidó el culto a Yavéh como única deidad del pueblo judío:

> El núcleo histórico de la Biblia nació en el bullicio de las atestadas calles de Jerusalén, en los patios del palacio real de la dinastía davídica y en el Templo del Dios de Israel. En fuerte contraste con los incontables santuarios de Oriente Próximo y su buena disposición ecuménica para mantener relaciones internacionales mediante la veneración de deidades y símbolos religiosos de sus aliados, el Templo de Jerusalén se mantuvo porfiadamente solo. Como reacción a la rapidez y amplitud de los cambios provocados en Judá desde fuera, los dirigentes jerusalemitas del siglo VII,[1] encabezados por el rey Josías –descendiente del rey David en la decimosexta generación–, declararon anatema cualquier rastro del culto extranjero, por considerarlo, de hecho, causa de las calamidades que afectaban a Judá por aquellas fechas, y emprendieron una vigorosa campaña de purificación religiosa en las zonas rurales, ordenando la destrucción de santuarios y declarándolos origen del mal. A partir de ese momento, el Templo de Jerusalén, con su santuario interior –el *sancta sanctorum*–, el altar y los patios circundantes, situado en lo alto de la ciudad, sería reconocido como el *único* lugar legítimo de culto para el pueblo de Israel. Con aquella innovación había nacido el monoteísmo moderno.

Esta decisión política fue movida, según Finkelstein y Silberman, por la ambición de Josías y su deseo de convertirse en el rey de un único pueblo que agrupara a todas las tribus de Israel bajo un único mandato, para lo que fue muy útil crear un relato de cohesión, un «ancla espiritual», como lo definen los autores, «no sólo de los descendientes del

1. Antes de Cristo, se entiende.

pueblo de Judá, sino también de las comunidades extendidas por el mundo». Esa ancla surgió de una amalgama unificada con un intencional hilo narrativo de escritos sagrados, textos históricos, leyendas, cuentos populares, anécdotas, profecías, propaganda monárquica, antiguos poemas y relatos épicos. No olvidemos que Jeremías fue profeta en tiempos de Josías. El resultado fue un texto apologético, que otorgaba respaldo divino a la erradicación de cualquier culto que no fuera el del dios elegido para ser el único dios del pueblo elegido, valga la redundancia:

> ¿Acaso algún pueblo cambia de dioses? / –y eso que no son dioses–. / Pues mi pueblo ha cambiado su gloria / por dioses inútiles (Jer. 2-11).

> Tu maldad te castiga, / tu infidelidad te condena. / Experimenta y aprende / qué doloroso y amargo es / abandonar y no honrar al Señor tu Dios (Jer. 2-19).

Una de las consecuencias de la adopción de una visión monoteísta del mundo fue que se anulaba automáticamente la dualidad divina, que incluía en su esencia un principio masculino y otro femenino. En gran parte de las cosmogonías, la creación comienza a partir de la aparición de una primera pareja divina: una pareja que procede de la divinidad Una y andrógina, que da lugar a todas las demás generaciones de dioses y, como consecuencia, a la posterior creación del hombre. Así, en Egipto, del autocreado Atum-Ra surgen, primero, Shu, elemento masculino que representa la atmósfera, y Tefnut, diosa de los abismos. En el Popol Vuh están el dios Hun-Hunahpú y la virgen Ixquic, padres de los gemelos héroes de la epopeya maya. En la idea china del Tao, los principios duales del yin y el yang surgen del Taiji o unidad cósmica. En el Enûma Elish babilonio se dice:

> Cuando en lo alto los cielos no habían recibido un nombre,
> ni abajo la tierra había sido dotada de nombre alguno,
> Apsú el primero, su progenitor,
> y la madre Tiamat, la que a todos ha engendrado,
> mezclaron entre sí sus aguas.

El antropólogo Mircea Eliade, en *Lo sagrado y lo profano*, mostraba hasta qué punto no sólo lo masculino, sino también lo femenino, forman parte, indisolublemente, de la cosmovisón ancestral del ser humano:

> La mujer está, pues, solidarizada místicamente con la Tierra; el parto se representa como una variante, a escala humana, de la fertilidad telúrica. Todas las experiencias religiosas en relación con la fecundidad y el nacimiento *tienen una estructura cósmica.* La sacralidad de la mujer depende de la santidad de la Tierra. La fecundidad femenina tiene un modelo cósmico: el de la *Terra Mater*, la *Generatrix* universal.

Podríamos ilustrar de una manera amplia hasta qué punto la dualidad divina masculino-femenina ha estado viva y presente en el imaginario humano desde muy antiguo. Una visión que responde a la realidad natural del mundo, donde coexisten y conviven ambos elementos como entidades complementarias, y no opuestas y en lucha, como ahora muchas veces se nos quieren presentar. En este sentido es interesante observar cómo algunos descubrimientos recientes están cambiando la forma en la que, hasta el momento, se imaginaba la estructura de las sociedades más primitivas, donde los hombres se dedicaban a la caza y a ejercer de jefes de la tribu, mientras que las mujeres se enfocaban en la recolección y la crianza de los niños. Ahora, a raíz de diversos hallazgos en el yacimiento de Wilamaya Patjxa (Perú), se ha visto que entre el 30 y el 50 % de las mujeres no sólo eran cazadoras, sino que algunas también tenían un estatus elevado dentro de su tribu. Los estudiosos se plantean por este y otros descubrimientos similares que las mujeres cazadoras no fueron una rareza dentro de las sociedades de finales del Pleistoceno y principios del Holoceno, y que la división del trabajo por género como *establishment* fue bastante posterior y por razones que aún no se conocen muy bien. Asimismo se sabe que los artistas que ejecutaron las pinturas y demás muestras de arte rupestre fueron tanto hombres como mujeres, así como que había mujeres guerreras, que viajaban, que cazaban y que hacían muchas de las tareas que hoy se consideran propiamente masculinas, pero que no siempre ha sido así.[2]

Pero centrémonos en el culto mariano. Como parte que eran del judaísmo, los primeros cristianos en tiempos de los apóstoles mantuvieron las costumbres y tradiciones de la ley mosaica, pero también tuvieron que convivir con las costumbres paganas, algunas de fuerte influencia griega, una sociedad mucho más restrictiva con el papel social de la mujer que, básicamente, era inexistente. Con la conversión de san Pablo, el evangelio pasó de ser exclusivo de un grupo de judíos que creían que Jesús era el mesías, pero observaban las tradiciones de su pueblo, a extenderse por el mundo pagano. El tema de la virginidad de María fue uno de los que se usaron en esos primeros tiempos para atacar al cristianismo. Celso, filósofo platónico del siglo II en su *Discurso verdadero contra los cristianos*, inicia su crítica poniéndose en el papel de un judío que contesta a Jesús sobre su origen divino y la visión que se tenía de su concepción y nacimiento:

> Comenzaste por fabricar una filiación fabulosa, pretendiendo que debías tu nacimiento a una virgen. En realidad, eres originario de un lugarejo de Judea, hijo de una pobre campesina que vivía de su trabajo. Ésta, culpada de adulterio con un soldado llamado Pantero, fue rechazada por su marido, carpintero de profesión. Expulsada así y errando de acá para allá ignominiosamente, ella dio a luz en secreto. Más tarde, impelida por la miseria a emigrar, fuese a Egipto, allí alquiló sus brazos por un salario; mientras tanto tú aprendiste algunos de esos poderes mágicos de los que se ufanan los egipcios; volviste después a tu país, e, inflado por los efectos que sabías provocar, te proclamaste dios.

Lo cierto es que, durante los primeros siglos del cristianismo, María no era más que un personaje accesorio en los Evangelios. Su papel se limitaba a haber sido elegida como receptáculo por Dios y de ser, en palabras de san Ireneo de Lyon (130-202), la segunda Eva, una mujer

2. Conviene leer el libro de Marga Sánchez Romero *Prehistorias de mujeres*.

pura por medio de la cual Dios desharía el daño causado por la primera con el pecado original (aunque hasta el Concilio de Trento, en el siglo XVI, no se estableció finalmente el decreto de que María, virgen, era el único ser humano nacido sin pecado original, y cuando comenzaron a proliferar, al menos en España, infinidad de representaciones de la Inmaculada Concepción). A pesar de estas consideraciones, colaterales a la necesidad de proporcionar solidez a la encarnación del hijo de Dios, no se puede decir que fuera objeto de algún tipo de culto especial en aquellos primeros tiempos, ya que se trataba, simplemente, de una mujer. En cierto modo era una actitud habitual hacia el sexo femenino en general en aquella época, tanto en la sociedad judía como en la griega. Según explica Belkis Rogovsky, maestra de hebreo bíblico del Instituto de estudios bíblicos de Israel:

> El Talmud determina que las mujeres no debían aparecer en público pero, en caso de hacerlo, el hombre no debía entablar conversación con ella aun si fuera su esposa. En el hogar, el anfitrión de los visitantes masculinos era el hombre. Ellas comían solas y procedían a realizar las bendiciones correspondientes. [...] Un texto griego señala que una mujer que sale de su casa debe estar en un periodo de su vida en el cual aquellos que se encuentran con ella no pregunten de quién es esposa sino de quién es la madre. [...] Sabemos que era común entre los clásicos griegos mencionar que la mujer era inferior al hombre o colocarla al mismo nivel que los niños o los esclavos.

A pesar de esto, los evangelios dibujan un trato hacia las mujeres muy distinto y, de alguna forma, revolucionario por parte de Jesús. Según José María Blázquez, en *Cristianismo primitivo y religiones mistéricas*:

> La actitud de Jesús respecto a las mujeres fue avanzada si tenemos en cuenta la mentalidad de su tiempo. No rehuyó el trato con mujeres pecadoras y en general con las mujeres. Aceptó sus servicios; alabó su fe y su generosidad; las hace protagonistas de sus milagros y parábolas. Jesús amó a las mujeres.

Quizá por esto, en algunas comunidades cristianas el papel de las mujeres era más activo, algo que sin duda debió influir en el gran número de ellas que se sumó a esta doctrina en sus primeros momentos. Según Blázquez, en las cartas paulinas se mencionan mujeres que actúan como cabezas de familia, tienen riquezas propias, ejercen como comerciantes, viajan con sus esclavos e, incluso, dentro de la comunidad, bautizan sin permiso de los maridos o desempeñan el mismo papel que los varones, orando, profetizando y colaborando con el mismo Pablo en la tarea de predicar el Evangelio. En algunos textos se mencionan mujeres como fundadoras de iglesias y, en la primera carta de Pablo a los Corintios 9-5 se lee: «¿No tenemos derecho a que nos acompañe una mujer cristiana lo mismo que a los demás apóstoles, los hermanos del Señor y el mismo Pedro?». Refiriéndose, como explica Blázquez, a que los apóstoles estaban casados y sus esposas los acompañaban en la prédica del Evangelio. No en todas las ciudades fueron bien vistas estas libertades por parte de las mujeres, y la Iglesia de Roma tardó poco tiempo en prohibirles, como veremos, estas actividades dentro de las comunidades, prohibición que no tuvieron en cuenta algunos grupos cristianos.

Recordemos que la doctrina cristiana se escindió rápidamente en diversos grupos según la afinidad que tenían por unas ideas o por otras, en muchos casos en relación con la naturaleza divina y humana de Cristo y con su nacimiento de una virgen, pero también acerca del comportamiento de la mujer dentro de la Iglesia. Así, durante los siglos II y III conviven distintas formas de incluir a las mujeres dentro de las comunidades cristianas. Pablo, en su carta a los Gálatas[3] (3-28), afirma que tras el bautizo «ya no hay distinción entre judío y no judío, entre esclavo o libre, entre varón y mujer, porque todos vosotros sois uno en Cristo Jesús»; por eso, en las comunidades que estaban en la línea de Pablo era más fácil encontrar mujeres en el papel de maestras, evangelistas, curanderas, sacerdotisas o como directivas y, por la misma razón, los gnósticos valentinianos también consideraban a hombres y mujeres iguales ante Dios.

3. Los gálatas eran uno de los pueblos celtas (galos) que se asentaron en la zona de Anatolia.

Alrededor del año 200, las diferencias entre grupos se fueron decantando en un único sentido. Algunos años antes, el teólogo Marción, a quien se le considera el primer hereje del cristianismo, influido por el gnosticismo, había predicado contra la inclusión del Antiguo Testamento dentro de la doctrina cristiana, pues no consideraba que el dios judío fuera realmente Dios, sino una figura equiparable al demiurgo. Como seguidor de Pablo, Marción sitúa a las mujeres al mismo nivel que a los hombres, y no tuvo ningún problema en ofrecerles cargos de sacerdote u obispo. Asimismo, en las comunidades gnósticas marcosianas,[4] las mujeres participaban en la administración de los ritos y tenían consideración de profetisas. Ciertamente, esta posibilidad de ejercer un rol activo dentro de la vida comunitaria resultó muy atractivo para muchas mujeres, que optaron por adherirse sobre todo a estos grupos. Esto fue visto como en extremo peligroso a los ojos de otros teólogos cristianos como Tertuliano o Ireneo. Este último afirmaba, según Blázquez, «que las mujeres se sentían especialmente atraídas por los grupos heréticos», y Tertuliano, en *De cultu feminarum*, sostenía lo siguiente:

> Tú (la mujer) eres la puerta del diablo, tú eres la que tocaste aquel árbol prohibido, tú eres la primera que abandonaste la ley divina; tú destrozaste con toda facilidad al hombre Adán, que era imagen de Dios; por lo que conseguiste con ello, es decir, la muerte, tuvo que morir el hijo de Dios.

Fueron tiempos tremendamente convulsos para el cristianismo. Tiempos en los que pasó de dócil cordero a sangriento lobo, muchas veces contra sus propios hermanos. El mismo Celso se sorprende ante la cantidad y diversidad de derivaciones cristianas que había en su tiempo, una acusación que, además, no carecía de importancia, dado que el desacuerdo entre filósofos era, justamente, el argumento esgrimido por los cristianos frente al paganismo para justificar su falta de validez:

4. Seguidores de Marcos, uno de los discípulos del gnóstico Valentín.

> Resulta todavía difícil de creer que entre los cristianos, unos confiesan tener el mismo Dios que los judíos; otros lo niegan, pues afirman que el que envió al hijo es un Dios opuesto al primero. Conozco igualmente muchas otras divisiones y sectas entre ellos: los sibilistas, los simonianos, y, entre éstos, los helenianos del hombre de Helena o de Helenos, su maestro; los marcelinianos, de Marcelina; los carpocratianos, salidos unos de Salomé, otros de María, otros de Marta; los marcionistas nútrense de Marción; otros incluso se imaginan unos a tal demonio, otros a tal maestro, aquéllos a tal otro, y se sumergen en espesas tinieblas, se entregan a desdenes peores y más ultrajantes aún para la moral pública de aquellos que, en Egipto, practicaban los compañeros de Antínoo. Se injurian hasta la saciedad los unos a los otros con todas las afrentas que les pasan por las mentes, rebeldes a la menor concesión en son de paz, y están animados de un mutuo odio mortal. Todavía, estos hombres encarnizados los unos contra los otros, intercambiándose los más encarnizados ultrajes, tienen todos en la boca las mismas palabras: «El mundo fue crucificado por mí y yo soy por el mundo…».

Ante tal situación, está claro que la única solución posible era que el grupo más fuerte acabara sometiendo a los demás, lo que terminó derivando en duras escisiones en el seno de la Iglesia y no pocas luchas intestinas. Paulatinamente, a través de los distintos concilios ecuménicos, se fue perfilando una única doctrina basada en unos textos elegidos como canónicos, se dictaminaron herejías, se resolvieron algunos cismas y se decretaron las normas y los dogmas por los que deberían regirse todos los cristianos. Así fue como la Iglesia dictaminó diversas prohibiciones sobre el papel de la mujer, algunas de las cuales fueron mencionadas por Tertuliano en el siglo II: «No está permitido que una mujer hable en la Iglesia, ni le está permitido enseñar, ni bautizar, ni ofrecer la eucaristía, ni reclamar para sí una participación de alguna función masculina […] por no mencionar ningún cargo sacerdotal».

Fue durante el controvertido Concilio de Éfeso cuando se dio un curioso acontecimiento, que obligó a revisar el papel de la Virgen María en el seno de la Iglesia. La cuestión de la doble naturaleza de Cristo, humana y divina, fue motivo de muchas críticas por parte de los filósofos paganos, pero también fue un dogma difícil de tragar para algunos patriarcas dentro de la misma Iglesia. Celso ya se mostró sorprendido por la extraña idea de que un dios se decidiera encarnar como humano:

> Entre cristianos y judíos están los que declaran que un Dios o un hijo de Dios descenderá a la tierra para justificar a los hombres, otros que él ya vino: idea tan pueril que en verdad no necesita de un largo discurso para ser refutada.

En el siglo v, el patriarca de Constantinopla Nestorio, precisamente a raíz del dogma de la identificación de Cristo con Dios, puso en duda la virginidad de María, afirmando que de ninguna manera podía ella, como mujer mortal, ser la madre de un Dios. En todo caso, ella habría sido la madre de un hombre que compartía elementos divinos y valores humanos. La historia cuenta que durante una discusión con un monje que afirmaba que María no era la madre de Dios, Nestorio convino en que a María se la podía llamar Madre de Cristo por ser la madre de su naturaleza humana, pero de ninguna manera se la podía llamar Madre de Dios. Dado que la postura de Nestorio era compartida por otros patriarcas, con la vana intención de evitar un cisma, el emperador Teodosio II decidió convocar un concilio en Éfeso en el que Nestorio acabó siendo declarado hereje y sus obras, destruidas, entre otras cosas por su peligrosa proximidad con las ideas arrianas sobre la (no) virginal maternidad de María, que ya habían sido condenadas algunos años antes, en el I Concilio de Constantinopla, aunque no habían logrado detener su expansión. Según recoge el *Denzinger*, el Concilio acordó lo siguiente:

> Pues, no decimos que la naturaleza del Verbo, transformada, se hizo carne; pero tampoco que se transmutó en el hombre entero, compuesto de alma y cuerpo; sino, más bien, que habiendo unido consigo el Verbo, según hipóstasis o persona, la carne animada del alma racional se hizo hombre de modo inefable e

> incomprensible y fue llamado hijo del hombre, no por sola voluntad o complacencia, pero tampoco por la asunción de la persona sola, y que las naturalezas que se juntan en verdadera unidad son distintas, pero que de ambas resulta un solo Cristo e Hijo; no como si la diferencia de las naturalezas se destruyera por la unión, sino porque la divinidad y la humanidad constituyen más bien para nosotros un solo Señor y Cristo e Hijo por la concurrencia inefable y misteriosa de la unidad… Porque no nació primeramente un hombre vulgar, de la santa Virgen, y luego descendió sobre Él el Verbo; sino que, unido desde el seno materno, se dice que se sometió a nacimiento carnal como quien hace suyo el nacimiento de la propia carne… De esta manera [los Santos Padres] no tuvieron inconveniente en llamar madre de Dios a la santa Virgen.

Ni que decir tiene que, con el Concilio de Éfeso, no quedó zanjado tan espinoso asunto. De hecho, éste es uno de los concilios que no aceptaron la Iglesia asiria del Oriente y la Antigua Iglesia del Oriente, que siguieron defendiendo las ideas nestorianas. Algunos siglos más tarde, en el Concilio de Trento (1545-1563), aparte de reafirmar el Credo Niceno-Constantinopolitano, se decretó, como mencionábamos antes, que la Virgen María había nacido sin pecado original y se confirmó el dogma del culto a la Virgen y a los santos.

> […] Declara que se deben tener y conservar, principalmente en los templos, las imágenes de Cristo, de la Virgen madre de Dios, y de otros santos, y que se les debe dar el correspondiente honor y veneración: no porque se crea que hay en ellas divinidad, o virtud alguna por la que merezcan el culto, o que se les deba pedir alguna cosa, o que se haya de poner la confianza en las imágenes, como hacían en otros tiempos los gentiles, que colocaban su esperanza en los ídolos; sino porque el honor que se da a las imágenes se refiere a los originales representados en ellas; de suerte que adoremos a Cristo por medio de las imágenes que besamos, y en cuya presencia nos descubrimos y arrodillamos; y veneremos a los santos, cuya semejanza tienen: todo lo cual es lo

> que se halla establecido en los decretos de los concilios, y en especial en los del segundo Niceno contra los impugnadores de las imágenes.

En 1994, la Iglesia católica y la Iglesia asiria de Oriente acordaron finalmente cerrar la disputa surgida a raíz del Concilio de Éfeso y convinieron en declarar su mutua comprensión acerca de la doctrina del otro. Así, acabaron reconociendo que estaba bien que los cristianos asirios se refirieran a María como Madre de Cristo, nuestro Señor y Salvador, mientras que los católicos podían llamarla Madre de Cristo, pero también Madre de Dios sin que nadie se sintiera mal por ello. En fin…

Como suele suceder cuando se produce una ruptura de tal calibre, se hizo bandera de las diferencias y, a partir de ese momento, los detractores del nestorismo se vieron de pronto con la necesidad de elevar a María a una categoría acorde con su nuevo y oficialmente reconocido papel de Madre de Dios. Frente a esto explican Clelia Martínez Maza y Jaime Alvar en *Cristianismo primitivo y religiones mistéricas*:

> Una vez consolidados los pilares fundamentales de la doctrina cristiana, la devoción por la Virgen María fue creciendo progresivamente. Pero dado su accesorio papel en los evangelios, el culto mariano no estaba provisto de unos rasgos bien definidos, por lo que se nutrió del simbolismo cultural e iconográfico de otras divinidades femeninas coetáneas que gozaban de gran veneración, fundamentalmente del culto isíaco.

Trataremos las vinculaciones paganas con el culto mariano más adelante. Ahora seguiremos desgranando cómo y por qué se llegó a la explosión del culto a la Virgen María de los siglos XI y XII, que es cuando aparecen, justamente, las vírgenes negras.

## María, Madre de Dios

El franciscano y especialista en Teología bíblica Antonio Gómez Cobo, en un trabajo sobre *La virgen María en Leandro de Sevilla*, detalla una interesante parte de la historia del culto mariano, la que sucede en la España visigoda a partir del Concilio de Éfeso. Como comentábamos antes, la naturaleza divina de Cristo y su figura de Dios encarnado no podían sustentarse sin una Madre, de alguna manera divina o divinamente designada. Escribe Gómez Cobo:

> Negar la divinidad de Cristo, como hacían los arrianos, implicaba, al mismo tiempo y en consecuencia, la negación de la maternidad de la Virgen María, que es su mérito principal y esencial. A partir del título de «madre» alcanza mayor relieve y luz el mérito de su virginidad inmaculada. De ahí la «pasión» con que Leandro se expresa cuando habla de ella. Negar el privilegio de «Madre de Dios» a María suponía negar también gran parte, si no todo, el calor y mérito de su virginidad y de los demás títulos que Leandro aplica a María.

Después de Éfeso, el problema del nestorianismo siguió estando sobre la mesa, lo mismo que el del monofisismo, que defendía que en Jesús sólo había naturaleza divina y no humana. De aquella época viene el famoso dicho «se armó la de Dios es Cristo», porque eso era justo lo que estaba en discusión. Tema que se resolvió en el Concilio de Calcedonia en 451 de nuestra era, con el Credo de Calcedonia, en el que se afirmaba de manera salomónica que Cristo era plenamente humano y plenamente divino, y se convertía así en la segunda persona de la Santísima Trinidad.

Sobre la Santísima Trinidad hay que apuntar que se adjudica a Tertuliano el honor de haber sido el primero en hablar de la Trinidad en el año 215 d. C., aunque, según parece, antes de Tertuliano, el obispo Teófilo de Antioquía escribió en el siglo II el vocablo griego *trias* para referirse a Dios, su Verbo y su Sabiduría (Theos, Logos y Sophia), quizá inspirado por las palabras de Mateo (28-19), cuando Jesús dice a los discípulos: «Poneos, pues, en camino, haced discípulos a todos los pueblos y bautizadlos para consagrarlos al Padre, al Hijo y al Espíritu Santo, enseñándoles a poner por obra todo lo que os he mandado», o por las de Pablo en la segunda carta a los Corintios (13-13): «La gracia de

Jesucristo, el Señor, el amor de Dios y la comunión en los dones del Espíritu Santo, estén con vosotros».

En 325 d. C., en el Primer Concilio de Nicea, se habla de la relación del Padre con el Hijo: «Creemos en un solo Dios, Padre todopoderoso, creador de todas las cosas visibles e invisibles; y en un solo Señor Jesucristo, el Hijo de Dios; unigénito nacido del Padre, es decir, de la sustancia del Padre; Dios de Dios, Luz de Luz, Dios verdadero de Dios verdadero; engendrado, no creado; de la misma naturaleza del Padre…». Pero no se establece relación alguna entre el Espíritu Santo y el binomio Padre-Hijo. Hasta el Primer Concilio de Constantinopla, en 381 d. C., no se incluyó al Espíritu Santo como procedente del Padre en el Credo Niceno-Constantinopolitano:

> Creemos en un solo Dios, Padre todopoderoso, Creador del cielo y de la tierra, de todo lo visible y lo invisible; y en un solo Señor, Jesucristo, el unigénito de Dios, nacido del Padre antes de todos los siglos, luz de luz, Dios verdadero de Dios verdadero; engendrado, no creado, consustancial con el Padre, por quien todo fue hecho; que por nosotros los hombres y por nuestra salvación bajó del cielo y se encarnó por obra del Espíritu Santo y de María la Virgen y se hizo hombre. […] Y en el Espíritu Santo, Señor y dador de vida, que procede del Padre; que con el Padre y el Hijo recibe la misma adoración y gloria, que habló por los profetas…

En Hispania, tras diversas y truculentas vicisitudes políticas y religiosas a causa de la invasión de los visigodos en el siglo v, que eran fundamentalmente arrianos, se produjeron dos importantes acontecimientos: la conversión al catolicismo del rey visigodo Recaredo I en 587 y el III Concilio de Toledo, en 589 d. C. A partir de este momento, los reyes godos se convierten, en lo sucesivo, en protectores del catolicismo como nueva religión oficial, y añaden al Credo Niceno-constantinopolitano la cláusula *Filioque*, que venía a decir que el Espíritu Santo procedía tanto del Padre como del Hijo. Los arrianos conversos debían pronunciar el Credo con esta cláusula para demostrar su adhesión, puesto que a partir de ese momento el arrianismo fue considerado herético en el reino y empezó a ser perseguido. Para no desaprovechar el impulso persecutorio de la herejía arriana y conquistar el fin de la siempre intolerable tolerancia religiosa, también se inició una gran persecución de los judíos que se extendió por todo el siglo VII. Curiosamente, a pesar de todo lo que se movió para convertir a María en la Madre de Dios, en el discurso de clausura de este III Concilio de Toledo, Leandro de Sevilla no la tuvo muy en cuenta.

## María, virgen

Sigamos con la historia.

En la noche del 18 de diciembre del año 665, Ildefonso, arzobispo de Toledo, protagonizó un acontecimiento sorprendente. Cuando él y sus diáconos se dirigían a la iglesia para cantar en honor a la Virgen, ésta se le apareció al mismísimo Ildefonso, rodeada de un séquito de vírgenes cantoras. Estaba sentada en la silla del arzobispo y, según las tradiciones, le dijo al arzobispo: «Tú eres mi capellán y fiel notario. Recibe esta casulla, la cual mi Hijo te envía de su tesorería», dicho lo cual la Virgen puso la casulla a Ildefonso, no sin antes señalarle que debía usarla sólo durante los días festivos en su honor. Es importante tener en cuenta que no existe documentación de este hecho hasta 1658. A pesar de la dificultad para ubicar en el tiempo el origen de la leyenda, el hecho de que aparezca nos da una idea de la importancia de Ildefonso en la propagación del culto mariano. Ciertamente, su obra principal fue *Sobre la virginidad pepetua de santa María contra tres infieles*, y algunos consideran que con este texto se inicia en España la teología mariana.

Con esta nueva visión teológica enfocada en María, se rescatan los textos que hacían referencia al nacimiento e infancia de la Virgen, para lo que necesariamente hubo que recurrir a los Evangelios apócrifos, ya que en los canónicos no se habla apenas de ella. Lucas no presenta a la Virgen hasta el momento de la anunciación. Marcos comienza su relato con el bautismo de Jesús por Juan el Bautista, al igual que el evangelio de Juan, mientras que Mateo, al inicio de su evangelio, presenta la genealogía patrilineal de Jesús, a quien hace descendiente de David a través de catorce generaciones hasta José, esposo de María. Esto, sin embargo, a pesar a ajustarse a la ley en cuanto a la línea de descendencia, obviaba el pequeño detalle de que, según el evangelio, José no fue el verdadero padre de Jesús. En los concilios católicos se acabó dictaminando no sólo que María era virgen al concebir a Jesús, sino que siguió siéndolo después y por siempre, zanjando también el espinoso tema de los hermanos de Jesús que aparecen mencionados en los Evangelios, lo cual supondría una intolerable mácula en la divina pureza de la Madre de Dios. La cuestión era que las profecías sobre el mesías afirmaban que éste sería descendiente de la casa de David, pero al no engendrar José a Jesús, este asunto quedaba en falso. Así, fue necesario abrir un poco la mano con algunos de los textos no canónicos y añadir alguna que otra historia para asegurar la descendencia profética de Cristo.

El Protoevangelio de Santiago, escrito entre los siglos II y IV, cuenta el nacimiento y la vida de María. El texto se puede vincular a las historias bíblicas sobre los casos de esterilidad entre devotos servidores del Señor, solucionados milagrosamente por su divina intervención. En efecto, los padres de María, a quienes se nombra en este texto como Joaquín y Ana, son ricos y estériles, pero dado que no tienen descendencia, la ley no les permite realizar ofrendas en el Templo. Tras lastimeras quejas y numerosos rezos, ambos son escuchados por Dios, quien les envía a un ángel para anunciarles el próximo nacimiento de un descendiente: «Ana, Ana, el Señor ha escuchado tu ruego: concebirás y darás a luz y de tu prole se hablará en todo el mundo». María aquí no es un mero receptáculo, sino un ser predestinado y especial, que dará muestras de su sino por medio de diversos hechos milagrosos, míticos y simbólicos que encuentran paralelismos en otras tradiciones, como la budista o la hinduista, de las que no hablaremos aquí ahora.

La historia cuenta entonces cómo Mariam (María), al llegar a los seis meses de edad, caminó siete pasos al dejarla su madre sobre la tierra. Tras el precoz paseo de Mariam, Ana decidió que no caminaría más por el suelo hasta que fuese la hora de llevarla al templo: «Y le hizo un oratorio en su habitación y no consintió que ninguna cosa común o impura pasara por sus manos. Llamó, además, a unas doncellas hebreas, vírgenes todas, y éstas la entretenían». Cuando Mariam cumplió tres años, llegó el momento de llevarla al Templo, donde el sacerdote la recibió y la bendijo con las siguientes palabras: «El Señor ha engrandecido tu nombre por todas las generaciones, pues al fin de los tiempos manifestará en ti su redención a los hijos de Israel». El relato continúa admirado de que la niña, aún pequeña, permaneciese en el Templo en lugar de volver con sus padres: «Y María permaneció en el templo como una palomica, recibiendo alimento de manos de un ángel».

Al cumplir María los doce años, estando aún en el Templo, los sacerdotes se preguntan qué hacer con ella para que «no llegue a mancillar el santuario». Así que, después de rezar muchísimo, un ángel se le aparece a Zacarías, el sacerdote, y le dice lo que tiene que hacer: «Sal y reúne a todos los viudos del pueblo. Que venga cada cual con una vara, y de aquel sobre quien el Señor haga una señal portentosa, de ese será mujer». Así fue como José, uno de los viudos del pueblo, llegó hasta el Templo con su vara, de la que salió una paloma que voló sobre la cabeza de José, indicando así su elección para tan virtuosa tarea: «A ti te ha cabido en suerte recibir bajo tu custodia a la Virgen del Señor». Como José era viejo y ya tenía hijos, y María era apenas una niña consagrada al Templo, la tomó bajo su protección con la promesa de no tocarla y con alguna que otra amenaza sobre lo que Dios le haría en caso de faltar a su palabra. Nada se menciona aquí, como en Mateo, de la genealogía de José como procedente de David, pero solventa con agilidad el problema de la profecía, así como las posibles dudas sobre la integridad de María de la siguiente manera:

> Por entonces los sacerdotes se reunieron y acordaron hacer un velo para el templo del Señor. Y el sacerdote dijo: «Llamadme algunas doncellas sin mancha de la tribu de David». Se marcharon los ministros, y, después de haber buscado, encontraron siete vírgenes. Entonces al sacerdote le vino a la memoria el recuerdo de María (aquella jovencita que, siendo de estirpe davídica, se conservaba inmaculada a los ojos de Dios) y los emisarios se fueron y la trajeron.

Tras esto se relata la anunciación del ángel cuando María tenía dieciséis años, la visita a su prima Isabel, también encinta, y la turbación de José al volver «de sus edificaciones» y encontrar a María embarazada. Es ahora cuando se suceden las famosas acusaciones de José a María, de los sacerdotes a José por violar a la doncella recibida del templo, y a María por envilecer su alma y olvidarse de Dios. Para demostrar a la comunidad el pecado de ambos, el sacerdote ordena que se les dé a beber el agua de la prueba del Señor.

> Y tomándola se la hizo beber a José, enviándole después a la montaña; pero él volvió sano y salvo. Hizo después lo propio con María, enviándola también a la montaña; mas ella volvió sana y salva. Y todo el pueblo se llenó de admiración al ver que no aparecía pecado en ellos. Y repuso el sacerdote: «Puesto que el Señor no ha declarado vuestro pecado carnal, tampoco yo voy a condenaros». Entonces les despidió. Y, tomando a María, José marchó a su casa lleno de gozo y alabando al Dios de Israel.

Termina este evangelio con el viaje a Belén, el parto, la adoración del Niño, la estrella seguida por los magos de Oriente, la matanza de los inocentes, la huida de María e Isabel y el asesinato de Zacarías por parte de Herodes.

Un relato similar ofrece el Pseudo-Mateo, compuesto alrededor del siglo VI y, según los especialistas, posiblemente influenciado por el Protoevangelio de Santiago. Aquí se añadirán algunos detalles que ya forman parte de la tradición, como la presencia del asno y el buey en el establo, y una variedad de coloristas anécdotas sobre la concepción y vida de María, enfocadas sobre todo a probar el cumplimiento de las profecías del Antiguo Testamento, además de dibujar a María en un papel algo más activo, ya que aquí es ella la que decide desde pequeña ofrecer su virginidad a Dios. El episodio del velo se muestra también con algunas variaciones, que se aprovechan para volver a mostrar las señales de la predestinación de María:

> Echaron a suerte entre sí para ver qué es lo que debían trabajar cada una, y a María le cupo en suerte recibir la púrpura de que debía ser confeccionado el velo del templo. Y al recibirla le decían las otras doncellas: «Eres la más pequeña de todas y, sin embargo, has merecido quedarte con la púrpura», con lo que empezaron en son de chanza a llamarla *reina de las vírgenes*. Y

estando en esto apareció en medio de ellas el ángel del Señor y dijo: «Esto que estáis bromeando no será una burla, sino una auténtica profecía».

Interesantes son también los episodios en que, durante la huida a Egipto, el Niño Jesús se enfrenta a unos dragones y les manda que no hagan daño a ningún hombre.[5] De la misma manera, a lo largo de su travesía por el desierto, los animales salvajes los adoran y acompañan mansamente en el viaje, indicándoles el camino correcto y cumpliendo, así, otra de las profecías, que decía que «Pacerán lobos con corderos, y el león y el buey juntamente se apacentarán de paja».[6] Existen algunas anécdotas que ilustran la relación del hijo con la madre, como cuando María se asusta al ver cómo los leones los siguen, y Jesús le dice: «No tengas miedo, madre. Ellos se apresuran a venir a tus plantas, no para causarte daño, sino para rendirte pleitesía»; o cuando la familia se detiene, sedienta y hambrienta, a descansar debajo de una palmera, María expresa su deseo de tomar alguno de sus frutos, pero al estar demasiado altos, José no alcanza a cogerlos. Jesús ordena entonces a la palmera que se incline y abra una veta de agua entre sus raíces; así comen y beben hasta saciarse, y en agradecimiento, ordena que un ángel se lleve una hoja de palma al cielo como señal de victoria para todos los santos del Edén. Al llegar a Egipto, vuelve a cumplirse otra de las profecías sobre el mesías, y se relata cómo la divinidad superior de Jesús fue tan notoria y evidente que toda la ciudad se hizo creyente.

Es bueno comprobar cómo, en los apócrifos ascensionistas, en especial en el Libro de san Juan Evangelista (el teólogo), parece ser que compuesto entre los siglos IV y VI en griego, ya se menciona a la Virgen como «santísima y gloriosa Madre de Dios y siempre virgen». En este texto se cuenta, además, cómo en el momento de la muerte de María,

---

5. La tradición griega ya había representado la muerte o sometimiento de la serpiente/dragón Pitón por Apolo a su llegada a Delfos. Existen, curiosamente, representaciones pictóricas primitivas de Cristo como Sol-Apolo.
6. La tradición órfica afirma que la música que tocaba Orfeo con su lira hacía que los animales se amansaran, de manera que lobos, leones, corderos y gacelas le escuchaban embelesados sin deseos de matarse entre ellos. Una bella alegoría del poder de la Armonía que vemos que se repite en esta profecía sobre el Mesías.

previamente anunciada por un ángel, Cristo mismo llega con un ejército de ángeles para llevarse a su madre al cielo. Estando ambos frente a frente, María ruega a su hijo que la bendiga, y aprovecha para pronunciar las siguientes palabras, muy acertadas si tenemos en cuenta que uno de los roles que acabará desempeñando la Virgen María será el de intercesora entre los hombres y Cristo:

> Y ruego a tu nombre siempre bendecido, ¡oh, Cristo Dios, Rey de los siglos, Unigénito del Padre!: recibe a tu sierva, tú que te has dignado encarnarte por medio de mí, la pobrecita, para salvar al género humano según tus inefables designios. Otorga tu ayuda a todo el que invoque o ruegue o que [simplemente] haga mención del nombre de tu sierva.

Entre los muchos epítetos con que se adornó a la Virgen María, estaban algunos como los citados por Leandro de Sevilla: cómo no, fue llamada *Mater Domini* (Madre del Señor) y *Mater Christi* (Madre de Cristo), pero también *Incorruptionis mater* (Madre de pureza), *Mater virginum* (Madre de las vírgenes), *Forma virginum* (Modelo de las vírgenes), *Dux virginum* (Guía de las vírgenes), *Apex virginitatis* (Cumbre virginal) y *Specimen virginitatis* (Ejemplo virginal), por citar algunos. Para Leandro, al igual que para otros muchos padres de la Iglesia, María es «modelo que da a luz sin conocer los dolores del parto; madre que engendró al Esposo de las vírgenes, Jesucristo, y es virgen fecunda y de una maternidad virginal e inmaculada».[7]

El tema de la virginidad fue ampliamente alabado en el cristianismo desde muy temprano, y se consideraba una de las mayores virtudes del cristiano. Numerosos padres de la Iglesia y apologetas cristianos escribieron tratados acerca de la virginidad, entre ellos Atanasio, Serapión, Ambrosio y Gregorio de Nisa en los primeros tiempos, y Leandro de Sevilla e Ildefonso de Toledo algo después. Pero no se puede decir que fuese una virtud aceptada por todos. Cómo no, dentro de la Iglesia hubo, como explica J. M. Blázquez, corrientes en oposición a la virginidad.

7. *La virgen María en Leandro de Sevilla*, Antonio Gómez Cobo.

> En la iglesia primitiva, con mucha frecuencia los presbíteros y obispos estaban casados. El intento de implantar el celibato obligatorio fracasó en el Concilio de Nicea. Años antes se ordenó en el sínodo de Elvira, pero no se cumplió en Hispania ni siquiera en siglos posteriores.

Como ya hemos visto con el tema de la divinidad de Jesús, la virginidad fue otro furioso tema de discusión y de problemas dentro de la Iglesia. J. M. Blázquez explica que ni en el Antiguo Testamento ni en Palestina existía fundamento para la virginidad, y resalta que los apóstoles y sus discípulos cercanos fueron todos hombres casados, además de que, según acepta el propio Tertuliano, Jesús tenía hermanos y hermanas carnales, algo que estaba directamente en el punto de fricción de la doctrina de la divinidad de Jesús. Para que el Mesías se encarnase como hijo de Dios necesitaba gestarse en el vientre de una madre virginal, pura, especial, sin mácula alguna. ¿Cómo podría María ejercer como segunda Eva si no se oponía a ella en todo? ¿Cómo podría, después de albergar en su vientre al Cristo por obra y gracia del Espíritu Santo, admitir a un varón anciano como José para seguir engendrando como si nada? Para muchos, María tenía que ser virgen y pura antes, durante y después del nacimiento del Redentor. La virginidad era un símbolo y una ofrenda, pero también una forma de identificación, aunque no necesariamente con el cristianismo. J. M. Blázquez afirma lo siguiente:

> En los primeros siglos del Imperio existía entre los paganos una corriente que valoraba la virginidad, que no fue una invención del cristianismo. Apolonio de Tiana, según su biógrafo Filóstrato, hizo voto de castidad. El médico Sorano de Éfeso consideraba la virginidad como un factor de buena salud. Los neoplatónicos exigían a sus seguidores abstinencia carnal.

Esto choca con lo que vimos del Protoevangelio de Santiago y el evangelio del Pseudo-Mateo, donde se cuenta una historia exaltada de la virginidad asociada al culto de Dios por parte de la sociedad judía. De hecho, uno de los mayores dramas que los hebreos padecen en el

Antiguo Testamento es la falta de descendencia. La sexualidad no es algo pecaminoso para la cultura judía; al contrario, es necesaria para la procreación y garantizar el cumplimiento de la orden divina de «creced y multiplicaos». Así, el hombre está obligado a procrear para garantizar la descendencia y, además, según el Talmud, el sexo debe disfrutarse y satisfacer las mutuas necesidades sexuales con respeto y consideración hacia el otro. La misma Biblia ofrece multitud de testimonios sobre esta postura ante la sexualidad, siempre, evidentemente, dentro del matrimonio.

En época imperial tuvo bastante influencia la idea estoica de que el fin del matrimonio era tener descendencia. El filósofo judío helenístico Filón de Alejandría, en el siglo I de nuestra era, defendió también que sólo la intención de procrear justificaba las relaciones conyugales. Filón tuvo una gran influencia dentro de la Iglesia cristiana por tratar de aunar su herencia judía con la filosofía griega, apoyándose en Platón y en los estoicos. Su trabajo tuvo poca repercusión en el mundo judío, pero un mayor seguimiento por parte de los padres cristianos, y se considera que sus ideas influyeron notablemente en la redacción posterior de los Evangelios.

Séneca fue otro estoico partidario de justificar el sexo por la finalidad de los hijos, aunque dentro de la Iglesia los hubo que, incluso dentro del matrimonio, consideraron el sexo como fornicación y pecado. El caso es que consumieron más energía en debatir sobre la castidad y la moralidad del sexo que en ser gentes de consenso y paz.

Como decíamos, dentro de la misma Iglesia, había partidarios y detractores del matrimonio. El mismo Marción fue uno de los enemigos de la unión entre hombre y mujer, aun dentro del matrimonio con la finalidad de procrear. Además de sus ideas heréticas sobre la divinidad de Jesús y contrarias al Antiguo Testamento, él y sus seguidores fueron fieros defensores de la castidad. Según J. M. Blázquez, la Iglesia se vio obligada a defender el matrimonio de los ataques de marcionistas y otros grupos contrarios. En textos del siglo II, se atribuye a Pedro la prédica en contra del matrimonio y a favor de que las esposas abandonen a los maridos. Algo, sin duda, curioso, ya que Pedro fue el principal predicador del Evangelio entre los judíos (cuya visión del matrimonio como obligación social es tremendamente sólida) en virtud de un acuerdo previo con Pablo, referido por este último en la Carta a los gálatas 2-7: «Al contrario, vieron que a mí se me había confiado la evangelización de los paganos, lo mismo que a Pedro la de los judíos, ya que el mismo Dios que constituyó a Pedro apóstol de los judíos, me constituyó a mí apóstol de los paganos».

Otro hecho que, sin duda, debió de contribuir en decantar a algunos grupos por hacer ostentación de la castidad fue el de defenderse de las acusaciones paganas acerca de acciones impuras. Según explica Eustaquio Sánchez Salor en su introducción a la moral en *Polémica entre paganos y cristianos*, dado que las reuniones de los primeros cristianos eran secretas y que, entre ellos, eran dados a mostrar su espíritu fraternal, fue fácil para los detractores paganos acusarles de realizar banquetes incestuosos y de practicar orgías, entre otras cosas imaginativas. Los autores cristianos, al tiempo que se defendían de dichas acusaciones, hacían ostentación de la pureza y la virginidad frente a la impureza pagana: «En este sentido, los autores cristianos recurren con frecuencia a los datos que les suministra la historia sobre vírgenes vestales que han roto su voto de castidad, e insisten también en comparaciones entre las vírgenes vestales paganas y las vírgenes cristianas».

No sería descabellado señalar que en la fijación cristiana por la virginidad y la castidad hay mucha más influencia pagana que judía. Es conocido el referente, antes mencionado, de las vírgenes vestales romanas. El colegio de vestales era una institución de gran importancia dentro del imperio. Las elegidas, con entre seis y diez años, para custodiar el fuego sagrado de Vesta juraban mantenerse castas durante un período de treinta años, tras el cual recibían una dote y podían casarse. Mientras formasen parte del templo de Vesta, contaban con un importante prestigio social, eran, además, el único cuerpo sacerdotal femenino y tenían, incluso, la autoridad para indultar a reos o condenados. Para la sociedad romana, la integridad y prosperidad del imperio dependía, asimismo, del fuego sagrado que ardía en el templo de Vesta, diosa del hogar.

Las vírgenes vestales eran las responsables de que ese fuego no se apagara nunca y, de ocurrir, el hecho era visto como un funestísimo designio. Dado que era éste el fuego que identificaba y cohesionaba Roma, exigía la máxima pureza para su cuidado, y en el caso de que se descubriera que alguna de las vestales había roto su voto, ésta era de inmediato condenada a muerte y se procedía a realizar ritos de purificación y expiación para recuperar el favor divino.

Según explica Cándida Martínez López, catedrática de Historia antigua de la Universidad de Granada en su artículo «Virginidad-fecundidad: en torno al suplicio de las vestales»: «[...] su castidad tenía connotaciones sobrenaturales, precisamente por la función a que estaban dedicadas, y por ello su delito se convertía en un horroroso *prodigium*, una infracción contra los dioses que envolvía la comunidad, puesto que ellas eran las garantes de la misma. El castigo de la vestal y su amante no era, pues, parte de un proceso penal completamente, sino más bien la forma regular de la expiación de un prodigio». Así, cada vez que una desgracia golpeaba al pueblo de Roma, las miradas se volvían de manera automática hacia las vestales, y hay documentados varios juicios a sacerdotisas de Vesta a fin de purgar el daño y restaurar la pureza. Martínez resalta, además:

> Es significativa la unidad del fuego sagrado, símbolo de vida, de continuidad, de protección de la ciudad, con la virtud de las mujeres. Pero esto no es algo aislado. [...] Esa relación entre virginidad y fecundidad crea una posición ambigua que resulta esencial. Las vestales, aunque vírgenes, participan en los ritos de fertilidad. [...] Las sacerdotisas recogían en su persona la fuerza y la magia de la virginidad y el honor y la fertilidad de la matrona. Representaban el momento de paso de un estado a otro, de virgen a matrona, de forma pura y permanente. Eran la esencia de la «mujer como bienhechora» por excelencia.

La asociación entre la figura de las vestales y la que posteriormente asumió la Virgen María es clara y evidente. Igualmente, desde muy antiguo, existe en el imaginario humano una vinculación entre la maternidad/fertilidad y la virginidad/pureza. Tal y como recuerda Mircea Eliade en *Lo sagrado y lo profano*:

> En ciertas religiones, a la Tierra Madre se la concibe capaz de concebir por sí sola, sin ayuda de un padre. Reaparecen aún

> restos de tales ideas arcaicas en los mitos de partenogénesis de las diosas mediterráneas. [...] Es ello una expresión mítica de la autosuficiencia y de la fecundidad de la Tierra Madre. A tales concepciones míticas corresponden las creencias relativas a la fecundidad espontánea de la mujer y a sus ocultos poderes mágico-religiosos, que ejercen una influencia decisiva sobre la vida de las plantas. El fenómeno social y cultural conocido con el nombre de «matriarcado» está vinculado al descubrimiento de las plantas alimenticias por la mujer. Fue la mujer la primera que cultivó las plantas alimenticias. Por tanto, era natural que pasara a ser la propietaria del suelo y de las cosechas. El prestigio mágico-religioso y, como consecuencia de este, el predominio social de la mujer, tienen un modelo cósmico: la figura de la Tierra Madre.

En el año 391 d. C., el emperador Teodosio I clausuró el templo de Vesta, así como la institución. Coelia Concordia, la Suma Vestal en aquel entonces, dimitió, y algunos años después se convirtió al cristianismo.

Roma era, en época de los cristianos, una sociedad decadente, supersticiosa y moralmente cuestionada no sólo por los cristianos, sino también por parte de los filósofos romanos. Baste recordar a Séneca, senador y seguidor de las doctrinas estoicas, preceptor de Nerón en la primera época del emperador antes de que las conspiraciones de poder le volvieran en su contra y acabaran con la condena a muerte del filósofo. Séneca, recordemos, era uno de los que defendían que las relaciones sexuales se limitaran a la intención de procrear. Sin embargo, a diferencia de lo que pasó con el cristianismo, para los estoicos la contención de los placeres del cuerpo, fueran estos de gula, lujuria, ira o cualquier otro de los denominados «pecados capitales», era un medio para alcanzar la *ataraxia*, una suerte de estado de permanente serenidad interior frente a las múltiples y cambiantes vicisitudes de la vida. Para el cristianismo, más que un medio, la castidad se convirtió con rapidez en una finalidad en sí misma, y en la principal medida de su moral.

## Las primeras representaciones de María

La representación más antigua que se conoce de la Virgen María parece ser que data de finales del siglo II, y se ha encontrado en las catacumbas de Priscila, en Roma. La escena no gira en torno a María, sino que forma parte de una composición que parece mezclar parte del relato de una profecía de Balaán (Números, 24-15,17), en el Antiguo Testamento, con la estrella que anunció el nacimiento de Cristo. Precisamente la imagen muestra a la Virgen sentada con el Niño, sobre ellos se vislumbra una estrella y, delante de ambas figuras, un hombre señala hacia el astro. En algunos sarcófagos cristianos del siglo IV que pueden verse en el Museo Vaticano aparece tallada en piedra una composición similar, con Balaán señalando la estrella junto a la Virgen, sentada en una silla con respaldo con el Niño en brazos, por lo general de perfil, acompañados de los tres Reyes Magos, o bien los Magos presentando sus regalos a la Virgen y el Niño con similar presentación, alumbrados por la estrella, pero sin Balaán. Y digamos que, a grandes rasgos, eso es prácticamente todo, ya que, según los estudiosos, no fue hasta el siglo V, coincidiendo con el Concilio de Éfeso, cuando comienzan a aparecer, con mayor profusión, imágenes de la Virgen María en el papel de Madre de Dios.

Será entonces, en el siglo V, cuando la imagen de María se haga popular. Se trata sobre todo de iconos pintados, que se suelen adjudicar a la prolífica mano del evangelista Lucas.[8] El origen de esta creencia parece que se remonta a algunas referencias del historiador eclesiástico griego del siglo XIV Nicéforo Calixto. Este autor compuso una extensa obra sobre la *Historia Ecclesiastica*, entre otras muchas, para lo que se valió de numerosos escritos y citas de escritores anteriores. Según parece, cita un pasaje de una *Historia Ecclesiastica* anterior, compuesta por Teodoro el Lector en el siglo VI, en la que afirma que Lucas, el evange-

8. La Virgen de Częstochowa, en Polonia, se incluye habitualmente en la lista de las Vírgenes negras. La tradición dice que este icono fue pintado por la mano de san Lucas sobre una madera de la casa de la Sagrada Familia en el año 67. Los rastros más antiguos que se tienen de ella se remontan al siglo VIII.

lista, además de médico fue también pintor, y que fue su mano la que retrató por primera vez a la Virgen María.

En la tradición cristiana, existe la creencia de que hay algunas imágenes de Cristo o de la Virgen que son consideradas como *vera icon* (verdaderas imágenes), ejecutadas por manos sobrenaturales y, por tanto, con poder milagroso. De alguna manera, algunas de estas obras, efectivamente, se le adjudican a Lucas... cuya mano era guiada por un ángel. Se cuenta que, en el siglo v, la emperatriz de Constantinopla Elia Eudocia, esposa de Teodosio II, peregrinó a Tierra Santa, de donde trajo un díptico pintado por Lucas que representaba, en una de sus tablas, a Cristo crucificado y, en la otra, una Theotokos de cuerpo entero, o Madre de Dios, a la que se llamó Odhigitria (la que muestra el camino). Elia Eudocia, que había sido educada en retórica por su padre, el filósofo Leoncio, se bautizó poco antes de casarse con el emperador, y aprovechó su posición para favorecer la cultura, la filosofía y las artes. Ella misma fue una gran escritora, y no dudó en proteger tanto a los judíos como a los paganos. Evidentemente, con Nestorio como obispo de Constantinopla en aquellos tiempos no pudo ser ajena al conflicto de la Iglesia respecto a la doble naturaleza de Cristo, con el especial enfrentamiento de las Iglesias de Alejandría y Antioquía. A la cabeza de la Iglesia alejandrina estaba el justamente llamado infame Cirilo, responsable de las intensas persecuciones contra judíos y paganos en Egipto, así como del asesinato de Hipatia por una turba de cristianos enloquecidos. La historia de Cirilo como patriarca es casi la de un furioso y peligroso populista, capaz de sobornar y de alentar cualquier acción, por violenta que fuera, mientras sirviera a sus propósitos. Se enfrentó con fiereza a Nestorio en el Concilio de Éfeso hasta lograr deponerlo y alcanzar la proclamación de María como Madre de Dios. Quizá por tan «buenos y cristianos servicios» se le consideró santo y acabó siendo nombrado Padre de la Iglesia en el siglo xix. Según parece, Elia Eudocia se posicionó en apoyo de los monofisitas, lo que resulta curioso si, de alguna manera, es a ella, una emperatriz educada en el paganismo, bautizada en la Iglesia ortodoxa de Oriente, a quien hay que atribuir la popularización de los iconos de la Virgen María.

En la iglesia de Santa María la Mayor de Roma se conserva un icono de la Virgen con el Niño que llegó a la ciudad en el año 590. Según la tradición, se trata de un cuadro pintado por Lucas el evangelista, en una tabla de la mesa de la última cena que Elena, la madre del emperador Constantino el Grande, descubrió en Jerusalén junto a otras reliquias que mandó trasladar a Constantinopla y, posteriormente, a Roma. Según otra versión, el papa Gregorio Magno fue el que recibió la imagen en Roma a orillas del río Tíber, adonde llegó por mar desde Creta. Algunos siglos antes, como más adelante veremos, fue la matrona Claudia Quinta la encargada de recibir, a orillas del Tíber, el betilo negro que representaba a la diosa Cibeles, llegada a Roma desde Asia Menor. El icono de Santa María la Mayor es conocido como *Salus Populi Romani* (Protección del Pueblo Romano), una frase que se utilizaba durante los tiempos de la antigua República romana en los rituales destinados a pedir la protección de los dioses. La custodia de la ciudad, que antes había estado en manos de las vestales, pasaba ahora al cuidado de la Virgen María.

Hay que tener en cuenta que, para los paganos, la idea de un dios nacido de una mujer mortal no era extraña, y tampoco el de una diosa que concibe sin acto sexual. El gran héroe griego Heracles, por ejemplo, nació de las relaciones del poderoso Zeus con la mortal Alcmene y, en Egipto, Isis concibió a Horus después de recomponer el cuerpo desmembrado de Osiris gracias a sus artes mágicas, y a pesar de no haber podido encontrar el miembro viril. Sin embargo, a lo que no estaban habituados era a la ambigüedad. El hijo de dos dioses era un dios, el de dos mortales era mortal, el de una deidad y un mortal era un héroe, que podía conquistar la inmortalidad y convertirse en un dios gracias a sus hazañas. Las mujeres con las que los dioses procreaban rara vez abandonaban su condición de mortal, y la descendencia era o bien mortal o bien héroe o dios, pero no todo a la vez y, por supuesto, la idea más extraña de todas para los paganos era que algún dios tuviera necesidad de encarnarse como humano en este mundo a sabiendas de que iba a ser torturado y asesinado por las criaturas que él mismo había creado sin hacer nada para evitarlo. Ni que decir tiene que un hijo no puede ser al mismo tiempo su padre ni el padre su hijo, tanto más si se mete por medio al Espíritu Santo. Seguir las enseñanzas de Cristo en cuanto al amor y la piedad era una cosa, pero aquella extraña mezcla teológica que comenzó a cocinarse a partir de las polémicas entre cristianos y paganos era otra bien distinta. Quizá por eso las herejías arriana, nestoriana y monofisita tuvieron (y tienen) buena acogida en Oriente, donde lo verdaderamente herético es el catolicismo.

Volviendo a la Virgen, las imágenes más populares en los siglos v y vi, dada la necesidad de resaltar hasta el infinito el papel de María como Madre de Dios, eran las que la mostraban con el Niño como Theotokos o como Odhigitria, según el dogma impuesto en el Concilio de Nicea. En esas primeras imágenes, la Virgen aparece generalmente sentada en un trono con el Niño en su regazo, por lo que se denomina majestad (*maiestas mariae*) o trono de sabiduría (*sedes sapientae*). También en el trono, con el Niño en el regazo, podía ser denominada *Nikopoia* (la que conduce a la victoria) o *Panakranta* (la que todo gobierna). Como vemos, al convertirse en Madre de Dios, María asume los atributos de una diosa, pero sin poder serlo con todas las de la ley sin que eso afecte al teórico[9] monoteísmo cristiano.

En el aspecto simbólico, la representación como *sedes sapientae* se refiere a que el regazo de María es el trono en el que se asienta la sabiduría, que es Cristo. Con esta interpretación en la mano, puede resultar chocante encontrarse con otra curiosa composición escultórica en la que es Ana la que se sienta en el trono, sujetando a María en su regazo, al mismo tiempo que María sostiene en su propio regazo al Niño. En otra variante, Ana aparece como una figura erguida y casi gigantesca en comparación con las otras figuras, sujetando en su brazo a María con el Niño. La Virgen puede aparecer en estas representaciones con una corona, identificándola como reina y, más concretamente, la reina del pueblo de Dios. Esta representación triangular en la que aparece Ana (y no Joaquín) como el gran regazo protector de María y Jesús recuerda que era a través de ellas, de ambas madres (Ana y María), de donde procedían los linajes de David y Leví heredados por Jesús o, lo que es lo mismo, su linaje matrilineal, como veremos más adelante.

---

9. El cristianismo es monoteísta en el sentido de que considera en su dogma la existencia de un único Dios, creador de todo. Sin embargo, una cosa es el cristianismo del dogma y otra el de la práctica. En la práctica, la adoración de santos y vírgenes de todos los tipos y colores, con sus propios atributos y poderes para hacer milagros, lo convierten en un panteón de divinidades.

El Concilio de Trento va a señalar la Biblia como único referente válido para las representaciones, y dado que la historia de Ana no aparece en ninguno de los Evangelios canónicos, a partir de ese momento la imagen triple de Ana, María y Jesús cae en cierto desuso entre los católicos romanos, aunque no entre otros cristianos. Estas representaciones, como decíamos, se muestran como una tríada de línea materna, disponiendo a Ana, la madre de la madre, a veces como el asiento de María y Jesús, y en otras ocasiones como asiento de María que, a su vez, es asiento de Jesús, pero por lo general ambos de tamaño mucho menor que ella, que destaca sobremanera, casi como un ente superior, como una madre divina entronizada guardando a su prole. No deja de ser significativo que a Ana se la suela representar con una gran túnica roja y también con un libro en las manos; otras veces, en cambio, se muestra con María, siendo la niña la que sostiene el libro y Ana la que aparece enseñando a leer a su hija. En cualquiera de los dos casos, Ana representa, cómo no, el asiento del conocimiento. Se conocen representaciones de esta curiosa tríada al menos desde el siglo XII, y fue muy frecuente su representación, así como su culto, durante la Baja Edad Media, bajo el nombre de «santa Ana triple» y, de alguna manera, aunque menos prolíficamente, sus representaciones se siguieron haciendo hasta el siglo XIX[10] a pesar de Trento.

Las representaciones religiosas nunca son fortuitas; todos sus atributos y adornos ofrecen elementos simbólicos que permiten interpretar las imágenes. Así, el trono va a ser un elemento importante en la relación de María con la majestad y un objeto habitual en las representaciones de las Vírgenes negras, como veremos más adelante. No hemos olvidado que, desde el momento en que el Concilio de Éfeso determinó cuál debía ser el papel de María, fue necesario dotarla de símbolos con los que los fieles identificaran la potencia sobrenatural y prodigiosa de la Madre de Dios, capaz ahora de hacer milagros como su hijo. Según explica Juan Eduardo Cirlot en su *Diccionario de Símbolos*, el simbolismo del trono proviene de Asia, y alude fundamentalmente a la idea de

10. Mis más profundos agradecimientos a @Diegenitrix por la ayuda prestada, especialmente con excelente información proporcionada sobre las imágenes triples de santa Ana, la Virgen María y el Niño.

centro: «Son signos de síntesis y de unidad estabilizada. En el sistema jeroglífico egipcio, el trono integra como signo determinante los conceptos de soporte, enaltecimiento, equilibrio y seguridad».

Recordando las palabras de Clelia Martínez Maza y Jaime Alvar en *Cristianismo primitivo y religiones mistéricas* respecto al recién gestado culto mariano, este «no estaba provisto de unos rasgos bien definidos, por lo que se nutrió del simbolismo cultural e iconográfico de otras divinidades femeninas coetáneas que gozaban de gran veneración, sobre todo del culto isíaco». Por eso, vamos a repasar a continuación los principales cultos a la Gran Madre que coincidieron temporalmente con los inicios del cristianismo y que se verán luego vinculados al culto mariano.

## Cibeles

El culto a Cibeles, aunque muy extendido y popular en Roma, tenía su origen en Anatolia. Cibeles, o Cíbele, es la Gran Madre de los dioses. En el año 204 a. C., Roma llevaba más de una década de enfrentamientos con las tropas de Aníbal y parecía que, finalmente, Roma vencería a los invasores. Además, acontecieron unas extrañas granizadas que llevaron a la ciudad a consultar en aquel momento los Libros Sibilinos, custodiados en el templo de Zeus desde el siglo VI a. C. Según relata Pierre Grimal en su *Diccionario de mitología griega y romana*, la leyenda decía que fueron escritos por la sibila de Cumas y ofrecidos por ella misma al rey romano Lucio Tarquinio el Soberbio, quien, justamente por su soberbia, perdió la oportunidad de disponer de los nueve libros que le ofrecía la profetisa, y al final sólo obtuvo tres de ellos. Desde entonces, «durante la República y hasta la época de Augusto, esos "libros sibilinos" ejercieron gran influencia en la religión romana. Eran consultados en caso de desgracia, de un prodigio o de algún acontecimiento extraordinario. Se encontraban entonces en ellos prescripciones religiosas: introducción de un nuevo culto, sacrificio expiatorio, etc., destinados a salir al paso de la situación imprevista», afirma Grimal. En aquella ocasión, la profecía dictaminó que, para expulsar por fin a los cartagineses del territorio romano, era necesario llevar hasta Roma a la diosa Cibeles desde el monte Ida, cerca de Pesinunte, en la región de Galatia. Se cuenta que el templo desde el que se le rendía culto en Pesinunte fue fundado por el propio rey Midas, su hijo.

No deja de ser curioso este dictamen de retorno, de alguna manera, a la tierra semilla de Anatolia. Recordemos que la fundación mítica de Roma, antes de Rómulo y Remo, fue gestada por Eneas, el héroe de la guerra de Troya hijo de Afrodita, que llegó hasta la costa del Lacio, desde donde remontó el río Tíber y acabó casándose con Lavinia, hija del rey de los latinos. Es de su linaje del que nacerían después los gemelos Rómulo y Remo, según la *Eneida* de Virgilio. Así pues, existía un vínculo fundacional entre Anatolia y Roma, y los Libros Sibilinos hablaron en favor de que la antigua Gran Madre de la patria de Eneas llegara ahora para rescatar al pueblo fundado por él. Según explica Jaime Alvar en *Cristianismo primitivo y religiones mistéricas:*

> La percepción del final de la guerra, de la segunda guerra púnica que tan profundamente había afectado a la comunidad política de los romanos, propiciaba la elaboración de mecanismos de reafirmación nacional, entre los que una refundación figurada de la ciudad podría tener una positiva acogida. Así se explica la conexión entre la tardanza en la solicitud de ayuda divina forastera y la fijación de tal ayuda en Cibeles, pues ella, como Eneas, procede de la Tróade.

No fue éste el único vínculo entre Roma y Troya. Cuando los romanos acudieron al oráculo de Delfos para confirmar el designio de la sibila, éste dio su visto bueno, pero añadió una cláusula envenenada, y es que la diosa tendría que ser recibida en Roma por «el mejor de los hombres». En efecto, a la manera del juicio de Paris,[11] los enfrentamien-

11. Según el mito, la diosa de la discordia, en venganza por no haber sido invitada a la boda de Peleo, deja una manzana de oro con la inscripción «para la más bella», que causa una disputa entre las diosas Hera, Atenea y Afrodita en la que Zeus tiene que mediar, nombrando juez al pastor troyano Paris, quien elige a Afrodita (madre de Eneas) a cambio del amor de la mujer más bella del mundo, que no es otra que Elena. Es así como Paris huye a Troya con Elena y da comienzo la famosa guerra de Troya.

tos entre los principales romanos crearon no pocas tensiones entre familias rivales en el interior de la ciudad. Al final fue Publio Escipión Nasica el elegido como *vir optimus* y responsable de recibir a la diosa a su llegada a Roma por el Tiber. Es curioso que lo más recordado de aquella llegada de Cibeles a Roma fuera la acción de una matrona de la familia Claudia, que había participado fervorosamente en la contienda por la designación del «mejor de los hombres». Según cuenta Ovidio en *Fastos*, cuando la nave llegó al puerto de Ostia y comenzó a remontar el río, de pronto quedó encallada, lo que en la supersticiosa mente romana se vio con verdadero pavor, momento que aprovechó Claudia Quinta, una de las matronas que esperaban la llegada de la nueva diosa, para intervenir y robar el protagonismo a Escipión.

> Cuando Claudia salió del grupo de las castas señoras y sorbió con sus manos agua pura del río, se roció la cabeza tres veces, tres veces levantó las manos al cielo (los que la contemplaban creyeron que había perdido la razón) y, poniéndose de rodillas, clavó su mirada en la imagen de la diosa, y con el pelo suelto, dijo las siguientes palabras: «Madre nutricia y fecunda de los dioses, escucha bajo una condición los ruegos de tu suplicante. Dicen que no soy pura. Si tú me condenas, confesaré que es verdad. Pagaré mi culpa con la muerte, convicta por el juicio de una diosa. Pero si no existe culpa, da una prueba de mi inocencia con tu acción, y, casta como tú eres, sigue mis castas manos», dijo, y con un pequeño esfuerzo arrastró la maroma.

La divinidad se alojó, en primer lugar, en el templo de Victoria hasta que, en el año 191 a. C., le fue consagrado un templo propio en el mismo monte Palatino, servido, en principio, exclusivamente por sacerdotes orientales. Posteriormente, el culto se abrió a todos los ciudadanos, con unas grandes fiestas en su honor celebradas cada primavera.

Como Gran Madre, Cibeles representaba y dominaba al mismo tiempo la fertilidad, las montañas y la naturaleza salvaje. Ella era la única capaz de domeñar a las fieras, propiciar la agricultura y revelar a los hombres los tesoros escondidos en su «vientre», esto es, los puntos de extracción de metales o minerales. Es habitual encontrar en los dioses relacionados con la vida, la salud y la prosperidad, el aspecto contrario de muerte, enfermedad y pobreza, ya que aquellos que tienen el poder de otorgar los bienes son también quienes pueden quitarlos. Una de las razones, además, por las que se ha vinculado a Cibeles con las Vírgenes negras es porque esta diosa parece que era, en origen, una piedra negra, tal vez un meteorito. De hecho, no fue una imagen antropomorfa lo que llegó a Roma en 204 a. C., sino un betilo negro de aspecto fálico, no por obra de la mano del hombre, sino, al parecer, porque era la caprichosa forma con la que el meteoro llegó a nuestro planeta. Jaime Alvar explica lo siguiente:

> Ante todo debe recordarse que Cibeles es originariamente una diosa madre, por tanto depositaria de las facultades reproductoras que, por su intrahistoria, el amante ha perdido. En esas circunstancias el miembro fecundante se convierte en epifanía de la propia receptora de modo que una sola divinidad adquiere todos los atributos propios de la reproducción. Así, Cibeles da orden al caos, domina el misterio y se proyecta básicamente como diosa del ciclo agrícola, que no es en realidad más que una parte de sus señoríos. Probablemente en los orígenes se produjo un proceso de racionalización entre elementos antagónicos o dispares, como una diosa de la fertilidad castrante, un amante fecundador difunto y un meteorito susceptible –por su exotismo– de ser integrado en ese mismo ciclo mítico, como catalizador de la potencia divina externa a la propia realidad mundana.

Esa misma oposición se identificó con la Virgen María por medio de la concepción virginal que la convirtió en Madre de Dios, e implícitamente en madre de la humanidad como segunda Eva. De nuevo se reitera, como señalaba Mircea Eliade, el enorme potencial creador de la virginidad, similar al que se asociaba con la tierra, siempre pura y fecunda a la vez, proveedora de los alimentos que dan la vida, gestora incansable y benefactora, que también podía matar si privaba de sus frutos. La vinculación entre la castidad y la generación vital puede verse con más claridad en los mitos vinculados a Cibeles.

En el libro *Ensayo sobre las palabras*, ya comentamos que los mitos no pueden, de ninguna manera, interpretarse bajo otro aspecto que no sea el simbólico o alegórico, ya que ése y no otro es el «idioma» en el que están escritos los mitos. Sobre esto escribimos en dicho libro:

> Desde el punto de vista simbólico los dioses no se pueden entender como entes individuales, sino como aspectos arquetípicos del dios Uno, el incognoscible e innombrable, reverenciado como origen de todo por las culturas antiguas, pero tan misterioso que ninguna hablaba explícitamente de él, sino que le adoraban a través de sus atributos visibles, esto es, a través de los dioses. Cada dios tenía unos atributos que lo definían, pero también era significativa su forma de nacer, sus progenitores (referidos simbólicamente a aquello que los origina), sus parejas (con frecuencia las parejas de los dioses primordiales son hermanos, representando que se trata de ideas del mismo nivel, y con un origen común), sus hijos (lo que deriva de ellos), sus relaciones con los humanos.

Creemos necesario hacer esta aclaración antes de abordar los mitos asociados a Cibeles o a cualquier otra divinidad, ya que de no acercarse a ellos mediante la interpretación simbólica, poco podremos extraer de ellos salvo la confusión y, tal vez, el rechazo. También conviene señalar que la forma popular, supersticiosa y profana de los cultos es, en muchas ocasiones, fruto de una interpretación superficial del mito, y no era sino en los conocimientos secretos transmitidos oralmente por las distintas cofradías mistéricas donde se profundizaba en la esencia de esos mitos. Además, el lenguaje simbólico tiende a saltar por encima de la razón para mostrarse fugazmente ante los ojos inexpertos de nuestra intuición. Es por eso que tampoco es de esperar, en apariencia, claridad ni contundencia en el relato mítico y en su genealogía, sino una oscura confusión para la mente y una, con suerte, leve chispa de luz para la inteligencia. Volviendo a *Ensayo sobre las palabras*:

> El estudio de la simbología puede llegar a convertirse en un verdadero dolor de cabeza, en una disciplina reveladora o en

> ambos a la vez (esto último es lo más probable). Los símbolos y signos se entrelazan unos con otros por caminos interminables, y puede resultar descorazonador, para el que comienza a interesarse por su estudio, darse cuenta de que ningún símbolo constituye en sí un elemento cerrado ni acabado. Siempre es posible establecer más y más relaciones que, a su vez, revelan nuevos significados, que a su vez establecen nuevas relaciones [...] pudiendo seguir así hasta el infinito.

En el mito frigio de la Gran Diosa son tres los personajes que, a modo de «trinidad», conforman la esencia simbólica de Cibeles. Se trata de la propia Cibeles, Agdistis y Atis. Según la historia recogida en el *Diccionario de mitología griega y romana* de Pierre Grimal, el mito de Agdistis procede, según el relato de Pausanias, de la ciudad de Pesinunte, y su historia se confunde en ocasiones con la de la propia Cibeles.

En una versión del mito, Zeus tiene un sueño, tras el cual su semen cae sobre la tierra, engendrando así a Agdistis, un ser hermafrodita que no fue bien recibido por los demás dioses. Estos lo capturaron y castraron, brotando un almendro del miembro amputado. Poco después, Nana, la hija del dios-río Sangario, quedó encinta al coger una de esas almendras y ponerla en su regazo. El niño nacido de esa concepción fue Atis, nombre que significa tanto «el bello» como «macho cabrío». El recién nacido, abandonado por su madre, fue criado por una cabra o macho cabrío, y llegó a ser tan hermoso que Agdistis, ahora sólo mujer después de su castración, se enamoró perdidamente de él. Para evitar la persecución de Agdistis, los padres de Atis mandan a Pesinunte a casarse con la hija del rey, pero cuando estaba a punto de desposarse apareció Agdistis. Al verla, Atis enloqueció y se autocastró, al igual que muchos de los varones allí presentes. Como consecuencia de las heridas, Atis murió, y Agdistis, destrozada por el dolor, logra que los dioses mantengan incorrupto el cuerpo de Atis en una suerte de vida latente que hace que, de su sepulcro, broten flores permanentemente.

En otra versión se cuenta que, en el acantilado Agdo, en Frigia, se adoraba a la diosa Cibeles en forma de piedra. Entonces Zeus, que había intentado por todos los medios, sin resultado, cortejar a la diosa, depositó semen sobre una roca cercana, engendrando al hermafrodita

Agdistis, embriagado y castrado por Dionisos. De su sangre brotó un granado y, cuando Nana, hija del dios-río Sangario, puso su fruto en su seno, se quedó embarazada, pero abandonó al niño por orden de Sangario. El niño, Atis, fue recogido por unas buenas gentes y alimentado con miel y leche de macho cabrío. Posteriormente, tanto Cibeles como Agdistis entran en disputa por los amores del hermoso Atis. Es entonces cuando el rey Midas busca casar al joven con su hija, pero enloquecido por Agdistis, Atis se castró debajo de un pino y murió. De su sangre nacerían violetas, al igual que de la sangre de la hija de Midas, que se suicidó al morir su prometido. Cibeles enterró el miembro de Atis y el cuerpo de su frustrada esposa, y de sus tumbas nacerían almendros. Por su parte, Agdistis ruega a Zeus por la incorruptibilidad de Atis, quien, a partir de entonces, no sólo permanece incorrupto, sino que el cabello continúa creciéndole y su dedo meñique puede moverse. Agdistis lleva a Pesinunte el cadáver de Atis, lo entierra y crea una cofradía sacerdotal para rendirle culto.

En ambas historias, el nacimiento de Agdistis tiene lugar gracias al semen de Zeus derramado sobre Cibeles, que está representada tanto en la tierra como en la piedra. Es, de alguna manera, una generación casta, ya que no se ha producido por medio de una unión sexual. Agdistis es, así, parte de la potencia fecunda de Zeus, padre de los dioses, y de la potencia generadora de Cibeles, la tierra. Los romanos identificaron a Cibeles con su diosa Rea (y a ésta con la diosa de la abundancia Ops), la titánida hija de Uranos y Gea, el cielo y la tierra, y, en realidad, Agdistis no es una figura diferenciada de Cibeles, sino ella misma o, mejor dicho, un aspecto de ella. Cibeles, como Gran Madre, representa la fuerza salvaje de la naturaleza y otorga a los mortales los secretos para someterla por medio de la agricultura, la ganadería o la minería. Agdistis es la parte más salvaje de la naturaleza, aquella contra la que se enfrentan los hombres y que escapa a todo control porque es, en realidad, indomable. De alguna manera, es la imagen de la locura que destruye la vida mortal de Atis. La condición hermafrodita de Agdistis representa una potencia primigenia, presente en los mitos de numerosas culturas. Juan Eduardo Cirlot explica, en su *Diccionario de Símbolos*, que las divinidades hermafroditas o andróginas se suelen relacionar con el mito del nacimiento:

> El andrógino es así el resultado de aplicar al ser humano el simbolismo del número 2, con lo que se produce una dualización integrada. En la India este ser doble –ya escindido en sexos, pero aún ligados por una sola personalidad– era la fuerza, la luz de la que emana la vida, es decir, el *lingam*. Los antiguos mexicanos conocieron también el mito del andrógino. Quetzalcóatl es dicha concepción que reúne en sí los valores separados de los principios y de los sexos que existencialmente se contraponen. Se trata de una deidad ante todo generadora, íntimamente ligada (e identificada, en el fondo) con el arquetipo de Géminis.

Sin embargo, la castración del hermafrodita Agdistis representa una escisión, una incompletitud que busca completarse. Es por eso que la Agdistis mujer, recién perdido su elemento masculino, se enamora de Atis, quien, de alguna manera, proviene de sí misma, ya que surge de manera indirecta de la amputación de su parte masculina.

La muerte de Atis es otro elemento simbólico importante que representa el fin de una etapa y el comienzo de otra. Asimismo, la sangre derramada de Atis simboliza el sacrificio del que surge una nueva vida en forma de flores de violeta, de la misma manera que la sangre procedente de la amputación de Agdistis dio lugar al crecimiento bien de un almendro bien de un granado. Básicamente, estamos ante el sacrificio de vida que da lugar al nacimiento de una nueva vida, que puede ser tanto material como espiritual, no muy diferente a nivel simbólico del realizado por Cristo en la crucifixión.

En relación con los ciclos naturales, la historia de Cibeles-Agdistis y Atis es una alegoría de la primavera, razón por la que se le asocia el almendro, uno de los primeros árboles en florecer, anunciando así el fin del invierno. Por ese motivo, las fiestas que se celebraban en honor a Cibeles tenían lugar al inicio de la primavera, entre el 15 y el 27 de marzo.

Pero decir que todo este trabalenguas simbólico es sólo una alegoría de la primavera puede parecer demasiado simplista. ¿Por qué tanto ofuscamiento para representar un ciclo estacional? Quizá la respuesta esté, como expresó Eliade, en que «para el hombre religioso, la naturaleza nunca es exclusivamente "natural": está siempre cargada de un valor religioso». Así, en *Lo sagrado y lo profano*, señala:

> Los llamados cultos de la vegetación no dependen de una experiencia profana, «naturalista», en relación, por ejemplo, con la primavera y el despertar de la vegetación. Antes bien, es la experiencia religiosa de la renovación (recomienzo, recreación) del mundo lo que precede y justifica la valoración de la primavera como resurrección de la naturaleza. Es el misterio de la regeneración periódica del cosmos lo que ha fundamentado la importancia religiosa de la primavera. Por otra parte, en los cultos de la vegetación no es siempre el fenómeno natural de la primavera o de la aparición de la vegetación lo que importa, sino el *signo* prenunciador del misterio cósmico.

Quizá estemos acostumbrados a ver como algo habitual la primavera y el reverdecer de la tierra después del invierno. Tal vez por eso hayamos perdido el poder de maravillarnos ante la capacidad constante e incansable de la naturaleza de renacer una y otra vez de sus propias cenizas, señalando simbólicamente que vida y muerte se muestran ante el hombre como apariencias de un único y continuo hilo de vida que lo recorre todo por completo. La naturaleza es la manifestación de un arquetipo que muestra las vías sagradas de la acción al ser humano que se sitúa ante ella como el discípulo ante su maestro. Sobre esto continúa diciendo Eliade:

> [...] los mitos y los ritos de la Tierra Madre expresan ante todo las ideas de fecundidad y riqueza. Se trata de ideas religiosas, pues los múltiples aspectos de la fertilidad universal revelan, en suma, el misterio del parto, de la creación de la vida. Pues la aparición de la vida es, para el hombre religioso, el misterio central del mundo. Esta vida «viene» de alguna parte que no es este mundo y, finalmente, se retira de aquí abajo y «se va» hacia el más allá, se prolonga misteriosamente en un lugar desconocido, inaccesible a la mayoría de los vivos. La vida humana no se siente como una breve aparición en el tiempo, entre dos nadas, está

> precedida de una preexistencia y se prolonga en una postexistencia. Muy poco es lo que se sabe de estas dos etapas extraterrestres de la vida humana, pero se sabe al menos que *existen*. Para el hombre religioso, la muerte no pone, por tanto, un término definitivo a la vida: la muerte no es sino otra modalidad de la existencia humana.

Así, los mitos y símbolos relacionados con los ciclos estacionales, y, en especial con la primavera,[12] tratan de introducir la conciencia del hombre en la idea del eterno retorno, en la regeneración constante de la vida y, de alguna manera, en la vivencia de la inmortalidad. Recordemos que las fiestas dedicadas a Cibeles tenían lugar, justamente, al comienzo de la primavera, lamentando primero la muerte de Atis y celebrando después, con gran regocijo, su resurrección, de una manera muy similar a como se asumió, tiempo después, la celebración de la muerte y la resurrección de Cristo en la Semana Santa, o la liberación de Egipto del pueblo judío (un nuevo comienzo, una nueva vida después del cautiverio, simbólicamente similar a una muerte y una resurrección) con la fiesta de Pésaj.

La historiadora Arminda Lozano refiere, en *Cristianismo primitivo y religiones mistéricas*, como:

> La castración y el derramamiento de sangre en general inherente al culto de Cibeles y Atis se asociaron a ritos mágicos de fertilidad. [...] El uso iniciático o dedicatorio del rito llevaba consigo la idea de purificación, como preparación quizá para la vida de más allá. Las inscripciones hablan de personas como renacidas. [...] Esta idea se encuentra también en el cristianismo, donde la sangre de Cristo sirvió para el perdón de nuestros pecados.

El papel simbólico de Cibeles como *Magna Mater* no se limitaba al reverdecer periódico de la naturaleza, sino a un poder fertilizador y

12. Al menos en este hemisferio, ya que la dualidad presente en todas las cosas no sólo está en la alternancia, sino también en la simultaneidad.

generador que va más allá de lo puramente vegetal. No es casual que la más primitiva representación de Cibeles fuera ese betilo antes mencionado, una piedra negra sagrada tal vez de origen meteórico. Etimológicamente, «betilo» se traduce como «casa de Dios» o «templo»; tampoco es casual que esté muy relacionada con la extracción de minerales y metales. La piedra es, asimismo, un elemento de fuerte simbolismo andrógino (como vimos en la narración mítica de Cibeles/Agdistis y Atis), ya que representa la materia amorfa y ambigua sobre la que aún no se ha definido la creación. Según explica Cirlot, es por eso mismo «símbolo del ser, de la cohesión y de la conformidad consigo mismo». Es diosa de las montañas y de los tesoros minerales que en ellas se gestan. A nivel simbólico, la montaña es, al mismo tiempo, una elevación, esto es, un punto de conexión entre lo terrestre y lo celeste, así como un vientre, en cuyo interior se ocultan las cavernas y grutas que conectan con el inframundo, además de ser la matriz donde maduran los metales. Igual que un útero materno antes del parto es el lugar de tránsito de un estado a otro de la vida.

Existe, tal y como detalla Mircea Eliade en *Herreros y alquimistas*, una profusa mitología vinculada a la «fertilidad» de las piedras. Por un lado, abundan los relatos en gran diversidad de culturas antiguas en las que tanto dioses como seres humanos nacen de las piedras. El más cercano y conocido quizá sea el de Deucalión y Pirra, quienes, después de salvarse del diluvio enviado por Zeus y consultar a los dioses sobre cómo hacer que la humanidad surgiera de nuevo, la respuesta fue que debían arrojar por encima de su hombro los «huesos de su madre». Estos «huesos» son los de la Madre Tierra, las piedras. Así, de los arrojados por Deucalión surgieron nuevos hombres, y de los arrojados por Pirra surgieron nuevas mujeres. Explica Eliade:

> En los numerosos mitos de dioses nacidos de la *petra Genitrix* asimilada a la Gran Diosa, a la *matrix mundi*, tenemos la prueba de que la piedra es una imagen arquetípica que expresa a la vez la *realidad absoluta*, la vida y lo sagrado.

Como vientre universal, no sólo es la generadora de hombres y dioses, sino que también representa ese vientre de la tierra donde piedras y minerales son engendrados, crecen y maduran, igual que hacen sobre la tierra los frutos vegetales. No es extraño, por tanto, que en algunas de las minas europeas datadas en el Neolítico se hayan encontrado diversas ofrendas votivas relacionadas con el culto a la Diosa Madre y la idea de fertilidad.[13] En concreto, en las minas variscita de Gavà (Barcelona) se halló una vasija antropomorfa sedente de un color casi negro que representaba una figura femenina grávida que, según los investigadores, insiste en la idea de fertilidad vinculada a las profundidades oscuras, en este caso en minas, cuevas, tumbas, etc. ¿Nos extraña ahora que existan tantas representaciones, tanto marianas como de otras deidades femeninas, que apaecieron en cuevas y montañas, siempre en entornos naturales y agrestes?

## Isis

De entre las diversas deidades femeninas del universo egipcio, Isis fue y es, sin duda, la más conocida. Su nombre se traduce como «trono» y representa, en esencia, según explica Fernand Schwarz en *Geografía sagrada del antiguo Egipto*, la realeza.

> Símbolo de la esposa fiel y de la madre devota, en la leyenda de Osiris se concilia con todas las devociones femeninas. Su emblema, el nudo de Isis, simboliza su poder de unión o de religión (*religare* significa «reunir»). Así, reúne los fragmentos de su divino esposo Osiris, igual que la religión une los elementos del conocimiento primordial. La imagen sincrética de Isis llevando los cuernos de la diosa Hathor, como símbolo del abismo primordial de donde nacerá el Sol, es más tardía. [...] Ligada al sistro cuyo nombre, «sis-sis», tiene como efecto despertar a la

13. Es el caso de los yacimientos mineros de Rudna Glava (Yugoslavia), Grimes Graves (Inglaterra) y Gavà (España), donde han aparecido figurillas asociadas a la «Diosa grávida» como símbolo de protección, fuerza vital y fecundidad de la tierra, tal y como se recoge en un trabajo de Luz M.ª Cardito Rollán titulado *La Gran Diosa neolítica y su vinculación con las actividades mineras: los depósitos rituales.*

> vida, es también la que aleja las penas. [...] En la época grecorromana fue elevada a la dignidad de diosa universal.

Sin embargo, el culto a Isis que se desarrolló en la época faraónica es bastante diferente al que se vivió en Roma durante la época imperial. Este último fue el culto que convivió con el cristianismo en sus primeros tiempos y del que recibió no poca influencia, llegando incluso a reconvertir en iglesias algunos templos de la diosa. Explica Jaime Alvar en *Cristianismo primitivo y religiones mistéricas*:

> Entre la creación del culto a Serapis y la consolidación de Isis en Delos, los cultos egipcios son sometidos a una mutación que los haría irreconocibles para los devotos del Imperio egipcio, ya que se pertrecha de todas las características propias de los cultos helenísticos reelaborados a través del filtro de los misterios eleusinos. Los nombres de las divinidades siguen siendo los mismos, pero los contenidos religiosos se han modificado para adaptarse a la realidad de su nuevo entorno cultural.

Ciertamente, a partir del siglo III a. C., junto con las honras a Deméter y Perséfone que tenían lugar en el santuario de Eleusis, se rendía culto a una «Gran Diosa extranjera que también lloró y anduvo errante», como afirma Karl Kerényi en *Eleusis*; esa diosa era Isis. Como ya hemos visto con anterioridad, de la unidad surge la dualidad. En el antiguo Egipto, del Nun o Aguas primordiales surge Atum-Re, el autocreado y creador de los dioses. Según el relato mítico, en el instante en que aparece Re, éste subió o emergió de una colina o montaña, transformada en la piedra Ben-Ben de Heliópolis (ciudad de Iunu en egipcio, traducido por «pilar») y, más tarde, representada en la pirámide de base cuadrada. De Atum-Re, arquetipo la unidad andrógina, surge la primera pareja primordial: Shu (el Espacio) y Tefnut (la Humedad). De ellos aparece una segunda pareja: Nut (el Cielo) y Geb (la Tierra) que, de manera curiosa, son representados como femenino y masculino, respectivamente. De esta última pareja nacerán cuatro hijos que conforman, a su vez, dos parejas divinas: Osiris e Isis, Seth y Neftis, aunque también podía aparecer como junto a esa cuádruple generación del cielo y la tierra el misterioso Horus el Mayor. Las distintas parejas ejercerán, simbólicamente, diferentes funciones en las que actúan, al mismo tiempo, como fuerzas necesariamente antagónicas y siempre complementarias, de tal modo que no podría existir la una sin la otra, y pueden, incluso, confundirse; son, por así decirlo, dos caras de una misma moneda. Así, la pareja Isis-Osiris representan la generación y la fertilidad, mientras que Seth-Neftis son la necesaria contraparte que limita la labor generatriz, sin la cual la continua expansión de la vida acabaría por no dejar espacio para nuevas vidas, por lo que se destruiría a sí misma. Osiris-Seth son las fuerzas en oposición que se enfrentan de un modo permanente, mientras que Isis-Neftis son los elementos de conservación de la vida. Tal y como explica Schwarz:

> Toda la religión egipcia está fundada en esta noción [de dualidad], resumiendo las funciones que existen en el Universo. Estas parejas, que coordinan fuerzas horizontales y verticales, producen una tensión que lleva a la diferenciación y que está sintetizada por la década, la cual restablece la unidad. Así, de los amores del Cielo y de la Tierra nacerá la serie de los gemelos: Osiris-Isis, que encarnan la condición humana y sus sufrimientos; Seth-Neftis, representación de las fuerzas oscuras sin las cuales la vida, privada de su poder purificador, degeneraría rápidamente en superabundancia y exceso.

A la hora de interpretar estas parejas de hermanos-esposos, resulta ridículo hacerlo en un contexto ajeno al propio simbolismo. Es necesario, repetimos, entender que las referencias a «hermanos» divinos lo único que hacen es exponer ideas o arquetipos que se encuentran en un mismo nivel de generación que, al convertirse en «esposos», no hacen más que establecer entre ellos una unión de la que pueden surgir nuevas ideas o «hijos», pero que necesariamente pertenecerán al linaje simbólico de sus «padres». Esto quiere decir que existirá una «lógica» en que de la unión del Cielo y la Tierra (hermanos-esposos) surgirán divinidades cada vez menos abstractas y vinculadas a los ciclos de la naturaleza y del ser humano que, en sus diversas relaciones, intervendrán de manera directa sobre la vida y la muerte de los seres.

Será el mito de Osiris, conocido al menos desde el III milenio a.C., el que, en época romana, represente, según explica Jaime Alvar, «la experiencia de una pasión que conduce a la muerte y a la posterior resurrección». Osiris es, relata Schwarz, un «ser de carne y hueso» que «conoció sobre la tierra la traición y la muerte», como Jesús, y fue «resucitado por la piedad conyugal de su mujer, Isis». Así es como el dios triunfa y aporta «a todos los humanos la certeza de la vida eterna».

A grandes rasgos, el mito retrata a Osiris como un rey civilizador, que enseñó a los egipcios a conocer los frutos de la tierra, les otorgó una legislación y les enseñó a respetar y relacionarse con los dioses. Como prototipo de rey justo y bondadoso, Osiris fue el soberano de los inicios, el faraón que inauguró la Edad de Oro egipcia. Osiris gobernaba el Delta, mientras que su hermano Seth lo hacía en las tierras altas. Como ocurre en muchas otras narraciones de los orígenes, las funciones opuestas de los hermanos se traducen en el mito en hostilidad y celos de la contraparte «negativa» hacia la «positiva», a pesar de que ambos siempre encarnarán fuerzas opuestas pero complementarias. Pero es que justo esto, este juego de oposiciones, se corresponde con una importante y concretísima realidad: todo en el Universo es dual; para que exista movimiento, para que exista vida, es imprescindible que se pongan en juego fuerzas antagónicas, que no son ni buenas ni malas, sólo antagónicas y necesarias. Tratar de explicar este mito y otros muchos sólo con «pruebas» de la existencia de dos reyes-hermanos en rivalidad por un territorio ensombrece y desvirtúa el sentido de una realidad mucho más trascendente.

Pero sigamos. Así, Seth, movido por el «odio» a su hermano, planea matarlo. Para ello, mide la sombra de Osiris y construye un sarcófago ajustado a las dimensiones del dios. En un banquete en honor de su hermano, Seth insta a los invitados a entrar en el espléndido sarcófago, ya que pretende obsequiar con él a aquel que mejor encaje en él. Al entrar Osiris, Seth cerró la tapa y arrojó la caja al Nilo. Isis emprende entonces una búsqueda para recuperar el cadáver de su esposo pero, tras conseguirlo, Seth roba el cuerpo y lo despedaza, dispersando sus restos a lo largo de todo el país. Es entonces cuando Isis, con la ayuda de su hermana Neftis, logra reunir todas las partes salvo el falo, y por medio de sus artes mágicas recompone el cuerpo y concibe de él a un hijo, Horus, al que debe esconder de Seth hasta que, ya adulto y fuerte, el hijo de Osiris e Isis se enfrenta en combate a su tío. Una lucha en la que ambos salen heridos, Seth en un muslo y Horus perdiendo los ojos. Finalmente, el equilibrio se restablece y Horus reafirma su gobierno sobre el norte y Seth sobre el sur: todo ha cambiado para que todo siga igual pero con mayor experiencia. Thot, el dios de la sabiduría, restituye los ojos perdidos de Horus por el ojo mágico conocido como Udjat, el ojo del conocimiento. Desde entonces, Horus se convierte en la encarnación de cada faraón en Egipto, garante de la justicia en la Tierra, mientras que Osiris quedará como rey de la resurrección y del mundo de los muertos. En su *Glosario teosófico*, Helena Petrovna Blavastky dice acerca del simbolismo de Isis:

> En egipcio *Issa*, la diosa Virgen-Madre; la Naturaleza personificada. En egipcio y copto, *Uasi*, reflexión femenina de *Uasar* y Osiris. Es la «mujer vestida de sol» del país de Chemi [Egipto]. Isis-Latona es la Isis romana. Hija y madre de Osiris, de igual modo que Vâch es hija y madre del *Logos*. Corresponde a la Aditi y Vâch de los indos, a la Io de los griegos y a Eva. Es la madre o matriz de la Tierra; es asimismo la diosa que da vida y salud. [...] Como diosa del misterio, se la representa generalmente con el rostro cubierto de un velo impenetrable, y en el frontispicio de su templo en Sais se veían escritas las siguientes palabras: «Soy todo lo que ha sido, es y será, y ningún mortal ha quitado jamás todavía el velo que oculta mi divinidad a los ojos humanos».

Si tenemos en cuenta lo que se ha dicho sobre los «parentescos» divinos, no debe confundirnos que Blavastky se refiera a Isis como «hija y madre de Osiris», ya que de la Naturaleza misma (Isis) es de donde surge, como de una madre, el hombre y la civilización (Osiris-Horus), y es por ello que en el sentido mismo de la humanidad está cuidar y proteger los frutos de la naturaleza como si de una hija se tratara, porque es así como se cierra el círculo vital humanidad-naturaleza, con un sentido de pertenencia, de familia, de respeto a la madre que da la vida y a los frutos de nuestras acciones en la naturaleza.

Sobre la cabeza de las diosas egipcias suele colocarse un símbolo que las identifica. En el caso de Isis es, al mismo tiempo, un trono, tal y como se hace patente de su nombre, pero también es un peldaño, el esbozo de una escalera. En ambos elementos simbólicos, trono y peldaño, se resumen los dos principales papeles de la diosa: reina y señora del cielo, así como mediadora entre lo divino y lo mortal, entre su esposo Osiris y su hijo Horus. Asociados a ella tiene una serie de atributos propios que, en ocasiones, «presta» a otras deidades. Uno de ellos es el conocido *anj*, llave de la vida o cruz ansata, que representa, literalmente, la vida. Sobre el significado del *anj*, el egiptólogo Christian Jacq afirma en *El enigma de la piedra*:

> ¿Por qué simbolizaron los sabios de Egipto la vida de esta manera? En otras palabras, ¿qué representa este jeroglífico? *Anj* es un espejo de cobre, considerado como un metal celeste que «captura» la luz. El espejo, objeto ritual, está relacionado con Hathor, diosa de las estrellas y el amor universal. *Anj* es también una correa de sandalia vista desde arriba. [...] Los egipcios concebían la vida, *anj*, como un poder capaz de retener la luz del origen y, en el mundo de los hombres, como una facultad de «dar camino a los pies», según la bella expresión empleada en los textos, a condición de tener un buen calzado y atar bien la correa.

No es casual que el símbolo con el que se representa lo femenino y al planeta Venus, el círculo con la cruz debajo, sea tan similar al *anj*, contrario en significado al círculo con la cruz arriba, con la que se representa a la Tierra. Este signo, según explica H. P. Blavastky en su *Doctrina secreta*, ya aparecía en algunas monedas fenicias, y es imposible no evocarlo al contemplar el trazo con el que éstos representaban a su diosa Tanit. La simbología asocia también este círculo con la cruz abajo al cobre, que etimológicamente proviene del nombre de Chipre, la isla donde la tradición afirmaba que tuvo lugar el nacimiento de la diosa Afrodita-Venus, y uno de los principales proveedores de cobre de la antigüedad. Otro símbolo relacionado con ella es el llamado «nudo de Isis», un jeroglífico-atributo de la diosa que representa el lazo rojo que suele llevar anudado en la frente, y que no sólo representa la Vida, sino la Vida que continúa, que no acaba, que sigue a un lado o al otro de la existencia, así como lo que nos permite pasar por los umbrales de la vida, el compromiso o «nudo» con nuestra alma. Sigue explicando *Doctrina secreta*:

> La cruz más sagrada de Egipto, que llevaban en las manos los dioses, los faraones y los muertos momificados, es el *anj*, el signo de la vida, el vivo, un roble, la alianza. [...] El extremo superior es el jeroglífico *Ru*, puesto sobre la cruz *Tau*. El *Ru* es la puerta, la entrada, la boca, el sitio de salida. Esto denota el *lugar de nacimiento* en el cuadrante norte de los cielos, de donde renace el Sol. De aquí que el *Ru del signo anj sea el tipo femenino del lugar del nacimiento, que representa el norte. En el cuadrante norte* fue donde la Diosa de las Siete Estrellas, llamada «Madre de las revoluciones», dio a luz al tiempo, en el primer ciclo del año. El primer signo de este círculo y ciclo primordiales hechos en el cielo es la forma más primitiva de la cruz-*anj*, un simple lazo que contiene a la vez en una imagen el círculo y la cruz.

Aunque parezca que nos hemos salido del hilo que relaciona el antiguo culto a Isis con el posterior a la Virgen María, lo cierto es que ambas no sólo mantienen una continuidad iconográfica en el aspecto maternal, sino también en las forma en las que los fieles católicos asimilarán a María: Reina del cielo, modelo de la Madre y la intercesora entre el Dios-Hijo y los hombres, estén estos vivos o transitando por el mundo de los muertos. María, aquella simple y, hasta cierta época, insignificante mujer, la que fuera considerada objeto y receptáculo, sin mayor papel en la venida de Cristo que el de haber prestado su vientre a tal efecto; María, quien fuera ignorada y relegada hasta que las necesidades estratégicas de una Iglesia en busca de cohesión y fortaleza le obligaron a elevarla a una categoría sobrehumana. Quizá la Iglesia no contaba con que, al sacarla de la oscuridad en la que había estado sumida, estaba devolviendo a las gentes la necesaria imagen de la *Magna Mater*, y fue el mismo pueblo el que hizo de María una diosa, con sus mismos atributos, funciones y símbolos. Como bien explica Juan F. Esteban Lorente en su *Tratado de iconografía*:

> Si el cristianismo tiene alguna razón especial para ser destacado es por el culto a María. Sin llegar a ser diosa, el papel que en la religión popular ha desempeñado, y por consiguiente en la iconografía, ha sido tan importante como el del mismo Dios.

Con todo esto aún nos queda camino para llegar al punto donde aparecen las Vírgenes negras a lo largo de los siglos XI y XII y, ocasionalmente, a principios del siglo XIII. Pero antes de seguir adelante con la historia es necesario que primero volvamos atrás… muy muy atrás.

## 2

# LA LÍNEA DEL TIEMPO

Hasta aquí hemos rastreado los orígenes del culto mariano y la influencia de dos divinidades paganas en la construcción de su iconografía. Sin embargo, para entender por qué la figura de la Virgen María, extremadamente discreta en sus inicios, creció en devoción hasta casi superar a la del Dios Padre, es necesario abordar antes otros temas que tienen relación con la naturaleza misma del ser humano y de su entorno. Ya fuese sola o en compañía de su hijo, el imaginario ancestral situó a María en un lugar predominante en gran parte del culto cristiano, equivalente en sus atributos y arquetipo al de deidades mucho más antiguas, que se remontan muy atrás en la línea del tiempo. Así, aunque hoy la identifiquemos con el cristianismo, la realidad es que es heredera directa de un linaje remoto, que podemos rastrear hasta los inicios paleolíticos de la cultura humana.

## La identidad humana

En 1967, el etólogo Desmond Morris publicó el libro *El mono desnudo* donde, tras considerar al ser humano como un animal más, analizaba las diferencias que hacen del hombre un animal único y distinto de todos los demás, porque es más que evidente que hay algo en el ser humano que no existe en ninguna otra especie del planeta. A lo largo de la historia se han sucedido las argumentaciones, más o menos acertadas, acerca de qué es aquello que nos distingue y, lo más importante, por qué. Durante un tiempo, la ciencia se centró en analizar las diferencias morfológicas, biológicas y genéticas; ahora, los investigadores han comenzado a dirigir sus ojos hacia diferencias menos mensurables pero mucho más significativas. En el libro *Sapiens. El largo camino de los homínidos hacia la inteligencia*, el investigador y catedrático de Prehistoria Eudald Carbonell, explica lo siguiente:

> Hace entre 350 000 y 450 000 años, no hay fecha clara, la humanidad cruza la frontera de la complejidad. En esa época aparecen simultáneamente las principales características que nos definen como humanos. No me refiero a humanos en el sentido biológico, o sea de pertenencia al género humano, sino a humanos en el sentido cultural. A partir de ese momento hay pruebas de dominio del fuego, de creación de arte, de acumulación de cadáveres, de aparición del lenguaje, de ornamentos para vestir, de producción de lanzas para cazar grandes mamíferos... Son estas características las que nosotros reconocemos como humanas, las que nos identifican como humanos, más que la estructura de la pelvis o del cráneo que definen la humanidad en un sentido biológico.[1]

Hay que diferenciar, entonces, dos procesos que, aunque es evidente que se tocan, son distintos. Por un lado tenemos el proceso de hominización, que es aquel por el que los primeros homínidos alcanzaron la biología y la morfología del hombre actual. El otro proceso es el de humanización, y se refiere a aquellos momentos en los que el ser humano avanzó dentro de ese camino de la complejidad al que hace referencia Carbonell, y que son las señales reales[2] que nos identifican como humanos, marcando una clara frontera entre nosotros y los animales.

Mientras que los sucesivos procesos de hominización son relativamente fáciles de identificar, ya que dejan una huella evidente en los

1. *Sapiens.*
2. Decimos «reales» porque mientras que las diferencias genéticas, por ejemplo, con los grandes primates son del 1 %, las diferencias culturales que suponen ese mínimo porcentaje son muchísimo mayores.

restos óseos encontrados, las pruebas de humanización resultan algo más esquivas. Gracias al análisis de sus huesos podemos saber si los primeros homínidos caminaban más o menos erguidos, si las articulaciones de sus manos les facilitaban la elaboración de herramientas, si eran altos o bajos, qué tipo de dieta llevaban y hasta la apariencia de sus rostros, pero no podemos saber qué pensaban, de qué tenían miedo, qué sentían o en qué creían, si es que creían en algo. Por eso, para poder hallar pistas sobre la humanización, no basta con recurrir a los huesos, hay que estudiar sus acciones, hay que descubrir sus intenciones. El hecho de encontrar yacimientos paleolíticos con enterramientos intencionales ya es una señal de que existía una forma de ver la vida y la muerte diferente de la del resto de seres del planeta. Un enterramiento intencional puede indicar la existencia de pensamiento abstracto, sentido de trascendencia, sentido estético, pensamiento simbólico, lenguaje, así como un conjunto de creencias más o menos elaboradas y sentimientos complejos como la empatía, el respeto o el amor. Investigadores como Carbonell están convencidos de que hace 400 000 años, humanos que no pertenecían a nuestra misma especie, además de sobrevivir, ya hablaban y contaban con «un mundo simbólico sofisticado y una religión incipiente» que, además, servían como elemento de cohesión social. Otros hallazgos que apuntan al desarrollo de esta complejidad son las expresiones artísticas. Hasta el momento, las pruebas más antiguas de producción de fuego pertenecen a la misma época que la obra de arte más antigua que se ha encontrado hasta la fecha.

> Son huesos de elefantes prehistóricos con líneas grabadas que parecen el marcador de velocidad de un coche, porque tienen el mismo dibujo geométrico, y que han sido interpretadas como un reloj. Se encontraron en Alemania y tenían 400 000 años de antigüedad, lo que significa que son obra de los *Homo heidelbergensis*, los ancestros de los neandertales, ya que son los únicos humanos que se conocen de Alemania de aquella época. Después viene la Venus de Berekhat-ram, que es una escultura femenina de entre tres y cuatro centímetros de altura que se encontró en los Altos del Golán, en Oriente Próximo, y que tiene 250 000 años de antigüedad. Está hecha con material volcáni-

> co. Lo que no sabemos es quiénes fueron los artistas que la esculpieron. Pudieron ser los *Homo heidelbergersis*, o quizá *Homo sapiens* arcaicos.[3]

En cuanto a los enterramientos más antiguos conocidos hasta el momento son los hallados en Atapuerca, en la Sima de los Huesos, un yacimiento verdaderamente único en el mundo donde se ha encontrado más de una treintena de cadáveres de *Homo heidelbergensis*. Las pruebas apuntan a que aquellos hombres acudían a propósito a la Sima a dejar a sus muertos, un lugar que, por sus características, impedía que cualquier depredador pudiera entrar. Para Carbonell, el estudio de la Sima de los Huesos prueba la existencia de un mundo simbólico complejo en estos humanos primitivos:

> Debían dejar a sus muertos allí para preservarles de los depredadores y, por lo tanto, porque pensaban que seguirían viviendo de algún modo. Todo esto demuestra que ya sentían angustia ante la muerte, que se preguntaban por la muerte y por lo tanto que se preguntaban por la vida. Y estas preguntas, estas inquietudes comunes, cohesionaban los grupos del mismo modo que las religiones actuales son un elemento de cohesión social.

Ciertamente, el dolor por los difuntos, el asombro ante la vida y las preguntas sobre la muerte formaron parte de esas inquietudes comunes que favorecen la unión de los grupos humanos. Compartir penas, alegrías, alimentos, peligros o logros favorece la creación de comunidades, pero son los mitos comunes, los símbolos y los elementos de trascendencia los que conforman los rasgos más poderosos de unión entre los hombres, porque son los que modelan su identidad. Aquel que se identifica con «algo» lo hace porque ha integrado en sí el simbolismo, la cultura, las creencias, los ritos y todo aquello que conforma el envoltorio tanto visible como invisible de la identidad.

La búsqueda de la propia identidad es, por ese motivo, un motor esencial para todo ser humano. Así, cuando un pueblo pierde la vincu-

---

3. *Sapiens*.

lación profunda que une sus elementos simbólicos con los valores que éstos representan, se pierde la identidad y, cuando la identidad se pierde, cuando dejan de tener validez aquellas cosas que siempre habían tenido poder de reunión, las sociedades y, por ende, las personas, se deshacen.

Aunque los elementos que conforman la identidad pueden ser muchos y muy diversos (colores, banderas, imágenes, deidades, cultos, ideologías, etc.), su esencia siempre está relacionada con una serie de valores humanos mejor o peor entendidos. En definitiva, bajo la identidad, lo que subyace es un arquetipo, un modelo que guía el ser y el hacer de las personas y, cuanto más elevado y trascendente sea ese modelo, mayor y más duradero será su poder de reunión y su capacidad para mantenerse vivo en un conjunto humano a lo largo del tiempo. La identidad es, al mismo tiempo, una distinción, en el sentido de que quien se identifica con algo a la vez se está diferenciando de otra cosa. No ser es también una forma de ser. Por eso, quizá, la primera identidad que surgió en nuestra historia fue la humana, que se diferenciaba de la identidad animal. Los primeros humanos con conciencia de sí mismos sabían que no eran como los animales, sino distintos, y en esas diferencias asentaron su identidad, y sólo luego pudieron crear los elementos de diferenciación e identidad respecto a los otros grupos humanos; elementos que fueron, en esencia, producto de su imaginación simbólica, como explica Fernand Schwarz en *El ocultamiento de lo sagrado*:

> La búsqueda del hombre es una búsqueda de profundidades. Aparece como la necesidad de comprender las cosas desde adentro, desde el interior, ir más allá de las apariencias. Puesto que el hombre transforma el mundo en imágenes, podemos reconocer, con Gilbert Durand, que el imaginario es el talón dorado de la hominización. [...] El hombre no es simplemente *sapiens*, sino también *symbolicum*. Es el único ser capaz de comunicar y de representar conscientemente el universo a través de símbolos. El hombre dejó de tener una sumisión integral a los mecanismos de la naturaleza y ha logrado, a través de la imaginación y de la conciencia del otro, integrar a su visión la complejidad que le

constituye, volviéndose capaz de reconocer cualquier cosa diferente de sí mismo y simbolizarla.

Como decimos, la identidad humana se construye sobre el desarrollo de su imaginario, así como de todos los elementos diferenciadores que existen entre humanos y animales. Existen numerosos y documentados casos de comportamientos extraordinarios en el mundo animal. La idea de la competencia y la supervivencia del más fuerte, si bien es cierta, no está completa. En situaciones de necesidad, todo ser compite por su vida, y es evidente que será el más fuerte o el más capaz el que sobreviva, pero si dicha necesidad no está presente, los animales no se atacan entre sí, no matan por matar, no luchan por luchar, y son capaces, incluso, de ayudarse entre ellos dentro de la misma especie o, incluso entre especies diferentes de forma no mutualista.[4] Un paso más allá de esto, la complejidad humana desarrolló, en algún momento de la evolución, el afecto por otros seres humanos, lo que le llevó a sobrepasar los límites de lo puramente instintivo o del gesto puntual de ayuda, para manifestar con claridad un sentimiento de compasión.

Resultan muy interesantes los descubrimientos que se están realizando desde el campo de la evolución humana acerca del origen de la compasión. Las investigaciones al respecto prueban que homínidos muy anteriores a los neandertales ya cuidaban de algunos de los miembros de sus grupos, tanto de personas heridas como de otras con enfermedades limitantes, que fueron atendidas y mantenidas con vida incluso durante años. El estudio de sus huesos revela que hubo individuos con enfermedades realmente dolorosas y crónicas, otras que conllevaban la parálisis parcial o casi total de la persona, y que lejos de ser repudiados o abandonados por el grupo, como se había querido creer hasta ahora (movidos por una visión demasiado utilitarista y corta de la conciencia humana de los homininos), fueron atendidos durante un largo tiempo, en algunos casos hasta la curación del individuo y, en otros, hasta su muerte, acaecida a veces algunos años después de aparecer la

4. El mutualismo es una colaboración habitual entre especies para beneficio mutuo como, por ejemplo, las flores y las abejas, el picabueyes y el búfalo o los escualos y los peces piloto.

enfermedad. Estamos, por tanto, ante grupos humanos que ya sentían empatía y que estaban dispuestos a abandonar parte de su propia comodidad y conveniencia por atender a un congénere; que, de alguna manera, se organizaron para permitir que el enfermo tuviera cuidados por parte de uno o varios miembros del grupo, así como protección, agua y alimentos, proporcionados por el resto. Sobre esto, explica Roberto Sáez en *Evolución humana. Prehistoria y origen de la compasión*:

> Recordemos al Chico de Turkana, un *Homo ergaster*[5] que vivió hace 1,6 millones de años cerca del lago Turkana, en el sitio de Koobi Fora (Kenia). En su esqueleto casi completo podemos apreciar que este chico tuvo problemas en una vértebra lumbar durante varios meses antes de su muerte, muy probablemente a consecuencia de una hernia. Martin Haeusler y otros investigadores estiman que tuvo dolor de espalda y ciática recurrente que restringirían, al menos temporalmente, sus actividades diarias, y requerirían de atención social y cuidados. Padeció también una infección en un molar, probable causa de su muerte por septicemia en unos pocos días.

Ya hemos visto que a medida que se ha ido avanzando en el descubrimiento de restos fósiles de nuestros más remotos antepasados y trazando las distintas ramificaciones que desembocaron en la aparición de *Homo sapiens*, también se ha ido indagando en una cuestión que va más allá de lo puramente biológico: ¿desde cuándo somos humanos? Es decir, ¿desde cuándo los homínidos comenzaron a desarrollar esa conciencia y esa consciencia de sí mismos que los diferencia esencialmente del resto de los seres vivos del planeta? Por eso, los paleoantropólogos distinguen entre el proceso de hominización (adquirir estructura biológico-genética que hace que tengamos el aspecto que hoy tenemos) y humanización (el desarrollo de la cultura humana, sobrepasando inclu-

5. Se cree que *Homo ergaster*, al que pertenece el Chico de Turkana, es el ancestro más directo de *Homo antecessor* descubierto en Atapuerca. El que menciona Sáez pertenece al Calabriense, una de las edades del Pleistoceno que, a su vez, ubicamos dentro del período Cuaternario.

so los condicionantes del instinto animal en pro del desarrollo de una concepción identitaria de «humanidad»).

Un cráneo puede proporcionar una gran cantidad de información valiosa sobre el aspecto y el tipo de vida que llevaba aquel ser cuando estaba vivo, pero es necesario insistir en que no se puede saber por los huesos lo que pensaba ni lo que sentía, ni si albergaba sentimientos estéticos o morales, o si creía o no en el más allá. Lo único que permite aproximarse al interior de aquellos humanos germinales son los restos materiales de expresiones inmateriales como el arte, el simbolismo, el lenguaje, los poblamientos o el pensamiento abstracto. No basta con los hallazgos de herramientas, porque hay animales que también las usan, sino que es necesario encontrar vestigios de una intención sensible, como decoraciones, pinturas, construcciones y algo tan profundamente humano como el sentido de trascendencia que se muestra a través de los enterramientos rituales, los elementos usados de forma simbólica o los objetos y lugares empleados para cualquier tipo de culto. Por ejemplo, un bifaz[6] tallado como el famoso Excalibur de la Sima de los Huesos de Atapuerca, con una antigüedad que podría situarse en torno a los 400 000 años,[7] no tuvo nunca un uso como herramienta, a pesar de serlo en apariencia, sino simbólico, como acompañamiento en un enterramiento ritual. Este «sencillo» ejemplo implica un amplio desarrollo de las funciones cognitivas del cerebro, la posibilidad de elaborar un pensamiento abstracto capaz de otorgar un significado distinto a los objetos del que ofrece su forma (el bifaz es una herramienta, pero en el enterramiento de Atapuerca adquiere un significado diferente que no nos es posible conocer con certeza), de usar la imaginación y la memoria, de tener conciencia de la vida y de la muerte, de desarrollar un lenguaje «mágico-ritual» asociado a los difuntos, etc. Excalibur podría ser, entonces, la evidencia más antigua (Pleistoceno medio) que se conoce hasta la fecha de un ritual funerario simbólico, y hay investigado-

6. Herramienta paleolítica de piedra tallada por sus dos caras.
7. El bifaz fue encontrado en un yacimiento de huesos humanos de hace unos 400 000 años. Es de suponer que fue elaborado y depositado allí por los mismos humanos que dejaron los cadáveres de sus congéneres.

res que han comenzado a calificarlo como «el primer santuario de la humanidad».

Otra cuestión importante que hay que tener en cuenta es que el ser humano, ahora como entonces, se mueve por cuestiones muy similares, y nuestras más profundas inquietudes sobre la vida, la muerte, el sentido de la existencia, los sentimientos, el bien o el mal, etc. no han cambiado en su esencia, sólo en la forma de responder a esas preguntas, y una de las más eternas cuestiones que han acompañado al ser humano desde el principio de los tiempos es: «¿Quién soy?». Una pregunta que está necesariamente detrás de las manifestaciones humanas en pos de una identidad. En una entrevista que realizamos al profesor de Prehistoria de la UCM Marcos García Diez,[8] este explicaba que los signos rupestres de las cavernas paleolíticas tenían una función simbólica e identitaria:

> Cuando se crea un símbolo, puede igualmente movilizar conciencias para revolverlas o para agruparlas. Son elementos que pueden unirnos; el mismo elemento que, en algún momento, actúa como una fuerza que me diferencia del otro, me sirve al mismo tiempo para integrarme en un grupo afín y rechazar a otras personas. Y todo eso es lo que está también dentro del arte prehistórico: mandar mensajes que sirven para integrarnos e identificarnos como grupo. [...] Sabemos que especies anteriores a nosotros, como pueden ser los neandertales o, incluso, alguna anterior, también construían lo que llamamos «arte prehistórico», en una densidad mucho más baja, pero también lo hacían. [...]
>
> Esto nos lleva a una discusión más filosófica, más de evolución humana, que es preguntarnos quiénes eran los *sapiens*. Cuando se construye el término *sapiens*, se quiere hacer referencia a una persona que ya tiene la capacidad de construir lenguajes gráficos, abstraer, comunicar, etc. Pero todas esas capacidades las han tenido humanos que pertenecen a una especie anterior

8. Revista *Esfinge*: Entrevista a Marcos García Diez. *El arte rupestre. Información de tiempos remotos.*

> a la nuestra. Lo que pasa es que la nuestra, posiblemente por condiciones vinculadas a cuestiones de densidad demográfica, con todo lo que implica eso en la ocupación de los territorios y organización social, ha hecho que ese recurso, probablemente vinculado a la identidad y al marcaje de la propia identidad en el contexto de la territorialidad tal y como la entendemos, sea un concepto que socialmente han utilizado especies anteriores a la nuestra.

Esta idea, la de la identidad, es la que se encuentra también detrás de la continuidad que se ha revelado en el uso de algunas cuevas a lo largo de milenios. Así, por ejemplo, el profesor García Diez relata en esa misma entrevista cómo, en la malagueña cueva de Ardales, donde hay sectores con pinturas neandertales datadas en más de 65 000 años, se sabe que otros grupos de neandertales volvieron a esa misma cueva a ese mismo sector 10 000 años después y pintaron en el mismo lugar. Luego, los primeros *Homo sapiens* también dibujaron junto a las pinturas neandertales, y así durante mucho mucho tiempo. Según apunta García Diez:

> Ha tenido que haber una transmisión oral de ese sitio entre distintos grupos que ha hecho que tenga un significado para ellos, ya no solo respecto al arte, sino especialmente respecto al espacio, y esto es lo importante. Es un espacio que ha tenido valor simbólico durante generaciones y generaciones, convirtiéndose en espacios condensadores de información, que no solo se han transmitido de generación en generación, sino también entre especies humanas diferentes, entre neandertales y sapiens, y eso ocurre en la cueva de Ardales, en la cueva de la Pasiega y posiblemente en alguna otra. [...] Incluso existen algunos ejemplos, pocos, en los que alguna figura se ha retocado, se ha repintado o se ha modificado. Ciertamente no sabemos cuánto tiempo ha pasado hasta ese repintado, pero en algunas, por el tipo de técnica, sabemos que podría corresponder a una fase culturalmente diferente de la prehistoria. Así que muchas de esas acciones de repintados o ampliaciones de figuras lo que

están haciendo es reaprovechar el icono antiguo, bien para revivir el mensaje o la idea que se quería, bien para transmitir otra, usando la misma iconografía con otro sentido.

Aquí, en España, tenemos el caso de las pinturas de Ojo Guareña, donde esta continuidad va desde pinturas paleolíticas de unos 12 000 años hasta una ermita cristiana que se mantiene en la actualidad. Se sabe que a esa cueva estuvieron acudiendo grupos humanos desde hace 12 000 años hasta el siglo XIV, aproximadamente. Se sabe que alguien pasó por allí hace unos 7000 años, también hace unos 5600 años y en el año 100…, en una cueva con unas características que no facilita encontrar el acceso dentro de la cueva por el que se llega a la «Sala de las pinturas».

En el otro lado del mundo, en la Amazonia colombiana, sobre el perfil de la selva, destaca la sierra de Chiribiquete. En este lugar, no hace mucho y por casualidad, se realizó un descubrimiento sorprendente. En las paredes rocosas de la montaña se han descubierto hasta el momento más de 200 000 pinturas rupestres. Las más antiguas que se han datado tienen cerca de 20 000 años. Lo llamativo es que el lugar se ha seguido usando de forma ininterrumpida hasta la actualidad. Eso quiere decir que todas esas pinturas son el resultado de la acción de grupos humanos que, durante miles de años, han acudido a ese sitio en concreto para rendir culto y contemplar el legado de sus antepasados. Hoy en día todavía lo siguen haciendo, por lo que el Gobierno colombiano intenta restringir los accesos de investigadores al lugar para preservar la sacralidad del entorno para los indígenas.

En el mismo sentido, el catedrático de Prehistoria de la UCM Gonzalo Ruiz Zapatero, en una conferencia impartida en la Fundación Juan March[9] sobre los pueblos celtas de la península ibérica extrae una cita del libro de Barry Cunliffe, catedrático emérito de la Universidad de Oxford, *The celts: a very short introduction*:

9. Los pueblos celtas en la península ibérica, por Gonzalo Ruiz Zapatero, en el canal de YouTube de la Fundación Juan March, 30 de noviembre de 2017.

> A cierto nivel, entonces, el concepto de celtas es una creencia, aunque sea una creencia brumosamente comprendida, que reúne, por un lado, un sentido de conciencia y, por otro, un sentido de herencia. Los arqueólogos, que desean deconstruir esa conciencia por razones estrictamente académicas, deberían reflexionar sobre la necesidad de que, a lo largo del tiempo, lo que los seres humanos han tenido que definir es, fundamentalmente, su identidad. Una necesidad que requiere la constante reevaluación y reinterpretación de los muchos símbolos de su etnicidad percibida. El concepto de celtas está siempre evolucionando.

Puede parecer exagerado este salto desde las pinturas rupestres hasta la cultura celta, pero sirva esto para ilustrar cómo, en realidad, la necesidad de sentirse parte de una identidad es lo que lleva a los pueblos a mantener vivas, a veces durante larguísimos períodos de tiempo, tradiciones, costumbres, mitos y símbolos que nos enlazan entre nosotros y nos mantienen, al mismo tiempo, enlazados con nuestras raíces más profundas como pueblo. Es nuestra herencia humana, como señala el profesor Ruiz Zapatero, que sin darnos cuenta seguimos asumiendo y legando. Si seguimos en sentido inverso nuestras líneas identitarias, veremos cómo las gentes han acudido una y otra vez a los mismos lugares a «conectarse» con esa identidad, representación de las raíces ancestrales de cada pueblo, incluso cuando el modo ritual de la pintura rupestre se sustituyó por otra forma, deidades más concretas, con otro nombre o, incluso, por lugares de culto cristianos que pueden haber llegado hasta nuestros días. Detrás de la diversidad de esas formas, el hilo que los comunica a través del pasado remoto hasta hoy es el mismo. Esa necesidad de sentirse parte de una identidad raíz es tan importante y atávica que la forma menos cruenta y más efectiva de conquistar definitivamente una cultura siempre ha sido asimilando sus creencias e integrándolas en las propias. Eso explica también por qué el cristianismo, por poner un ejemplo, se defendió de las acusaciones de ser una religión «nueva» asimilándose con artificiosidad como una continuación del Antiguo Testamento de los hebreos, al igual que explica por qué los nacionalismos intentan por todos los medios justificarse, presentándose a sí mismos como los verdaderos herederos de las antiguas tradiciones del pueblo al que pertenezcan. Apelan a los elementos de identidad común por su siempre eficaz poder unificador, al tiempo que espolean la desconfianza y el odio en aquellos que no comparten dicha identidad, para apropiarse sibilinamente o por la fuerza del derecho a gobernar. La identidad como elemento de cohesión es, como vemos, algo esencial para los seres humanos de entonces y de ahora. Necesitamos, buscamos y creamos una y otra vez nuestros signos de identidad, signos con los que reconocer a los afines y diferenciarnos del otro. Querer tener una identidad no es malo, usar esa necesidad en beneficio propio, sí.

Hemos visto algunos de los elementos que forman parte de la identidad humana; una identidad que no difiere tanto si hablamos de un hombre paleolítico como si lo hacemos de cualquier ejecutivo de banca actual. Esa identidad es lo que tenemos en común todos los humanos, con independencia de las formas culturales o religiosas que ésta adopte. Es, de alguna manera, la raíz primigenia más pura a la que podemos apelar para conocer de dónde venimos y qué somos realmente, despojados ya de todo el peso de los prejuicios históricos. Si nos quitamos el traje de nuestro tiempo, las creencias adquiridas y la alienación social en la que llevamos siglos viviendo, ¿qué es lo que queda?, ¿qué hay en el sustrato prístino de nuestra humanidad?, ¿queda algo hoy de lo que constituyó nuestro ser esencial primero?

## En nuestras raíces

Durante muchísimo tiempo, se ha difundido una idea sesgada acerca de la forma de vida y las creencias del hombre paleolítico. En general, el tema religioso suele ser delicado de abordar por parte de muchos investigadores, y hay quien afirma todavía que cuando el hombre del Paleolítico enterraba a sus difuntos con alimentos y ajuar era porque creía que, tarde o temprano, esas personas dejarían de estar así, como si no entendieran que de la muerte no se vuelve, al menos no igual que nos fuimos. Dejando de lado este absurdo, los datos revelan la evidencia de que la idea de trascendencia o el sentido de lo sagrado despertó prácticamente al mismo tiempo que nuestra conciencia; sin embargo, al existir un marco bastante limitado de entender la evolución humana, basado sobre todo en la adaptación y las ventajas evolutivas, se ha tratado de dar una explicación puramente material y científica a la aparición de las primeras manifestaciones religiosas desde este punto de vista casi en exclusiva. Según el psiquiatra e investigador E. Fuller Torrey, autor de *La evolución del cerebro y la idea de dios,*[10] las primeras deidades fueron una creación del cerebro que comenzó cuando éste empezó a aumentar su tamaño en *Homo habilis*. Luego, hace 1,8 millones de años, en *Homo erectus*, que ya dominaba el fuego según Torrey, habría surgido la consciencia del yo y de la identidad. Hace 200 000 años, *Homo arcaico* (que comprende, entre otros, a *Homo heidelbergensis* y a *Homo neanderthalensis*) desarrolló la conciencia del conocimiento del otro, lo que se llama «teoría de la mente», por lo que en esta época habrían desarrollado el concepto de «seres superiores». Hace 100 000 años, los *Homo sapiens* primitivos desarrollaron la capacidad de introspección y reflexión, lo que les llevó a la creencia de que esos «seres superiores» exigían un culto. Finalmente, hace unos 40 000 años, *Homo sapiens* adquirió memoria autobiográfica, comenzó a pintar en las paredes de las cuevas y a enterrar de manera intencionada a sus muertos con un ajuar funerario.

Otras teorías afirman que la religión fue adquirida como un mecanismo adaptativo[11] para mejorar la cohesión social y la cooperación entre los grupos, aunque muchos animales gregarios demuestren que no es necesaria la religión para tener una cohesión fuerte. Otras apuntan a que la religión es un subproducto,[12] es decir, que al desarrollar un cerebro más grande, apareció la conciencia, y al hacerlo, nos dimos cuenta de nuestra propia mortalidad y, al no poder procesarlo, creamos la religión como un bello envoltorio de mentiras que nos evitaban enfrentarnos a la dura realidad de la propia muerte. Por su parte, Richard Daw-

10. Según un artículo publicado en la versión *online* de la revista *Mente y cerebro*, dependiente de *Investigación y ciencia*, titulado «Evolución de la religión», escrito por Luis Alonso, núm. 89. Personalidad. marzo-abril de 2018.
11. Richard Sosis y Candance Alcorta.
12. Stephen Jay Gould y Elisabeth Vrba.

kins[13] defiende que las religiones son «virus mentales», subproductos de los procesos cognitivos.

Si bien es cierto que, según parece, el mayor desarrollo del tamaño cerebral coincide con la aparición de la conciencia, la verdad es que no es posible saber si fue el crecimiento del cerebro lo que originó la conciencia o si fue la aparición de la conciencia la que propició el crecimiento del cerebro. Tampoco es fácil dar una explicación al origen de los fenómenos religiosos. Aunque se sabe que *Homo naledi*, de más de 300 000 años de antigüedad y perteneciente a una especie con un volumen craneal de 500 $cm^3$, ya enterraba de forma ritual a sus muertos y grababa signos en la paredes de las cuevas. Esto indica que lo que nos hace humanos no tiene tanto que ver con nuestra forma o tamaño cerebral como con otra cosa que, a pesar de todas las investigaciones, sigue siendo un gran misterio. Autores como David Lewis-Williams y David Pearce afirman que son las características de la neurología humana las que provocan las alteraciones en los estados de conciencia tan comunes en casi todos los pueblos, y que esos estados alterados son los que han propiciado la religión.[14] Es bastante evidente que la autoconciencia y la conciencia de la muerte, tanto propia como ajena, debió de causar un fuerte impacto en los seres humanos, de la misma manera que lo causa ahora en nosotros, pero desconocemos por completo por qué apareció la conciencia, ni qué tipo de ventaja evolutiva supuso tenerla frente a no tenerla.[15] Igual que hay quien defiende que la religión facilitaba la cooperación entre los grupos, y eso era bueno, hay quien proclama que la religión es un método de control de los demás, y que eso también era bueno, puesto que hablamos de evolución y de prevalencia del más fuerte (o el más listo… o listillo).

Enfrentarse de manera consciente a la propia mortalidad y a la de nuestros seres queridos es, de hecho, una experiencia de gran impacto, pero es curioso que se plantee que el hombre primitivo, que tenía una exposición y contacto con el fenómeno de la muerte mucho más direc-

13. Autor de *El gen egoísta*.
14. *Dentro de la mente neolítica*.
15. La cuestión es que hemos sido los únicos en desarrollarla, la naturaleza no ha hecho desaparecer esta «anomalía» y tampoco ningún otro ser ha desarrollado una conciencia.

tos de lo que lo tenemos nosotros ahora, gestara la invención conjunta del más allá sin ningún tipo de fundamento para aliviar la pesada carga de vivir sabiendo que hay un final. Hoy, que entregamos a nuestros enfermos a la asepsia de los protocolos sanitarios, que no nos permiten apenas ver la realidad cercana del dolor, que no dejamos a nuestros hijos exponerse a estas experiencias a pesar de que forman parte de la vida misma; hoy, que contemplamos a nuestros difuntos, bien vestidos y maquillados a través del ventanuco de un tanatorio; hoy, que la barbarie se expone obscenamente tanto por televisión que se ha vuelto algo ajeno; hoy, que vivimos tan de espaldas al entorno natural del que venimos que no reconocemos los ciclos vitales ni somos capaces de asumir las realidades esenciales que nos son comunes de la enfermedad, la vejez y la muerte; hoy, hablar del más allá, del alma o de la regeneración de la vida se presenta sin contemplaciones como el autoengaño de los que no quieren ver que después de la muerte no hay nada, pero ninguno de los que niegan el alma sabría cómo definirla.

Miramos hacia atrás, al tiempo de nuestros antepasados, cuando las enfermedades y las heridas se atendían a la vista de todos, cuando un animal salvaje podía matar a alguien ante los ojos de sus familiares, cuando había grupos humanos que dejaban a sus muertos expuestos a los depredadores para que limpiaran sus huesos antes de enterrarlos, y una madre veía descarnar durante días el cuerpo de su hijo, un hijo el de su padre, una esposa el de su esposo…, para, a continuación, recoger sus huesos y darles sepultura de manera ritual, o bien, pasado un tiempo, para volver a desenterrarlo, a decapitarlo y enterrar la cabeza en el suelo de alguna habitación especial. Difícilmente podían creer que esa persona iba a volver; la muerte, sin duda, había sido su final, y sería el final corporal de todos, pero trataban sus restos con el respeto de quien, de alguna manera, quiere todavía mostrar cariño a esa parte del ser querido que, intuían, no se había ido con su cuerpo. Ese sentimiento, miles de años después, no ha desaparecido en nosotros. Ante esto, cabe preguntarse realmente qué tipo de ventaja evolutiva obtuvo (y obtiene) el ser humano de la conciencia de la muerte, o qué beneficio consigue la naturaleza de ello para que no se haya considerado una mutación defectuosa y haya desaparecido. ¿Fue la creencia en el más allá el ajuste de la naturaleza al «fallo» que supuso la aparición de la conciencia? ¿Es la conciencia el culmen de una evolución que sólo hemos alcanzado nosotros, a pesar de tener que vivir con el trauma de la futura muerte de todos cuantos nos rodean y de nosotros mismos?

Es muy importante indagar en el porqué de la aparición de la conciencia y no quedarnos con la respuesta que más se ajusta a lo que queremos creer. Los humanos del Paleolítico sabían muy bien lo que podía implicar una herida abierta, una mordedura venenosa o una enfermedad. Sabían muy bien lo que pasaba con los cuerpos después de morir, y aún así creyeron en la trascendencia de lo puramente material y abrieron la puerta al mundo del misterio. ¿Por qué? ¿Por qué, si todo lo que veían revelaba que nadie volvía de la muerte, llegaron a la conclusión de que había algo que seguía viviendo en «otro lado»? Es posible, como afirman Lewis-Williams y Pearce, que la experiencia religiosa sea la respuesta a las vivencias de los estados alterados de conciencia que se producen en determinadas circunstancias, como con los rituales chamánicos, el consumo de drogas, la meditación, la privación de sueño, el dolor, etc. ¿Podría la neurología explicar completa y satisfactoriamente el fenómeno religioso y las creencias en el más allá de todos los pueblos a lo largo de la historia? Es cierto que existen métodos claros para medir la actividad cerebral, y sabemos también qué áreas del cerebro responden ante determinados estímulos. Lewis-Williams y Pearce no son los únicos que opinan que es el cerebro el que crea la mente; que es la estructura neurológica la que está detrás de las funciones cognitivas, pero ¿y si fuese al revés? ¿Y si el cerebro sólo fuera el asiento que permite la expresión en el ser humano de todo lo que implica la conciencia? A fin de cuentas, muchos seres tienen sistemas neurológicos complejos, pero sólo nosotros tenemos conciencia. ¿Puede ser esa conciencia, esa diferencia tan excepcional, sólo producto de una cincunvolución cerebral diferente o de las conexiones cerebrales? En un estudio de la Universidad de Tel-Aviv[16] dirigido por Yaniv Assaf y publicado en *Nature Neuroscience* en 2020, se revelaba que todos los mamíferos, desde las musarañas hasta los humanos, tenemos la misma conectividad, y la información es igualmente eficaz a la hora de transmitirse y usa el mismo número de sinapsis. No es diferente ni mejor en los humanos que

16. *Conservation of brain connectivity and wiring across the mammalian class.*

en el resto de mamíferos. En todos nosotros, el cerebro tiene un funcionamiento muy similar respecto a sus mecanismos de compensación, es decir, que cuando la conectividad entre los hemisferios es alta, la que existe dentro de cada hemisferio es baja, y viceversa. En resumen, nuestros cerebros son diferentes, nuestras funciones cognitivas son distintas, a pesar de que el cerebro funciona de la misma manera, y no sólo entre especies, sino también entre los mismos humanos. Quizá, de la misma forma que se ha descubierto que los factores epigenéticos pueden condicionar la expresión genética, es posible pensar que el entorno, las creencias, la educación o la cultura pueden modificar las conexiones neuronales. A fin de cuentas, todos tenemos la capacidad, si queremos, de modificar nuestra forma de pensar sin que antes el cerebro realice ningún cambio en su estructura.

Quizá parte de la respuesta resida también en que, si bien los hombres del Paleolítico conocían a la perfección el significado de la muerte, también es cierto que estaban igualmente expuestos a la vida. De la misma manera que veían las cosas morir y desaparecer, las veían nacer y vivir; tenían ante sus ojos el ciclo completo de la naturaleza, un día tras otro, un mes tras otro, y un año tras otro, siempre igual y siempre nuevo. Se sentían parte de su entorno y, de alguna manera, concluyeron por analogía que, si todo es cíclico en la naturaleza y eran parte de ella, también ellos eran cíclicos; y si la vida resurge una y otra vez después de la aparente muerte del invierno, quizá la muerte de los cuerpos fuera también una apariencia, ya que la vida siempre aparece de nuevo con otras formas. Básicamente, es posible que al principio no se inventaran una historia fantástica de seres sobrenaturales y mundos invisibles para consolarse, pero sí que hubieran desarrollado un sistema de creencias basándose en lo que experimentaban a diario a su alrededor, buscando reproducir esa realidad que veían a través de los rituales que practicaban y de la forma de vida que llevaban. ¿Están implicados en esto la estructura y el funcionamiento neurológico del cerebro? Casi con seguridad, pero ¿es lo único que motiva el sentimiento religioso o de trascendencia? La verdad es que eso forma parte del misterio, porque no podemos saberlo.

## Lo sagrado en lo profano

En *Las diosas vivientes*, obra póstuma de Marija Gimbutas, ésta explica que, desde el siglo VII a. C., la expresión de la religiosidad se centró en el templo. Sin embargo, estos templos no estaban, como los de ahora, apartados de la vida profana. Estos lugares eran, en la Europa antigua, parte de la arquitectura de las casas, y «lejos de distanciarse del asentamiento de población, se integraban en él».[17] Las investigaciones han identificado estos espacios como lugares de culto por la presencia de un altar, así como de diversas estatuillas colocadas de forma evidente sobre dichos altares, algunas de gran tamaño, y quemadores de incienso, vasijas rituales y otros elementos asociados a ritos devocionales. Una curiosidad de estos templos es que en muchos de ellos se integraban actividades diarias como el horneado del pan, el tejido de la ropa o la fabricación de cerámica, que se cree que se realizaban como parte de una actividad sagrada.

> Para el excavador del siglo XX, interpretar este tipo de «casas» supone un verdadero problema. ¿Representaba una vivienda normal llena de vasijas; era un templo consagrado; o era un extraño híbrido donde las actividades diarias se consideraban sagradas? Consideramos incomprensible este tipo de estructura porque nuestras actividades cotidianas normalmente están separadas de nuestra vida espiritual. Pero si examinamos formas y decoraciones de cerámica, vemos que pertenecen a un sistema simbólico coherente: un sistema que sería innecesario si el único propósito de la cerámica fuera adornar. Es más probable que los europeos antiguos crearan cerámica, pan y ropas como actos sagrados, como queda demostrado por la proximidad del taller al propio templo. Nuestros antepasados del Neolítico unían sus vidas seculares y sagradas sin segregación ideológica alguna. Arte, oficio y religión eran una única cosa.

17. *Las diosas vivientes.*

No debe sorprendernos que, para su mentalidad, fuera natural integrar las actividades relacionadas con la nucleación social en la ritualidad sagrada. Sobre esta sacralización de cosas en apariencia profanas, comenta Mircea Eliade:[18]

> El hombre de las sociedades arcaicas tiene tendencia a vivir lo más posible *en* lo sagrado o en la intimidad de los objetos consagrados. Esta tendencia es comprensible: para los «primitivos», como para el hombre de todas las sociedades premodernas, lo *sagrado* equivale a la *potencia* y, en definitiva, a la *realidad* por excelencia. Lo sagrado está saturado de ser. Potencia sagrada quiere decir a la vez realidad, perennidad y eficacia. La oposición sacro-profana se traduce a menudo como una oposición entre *real* e *irreal* o *pseudorreal*. Entendámonos: no hay que esperar reencontrar en las lenguas arcaicas esta terminología filosófica: real, irreal, etc.; pero *la cosa* está ahí. Es, pues, natural que el hombre religioso desee profundamente *ser*, participar en la *realidad*, saturarse de poder.

Para los hombres primitivos, entendidos como los primeros, el comportamiento de la naturaleza proporcionaba la pauta de la realidad y, por tanto, de lo sagrado. Al identificarse con la naturaleza de forma trascendente, podían imitarla para aproximarse a su sacralidad. Es por eso que para ellos, como afirma Eliade, «la naturaleza nunca es exclusivamente "natural": está siempre cargada de un valor religioso», ya que el cosmos entero es una creación divina y, por tanto, es sagrado. El cielo les muestra lo infinito, eterno y trascendente de la divinidad, y la Tierra es la madre universal. Los ciclos que rigen tanto el cosmos como la naturaleza, que son los mismos que rigen a los hombres, revelan la existencia de un orden, una armonía, una permanencia y una fecundidad. El cosmos funciona y se comporta como un «organismo real, vivo y sagrado». El poder creador del cielo y de la tierra pueden ser reproducidos por el hombre. La creación es vida y la vida no se limita a engendrar. Al imitar el proceso de la creación, el hombre puede dar vida a las

18. *Lo sagrado y lo profano.*

ideas, y con esas ideas puede crear vasijas, tejidos o alimentos, y al ser imitaciones de la creación, se trata de tareas que solían estar asociadas, de forma sagrada, con lo femenino. El proceso de dar forma a lo informe (recordemos que el barro no es otra cosa que el agua que baja del cielo mezclada con la tierra), de diferenciar lo indiferenciado a través de la alfarería, emula la creación del universo y del mismo hombre, por eso quizá existen tantas tradiciones en las que Dios o los dioses crearon al hombre a partir del barro. El vaivén del huso en el telar, el entrecruzamiento de la urdimbre y la trama evocan la concatenación de los destinos, el tejido mismo de la vida de la que somos parte todos. Finalmente, el camino que lleva desde la siembra hasta la elaboración del pan revive la capacidad de transformación y transmutación de las cosas, así como de las mismas personas. Sin duda, estas «artes» tenían una connotación fuertemente sagrada en la antigüedad, y formaron parte de las ofrendas y elementos rituales de los templos a los que se refiere Gimbutas, parece ser que dirigidos fundamentalmente, pero no de forma exclusiva, por mujeres.

Así pues, en las primeras expresiones religiosas, el ser humano no hacía otra cosa que alinearse con el sentido natural, que era asimismo el sentido de lo sagrado. Y si volvemos al tema de la muerte, con la mera observación de los movimientos vitales bastaría para entender que existía una correlación natural entre vida y muerte como continuidad, e igual de natural sería relacionar de manera simbólica a la Tierra con la Madre que da la vida a los seres y que al mismo tiempo es la que recibe los cuerpos de los difuntos en su seno para, luego, volver a darles vida.

> Es ésta del alumbramiento de los humanos por la Tierra una creencia difundida universalmente. En muchas lenguas se llama al hombre «nacido de la tierra». Se cree que los niños «vienen» del fondo de la Tierra, de las cavernas, de las grutas, de las hendiduras y también de los mares, de las fuentes, de los ríos. En forma de leyenda, de superstición o simplemente de metáfora perduran aún creencias similares en Europa. [...] En la

muerte, se desea reencontrar la Tierra Madre y ser enterrado en el suelo natal.[19]

Es del todo innecesario aclarar que, cuando las antiguas tradiciones afirman que los niños «vienen» del fondo de la Tierra o de las fuentes, no lo hacen de forma literal. Estaban más que acostumbrados a presenciar alumbramientos como para saber que, de forma material, no era así, pero sí de manera simbólica, porque somos tierra, venimos de la tierra y a la tierra volvemos. Desde un punto de vista molecular, e incluso atómico, no se está diciendo ninguna barbaridad, y por eso tampoco ha de extrañarnos que lo que hoy conocemos como diosas paleolíticas reflejaran esos aspectos de la tierra, y también otros como la fecundidad, el renacimiento, la generación, la abundancia, la nutrición y la protección. Ideas tan fuertemente arraigadas que, aún hoy, están presentes en nuestras mentes, a pesar de que fueron concebidas en las de personas que vivieron hace decenas de miles de años.

## La interpretación de la naturaleza

Decía Spinoza que «cuanto más conocemos las cosas naturales, más perfectamente conocemos la esencia de Dios (que es la causa de todas las cosas)».[20] Con independencia de las creencias del lector, es necesario entender, antes de juzgar como cierta o falsa esta frase, el sentido de lo que él entendía por Dios y por naturaleza. Para quien no lo conozca, Spinoza fue, ante todo, una persona de enorme valor. Judío holandés de origen sefardí nacido en 1632, analizó las Escrituras y las convenciones religiosas y políticas desde un punto de vista racional, lo que le valió, con 23 años, un decreto de expulsión de su comunidad[21] y de destierro de la ciudad al negarse a retractarse de sus ideas. Para Spinoza,

19. *Ibid.*
20. *Tratado teológico-político*, edición de Atilano Domínguez.
21. El *hérem* es una dura condena rabínica, que condena al ostracismo a aquella persona contra la que se emite. Para Spinoza, esta expulsión supuso no poder tener contacto con su comunidad, incluyendo, claro está, a familia y amigos, así como quedar relegado de los cultos.

las Escrituras habían sido en gran parte «adulteradas» por personas que querían «hacer pasar sus invenciones por palabra de Dios», para, con el pretexto de la religión, forzar a los demás a pensar como ellos, en lugar de preocuparse realmente por vivir según la ley divina.

> Pero, tanto han podido la ambición y el crimen, que se ha puesto la religión, no tanto en seguir las enseñanzas del Espíritu Santo, cuanto en defender las invenciones de los hombres; más aún, la religión no se reduce a la caridad, sino a difundir discordias entre los hombres y a propagar el odio más funesto, que disimulan con el falso nombre del celo divino y de fervor ardiente. A estos males se añade la superstición, que enseña a los hombres a despreciar la razón y la naturaleza y a admirar y venerar únicamente lo que contradice a ambas.[22]

Spinoza no tuvo el más mínimo reparo en expresar su reticencia a considerar los relatos bíblicos sobre los milagros como dogmas de fe. Más bien, afirmaba que había que analizarlos y, en el caso de encontrar en ellos algo que contradijera las leyes naturales o que no pudiera derivarse de ellas, era preciso «creer firmemente que fue añadido a las Sagradas Escrituras por hombres sacrílegos», puesto que «todo lo que es contra la naturaleza es contra la razón, y lo que es contra la razón es absurdo y por lo mismo también debe ser rechazado».

Por algún extraño motivo, se suele pensar popularmente que el hombre del Paleolítico no empleaba la razón para interpretar lo que ocurría a su alrededor, que más bien usaba una suerte de pensamiento mágico por medio del cual los actos visibles de la naturaleza eran concebidos como obra de entidades divinas, sobrenaturales, invisibles y caprichosas a las que era necesario adorar, porque podían manipular los elementos a su antojo, y convenía tenerlas contentas. Sin embargo, en la visión de Spinoza se oculta un matiz, al igual que en el pensamiento de los hombres del Paleolítico: lo divino y lo natural son lo mismo; Dios y la naturaleza no son dos cosas diferentes ni desvinculadas, y de ninguna manera Dios, que es la naturaleza, puede violar sus propias

22. *Tratado teológico-político.*

leyes. Conocer las leyes naturales es conocer a Dios; reverenciar la naturaleza es reverenciar a Dios; obrar conforme a las leyes naturales es obrar conforme a las leyes divinas; entender que el hombre es parte de la naturaleza es entender que también es parte de la divinidad y la divinidad parte de él.

> Por gobierno de Dios, entiendo el orden fijo e inmutable o la concatenación de las cosas naturales; puesto que ya antes hemos dicho y lo hemos probado en otro lugar, que las leyes universales de la naturaleza, conforme a las cuales se hacen y determinan todas las cosas, no son más que los eternos decretos de Dios, que implican siempre una verdad y una necesidad eternas. Es, pues, lo mismo que digamos que todas las cosas se hacen según las leyes de la naturaleza o que son ordenadas por el decreto de Dios y su gobierno.[23]

Por todo esto, cabe preguntarse profundamente por las creencias de estos hombres de la antigüedad que vivían en contacto permanente con la naturaleza, que convivieron con sus ciclos, que aprendieron a reconocer las señales de lluvia, a seguir las huellas de los animales, a identificar los frutos comestibles y las plantas que tenían poder medicinal, que elaboraron herramientas y trampas para cazar, que aprovecharon las pieles y los huesos, o que horadaron con habilidad piedras y conchas de gran dureza. Nada de eso pudo hacerse sin el uso de la razón, sin observar y entender las leyes inmutables que imperaban en su entorno.

Hace entre 24 000 y 15 000 años, en la región siberiana de Irkutsk, alguien perforó una y otra vez un hueso plano, marcando lo que hoy se cree que es uno de los calendarios lunares más antiguos descubiertos hasta la fecha. No es el único que se ha encontrado. Aquellas personas no se creían expuestas a un hado fortuito, sino que se sabían parte de algo que se expresaba a través de movimientos cíclicos, una ley natural para todo lo viviente: todo nace y muere, crece y se agota, viene y va; los días suceden a las noches, la primavera al invierno, un año a otro; en el cielo, los astros giran en un orden, hay un tiempo para que los

23. *Ibid.*

animales procreen y otro para que los ríos crezcan; la Luna pasa de manera regular cada 28 días; hay noches más largas que otras; hay plantas que crecen junto a los ríos y otras lejos de ellos; en las montañas, la temperatura es distinta a la del valle; no se puede vivir sin agua; ningún animal caza si no es para comer; todo se reaprovecha, nada se desperdicia... Hay magia, sí, pero es natural. Saber todas estas cosas les permitía vivir dentro de la ley de la naturaleza, conocer esas leyes y actuar conforme a ellas les permitía tener cierto poder para crear mejores circunstancias de vida. Ellos conocían la naturaleza de manera racional y física pero, además, la interpretaron de un modo simbólico y metafísico, sencillamente porque el acto mismo de pensar implica, de manera innata para el ser humano, ambos aspectos.

Antes de pensar que esta imagen que estamos transmitiendo era la absoluta realidad, es necesario pararse a pensar en la naturaleza humana. Igual que podemos encontrarlas hoy en día, entonces también debieron de existir personas supersticiosas, que experimentaron sus creencias con temor a perder el favor de la divinidad, y otras que seguían los rituales porque era lo que hacían los demás. Una cosa es la tónica general y otra muy distinta lo que cada uno, de forma individual, tiene en su interior.

Así que, aunque en general para aquellos primeros humanos lo sagrado impregnaba el entorno natural, ni el espacio ni el tiempo eran siempre iguales; había lugares y momentos especiales, diferentes de los habituales, y esa diferencia reforzaba su condición sagrada. De alguna manera, esos lugares y esos momentos constituían una condensación de la potencia divina, por lo que adquirieron una significación especial. Explica Eliade:

> Digamos acto seguido que la experiencia religiosa de la no homogeneidad del espacio constituye una experiencia primordial, equiparable a una «fundación del mundo». No se trata de una especulación teológica, sino de una experiencia religiosa primaria, anterior a toda reflexión sobre el mundo. Es la ruptura operada en el espacio lo que permite la constitución del mundo,

> pues es dicha ruptura lo que descubre el «punto fijo», el eje central de toda orientación futura.[24]

Para Eliade, la ruptura de la homogeneidad del espacio y el tiempo es lo que permite al ser humano orientarse. Desde muy antiguo, la vida se asoció simbólicamente a una peregrinación o a un viaje. No se trata de un vagar, sino que existe un destino, un lugar al que llegar. Saber orientarse facilita cumplir el destino, llegar al final del viaje con éxito. «Nada puede comenzar, hacerse, sin una orientación previa, y toda orientación implica la adquisición de un punto fijo», explica Eliade. Ahora bien, es evidente que no se trata aquí de un destino físico, sino trascendente. La orientación es una orientación de vida, es el sentido que se le otorga en función de la vivencia de las cosas sagradas. Conocer las leyes naturales, vivir conforme a la corriente y el curso que éstas siguen, es lo que define el buen puerto al que se logrará llegar. El punto fijo es un valor o unos valores, es el sistema de creencias fundamentales. A partir de ahí, con esas creencias como brújula, no es posible perderse.

Huelga decir que no se señala ninguna creencia en particular, sino que cualquier creencia trascendente que tenga un ser humano es susceptible de convertirse en su «centro». Rechazar el sentido de la sacralidad inherente en nosotros no evita que éste siga presente. Eliade afirma que la existencia profana «jamás se encuentra en un estado puro», por muy alto que sea el grado de desacralización que se haya logrado. «El hombre que opta por una vida profana no logra abolir del todo el comportamiento religioso», los vestigios de la valoración religiosa permanecen. Así, se puede experimentar el mismo sentimiento de fervor religioso ante una imagen divina que ante la de un futbolista, un personaje público o un cantante de moda. Para el ser humano, «lo sagrado es lo real por excelencia, y a la vez potencia, eficiencia, fuente de vida y de fecundidad».[25]

La orientación sagrada tiene su reflejo en el mundo a través de los lugares y los momentos especiales. Por eso, la orientación en el tiempo y en el espacio ha tomado desde antiguo un cariz sacro para poder saber

---

24. *Lo sagrado y lo profano.*
25. *Ibid.*

dónde y cuándo sería más fuerte la manifestación de la potencia divina, lo que equivale a decir cuándo y dónde se puede constatar y ver en acción la ley natural. Un buen ejemplo de esto lo tenemos en el complejo de los dólmenes de Antequera, en Málaga. El lugar, sin duda, debió llamar poderosamente la atención de los hombres que habitaron la zona. Cualquiera que hoy se acerque a visitar ese lugar lo primero que descubrirá conforme se aproxima a Antequera es la silueta de la Peña de los enamorados; su contorno dibuja casi a la perfección el perfil de una cabeza humana boca arriba, con sus ojos apuntando al cielo. El otro elemento, a algo más de 12 km en línea recta desde la Peña de los enamorados, es el Torcal de Antequera, uno de los paisajes kársticos más espectaculares que existen, formados durante el Jurásico en el fondo marino (hay huellas fósiles de ammonites en alguna de sus cimas), por lo que fue declarado Patrimonio Mundial por la UNESCO en 2016. En medio de estos dos espacios se encuentran numerosísimos vestigios de una antiquísima presencia humana en la zona con pinturas rupestres en cuevas y abrigos, construcciones megalíticas, asentamientos, necrópolis, etc., de lo cual, los restos más conocidos son los de los tres dólmenes que hay dentro de la ciudad de Antequera.

El mayor y más antiguo de los dólmenes de la zona, datado en unos 6000 años, es el dolmen de Menga. Como construcción es una de las más colosales de Europa, con algunas losas de cubierta de aproximadamente 150 toneladas. En su interior destacan unos pilares que delimitan dos pasillos a modo de deambulatorio hacia la zona del fondo, donde recientemente se ha descubierto la existencia de un pozo de 19,50 m de profundidad que alcanza la capa freática y que, según los análisis efectuados en el agua que se encuentra en su fondo, es perfectamente potable. Entre las muchas cosas interesantes que ha revelado la intervención realizada en 2005 por un equipo multidisciplinar coordinado por la Universidad de Sevilla está que, de haberse excavado en una zona sólo un poco más baja, en lugar de en el cerro donde se emplaza el dolmen, el trabajo de construcción del pozo habría sido mucho más fácil y el recorrido más corto; sin embargo, se eligió aquel lugar por alguna razón, y a fecha de hoy aún se desconoce si el dolmen se erigió sobre el pozo o el pozo dentro del dolmen. Otro aspecto interesante de este monumento es su orientación. A pesar de estar orientado hacia la salida del sol en el sosltticio de verano, cuenta con una desviación que no es casual, ya que la entrada del dolmen mira directamente hacia «la barbilla» de la Peña, justo donde se sitúa un abrigo con numerosas pinturas rupestres. Según Leonardo García Sanjuán, catedrático de Prehistoria de la Universidad de Sevilla y uno de los investigadores principales de la intervención de 2005, las excavaciones realizadas en las inmediaciones del abrigo de Matacabras (la barbilla de la Peña) revelaron que, en época anterior a la construcción de Menga ya existió allí un santuario que, por alguna razón, colapsó, lo que probablemente motivara la erección de Menga como continuación del santuario primigenio. Ésta sería la razón de la particular orientación del dolmen, mirando a lo que los investigadores han denominado «un espacio mental más que una simple realidad geográfica. Un "centro del mundo", donde lo sagrado se manifiesta de modo total».[26]

También en Antequera, el dolmen de Viera, con una antigüedad aproximada de 4500 años, está correctamente orientado hacia los equinoccios de primavera y otoño, momentos en que el sol baña por completo el fondo de la cámara. Por último, el tholos o dolmen de El Romeral, en la misma zona, construido hace unos 4200 años, recibe en su interior la luz del sol durante el mediodía del solsticio de invierno, en lugar de al amanecer. Esta nueva «irregularidad» obedece, de nuevo, a su estrecha relación con el paisaje, ya que su orientación mira directamente hacia la cumbre de la sierra del Torcal, y más en concreto a una llamativa mole rocosa conocida como el Camorro de las siete mesas. Estos tres dólmenes no sólo se orientan a los momentos estacionales clave, sino que también se relacionan a la perfección con la singular geografía de su entorno. Es evidente que la elección del lugar para la construcción de los monumentos sagrados, de claro carácter funerario y, por tanto, vinculados a los cultos a la vida y la generación, tuvo una relación directa con las características del paisaje. Aquel excepcional lugar, distinto de todos los demás, era esa ruptura de la homogeneidad espacial que lo señalaba como sagrado. Una vez ahí, se estableció también la ruptura temporal, marcando de un modo inequívoco los mo-

26. Web del Conjunto Arqueológico Dólmenes de Antequera (www.museosdeandalucia.es).

mentos del año en los que la potencia divina era mayor: los solsticios y los equinoccios.

Eliade señalaba que, para el hombre religioso, es vital el establecimiento de un «centro del mundo», ya sea por medio de un lugar natural especial, o mediante un rito de elección: si el entorno no muestra signos de la presencia de lo sagrado, ese signo se busca por otros medios, como dejar libre a un animal doméstico, por lo general, uno relacionado con la sacralidad, como una vaca o un toro, y establecer el lugar donde el animal se detenga.[27] En cualquier caso, «para vivir en el mundo hay que fundarlo, y ningún mundo puede nacer en el "caos" de la homogeneidad y de la relatividad del espacio profano». Igual de importante en ese espacio sagrado es el establecimiento de los umbrales, los lugares de paso que distinguen el espacio sagrado del profano. Ése es el lugar donde se produce el tránsito entre ambos mundos, de la misma manera que existen puntos de tránsito para los momentos esenciales; los solsticios y los equinoccios son algunos de esos momentos esenciales, pero el paso de la vida a la muerte y de la muerte a la vida es otro, quizá por eso eran espacios destinados tanto a los cultos funerarios como a los de regeneración. En cuanto al tiempo sagrado, dado que se corresponde con la ley natural, que es, entre otras cosas, cíclica, es «indefinidamente recuperable, indefinidamente repetible», lo que lo acerca a un tiempo eterno y, de manera curiosa, atemporal, porque es «siempre igual a sí mismo, no cambia ni se agota». Los ciclos estacionales se repiten una y otra vez, pero siempre son nuevos, siempre regenerados, siempre potentes, igual que la vida y la muerte se alternan pero están siempre presentes las dos. Cada solsticio marca un final y un comienzo, representa el umbral de un tiempo nuevo que se renueva de manera periódica. Así, la repetición anual de los ciclos naturales permite intuir la existencia de un tiempo primordial, el tiempo en que todo comenzó y que se reactualiza con cada nueva vuelta del ciclo. Así, de la misma manera que el universo se regenera volviendo periódicamente al tiempo original, el ser humano también puede regenerarse participando en los ritos que reproducen los ciclos: «el tiempo cosmogónico sirve de modelo a todos los tiempos sagrados», dice Eliade.

27. *Lo sagrado y lo profano.*

> Pero esa imitación corre peligro de hacerse cada vez más incorrecta; el modelo corre el peligro de ser desfigurado o incluso olvidado. Las reactualizaciones periódicas de los gestos divinos, las fiestas religiosas, están ahí para enseñar a los hombres la sacralidad de los modelos.[28]

¿Podríamos inferir que, en los orígenes del ser humano, están las raíces más prístinas y puras de lo que somos, como en un niño antes de recibir los impactos de la sociedad? Existe cierto aire de inocencia infantil en el acercamiento a aquellos primeros tiempos, antes de que el hierro impusiera las guerras y las conquistas. Sería ingenuo afirmar que la vida de entonces era idílica, como describen Hesíodo, Ovidio o Platón al hablar de la edad de oro de la humanidad, pero, sin duda, contenía los principios humanos que impulsan a la cooperación antes que al conflicto, además de una integración con el entorno más tolerante que la que tenemos ahora. De ninguna manera podemos defender que aquella época fue mejor y ésta peor, no es la tecnología y las comodidades de las que ahora disfrutamos las que nos han alejado de nuestra propia naturaleza, sino la desconexión con la comprensión de lo sagrado en su más amplio aspecto y esa perversión del espíritu que consistió en usar los elementos divinos en beneficio propio, creando discordias entre los hombres y propagando los odios más funestos, como tan bien se atrevió a expresar Spinoza. Y, quizá, la mayor de las perversiones y de los sacrilegios fue declarar enemigos irreconciliables a la ciencia[29] (hija natural de la filosofía) y la religión. De esa manera, la divinidad dejó de ser la naturaleza. Los dioses (o Dios) creaban y gobernaban a su

28. *Ibid.*
29. Ciencia no sólo en el sentido moderno. Ciencia fue y es también el conocimiento de lo que nos rodea por medio de la experimentación, probando nuevas fórmulas, nuevos sistemas, hasta encontrar la razón de las cosas. De los restos de plantas de uso medicinal en el Paleolítico, del desarrollo de técnicas para la elaboración de herramientas y otras muchas cosas, es evidente que los humanos de aquellos tiempos buscaron el conocimiento y las explicaciones que, con sus medios, pudieron alcanzar, y difícilmente podemos creer que hubiera algún tipo de condicionante «religioso» para no indagar en todo ello, más bien al contrario, cuanto más conocías y más y mejor podías valerte de los medios a tu alcance en consonancia con las leyes naturales, más cerca estabas de la divinidad.

antojo, violaban sus propias leyes para favorecerse, pero no eran ésos los dioses de los pueblos de antaño, sino los creados por el hombre para justificar sus propias bajezas, emprender guerras y someter a otros pueblos, como parece que ocurrió con mayor frecuencia a partir de la Edad del Hierro. ¿Qué observador objetivo de la naturaleza podía encontrar en sí conciliación con unas divinidades que actuaban en contra de toda lógica y entendimiento? La brecha entre ambas se fue haciendo cada vez más grande, hasta el punto de que ahora ambas se miran con rencor como si nunca hubieran sido una sola cosa. Por eso, cuando iniciamos este apartado hablando de *La interpretación de la naturaleza*, la intención fue hacer reflexionar al lector sobre la perfecta compaginación que puede existir entre el conocimiento de la naturaleza y el sentido de lo sagrado, siempre que se actúe en consonancia con ella, y no forzándola y pervirtiéndola sólo porque se puede, sólo porque hemos descubierto que hay una forma de hacerlo, como es la costumbre ahora. El ser humano de aquellos tiempos carecía de muchos de los conocimientos que hemos conquistado, pero tenía algo que nosotros hemos perdido, el respeto sagrado por su entorno, el sentido de la vida y la corriente de la ley natural. Quizá la evolución nos deba encaminar a reunir ambos elementos y reintegrarnos a ella.

3

# LOS CULTOS FEMENINOS EN LA ANTIGÜEDAD EUROPEA

A finales del II milenio a. C., un sacerdote babilonio escribió el relato de la creación, cuyos cinco primeros versos eran, como vimos en el primer capítulo, los siguientes:

> Cuando en lo alto los cielos no habían recibido un nombre,
> ni abajo la tierra había sido dotada de nombre alguno,
> Apsú el primero, su progenitor,
> y la madre Tiamat, la que a todos ha engendrado,
> mezclaron entre sí sus aguas.

Redactado en forma de poema, el *Enūma elish* no fue ideado por aquel sacerdote, sólo recogido en tablillas, combinando en él dos tradiciones existentes entonces acerca de la creación del universo y de los hombres. No es posible conocer la antigüedad real de dichas tradiciones, ya que, por lo general, se trataba de relatos transmitidos de forma oral durante generaciones, con raíces a su vez en las tradiciones de otros pueblos. Así es que, en realidad, adjudicamos la creación de estos mitos y dioses a los pueblos que los recogieron por escrito, pero antes de la escritura, y antes de que alguien decidiera consignarlos en tablillas de arcilla, piedra o papiro, ya existían esos relatos míticos. Aunque las deidades de cada historia cambiaran de nombre o atributos, los personajes y cualidades esenciales, a grandes rasgos, pervivieron desde que el primer mito fuera narrado a la luz de una hoguera y, de la misma manera que los babilonios fueron herederos de aquellas leyendas, los pueblos que llegaron después asimilaron y adaptaron aquellas mismas historias, pues, en el fondo, casi todos compartían un imaginario en el que eran capaces de reconocer las ideas encarnadas por cada deidad y cada héroe, a pesar de que se llamara o se vistiera de otra manera. Por eso, cuando Julio César habla de los dioses celtas en *La guerra de las Galias*, no se refiere a ellos por su nombre galo, sino por aquel con el que él los reconocía:

> Veneran principalmente al dios Mercurio; hay numerosos símbolos de él y lo consideran inventor de todas las artes, el guía de los viajeros, y poseedor de una gran influencia sobre tratos y comercios. Después de él adoran a Apolo y Marte, Júpiter y Minerva. Sobre éstos tienen numerosas creencias, igual que otras naciones. Apolo sana enfermedades, Minerva enseña los elementos de la industria y de las artes, Júpiter gobierna sobre los cielos, Marte dirige la guerra… todos los galos aseguran que descienden de su progenitor Dispater.[1]

En la gran mayoría de los relatos acerca de la creación, existe, en el principio, antes de que aparezcan el cielo y la tierra, una dualidad de elementos no definidos. La creación siempre comienza a partir de elementos indiferenciados como el Caos, la materia primordial, el agua primordial, etc. En el caso del *Enūma elish*, Apsú representa las aguas dulces y Tiamat las saladas que, al unirse, comienzan a engendrar parejas divinas cada vez más concretas, hasta llegar a los dioses creadores de los hombres. Estos pares de dioses, a veces tan ambiguos que pueden ser casi andróginos, constituyen el reflejo de una ley natural que necesita que exista una dualidad de fuerzas opuestas y complementarias para que se produzca el movimiento y, por tanto, todo lo que existe. No nos estamos refiriendo a una ley mística, sino a una realidad material en virtud de la cual existen en la naturaleza mecanismos de generación, relación o regulación, entre otras cosas, basados en leyes duales de

1. *Druidas. El espíritu del mundo celta.*

polaridad, analogía, ciclicidad o de causa-efecto[2] que son universales, pues todo funciona de acuerdo con ellas, desde lo físico a lo psicológico y mental.

En 2016, Sean B. Carroll[3] publicó un libro titulado *Las leyes del Serengeti*. El sugerente subtítulo elegido para orientar a un posible comprador fue: *Cómo funciona la vida y por qué es importante saberlo*. Una de las primeras y más sorprendentes aseveraciones que aparecen en el libro (de muy recomendable lectura) es la siguiente:

> Nuestro dominio, nuestro control de las plantas, los animales y el cuerpo humano provienen de un conocimiento todavía en desarrollo del control de la vida en el aspecto molecular. Y lo más crucial que hemos aprendido sobre la vida humana acerca de esa cuestión es que todo está regulado. [...] En su mayoría, las enfermedades son el resultado de las anormalidades de regulación, por las que se produce demasiado o muy poco. [...] Para intervenir en una enfermedad, hemos de conocer las «leyes» de la regulación.[4]

Cuando Carroll habla de leyes y de regulación, no se limita sólo a la fisiología. De hecho, lo interesante del trabajo de Carroll es que revela que las mismas reglas que regulan las moléculas de un cuerpo son las que regulan también el número y el tipo de animales que viven en un hábitat, las relaciones entre ellos y la capacidad de la naturaleza para sostener y preservar la vida. Así, si volvemos nuestros ojos a la ley de causa-efecto, debido al desorbitado aumento de la población humana hasta los casi 8000 millones de habitantes que ahora somos, tendremos

2. En 1684, Isaac Newton publicó *Principios matemáticos de filosofía natural*, donde, entre otras cosas, enuncia las tres leyes del movimiento. La tercera de esas leyes dice lo siguiente: «A cada acción corresponde una reacción igual y contraria». Es la conocida ley de causa-efecto o causa-efecto.
3. Científico y profesor que dirige el Departamento de Educación Científica en el Instituto Médico Howard Hughes. También ocupa la cátedra Allan Wilson de Biología Molecular y Genética en la Universidad de Wisconsin-Madison.
4. Carroll llama a esas leyes, en general, «leyes del Serengeti», por ser el lugar donde mejor se han estudiado hasta el momento.

como consecuencia el descenso del número de otras especies, algunas hasta en un 90-99 %.Escribe Carroll:

> Alguien podría decir: «¿Y qué? Nosotros ganamos, ellos pierden. Así funciona la naturaleza». Sin embargo, no es así como funciona la naturaleza. Del mismo modo que la salud humana sufre cuando el nivel de algún componente clave es demasiado alto, hoy, gracias a las leyes del Serengeti, sabemos cómo y por qué pueden «enfermar» ecosistemas enteros cuando las poblaciones de determinados miembros son demasiado bajas o demasiado altas.

En la maraña de los innumerables datos que se recogen en los estudios biológicos, fisiológicos o ecológicos, puede parecer que existe una complejidad extrema con una gran diversidad de factores que pueden alterar o intervenir en la decantación de un sistema. La realidad que revelan las leyes del Serengeti es que esa complejidad está compuesta por elementos muy sencillos, de la misma manera que la casi infinita variedad de formas que habitan nuestro planeta se basa, en su mayoría, en la combinación de unas pocas partículas. Así, el número de leyes generales es, en realidad, pequeño pero suficiente para «reducir fenómenos complejos a una lógica más sencilla de la vida».[5]

> Dicha lógica explica, por ejemplo, cómo nuestras células o nuestros cuerpos «saben» incrementar o reducir la producción de alguna sustancia. La misma lógica explica por qué una población de elefantes de la sabana aumenta o disminuye. Así, aunque las leyes moleculares y ecológicas concretas difieren, su lógica general es notablemente similar. Creo que entender esta lógica refuerza con creces nuestra comprensión de cómo funciona la vida a distintos niveles: de las moléculas a los humanos, de los elefantes a los ecosistemas.

5. *Las leyes del Serengeti.*

Una parte importante de esas leyes duales es la existencia de los principios arquetípicos masculino y femenino. Dado que hablamos de arquetipos, no hay que interpretar que lo masculino es el hombre y lo femenino la mujer. Si algo hay claro en esto es que sólo los arquetipos son ideas puras, mientras que lo que existe materialmente nunca lo es: las dualidades se presentan ambas al mismo tiempo pero en distintas proporciones, dando lugar a una diversidad casi infinita de cuerpos y mentalidades. Los arquetipos de lo masculino y lo femenino son una realidad psicológica. Existen en el imaginario de las personas casi desde el momento mismo en que aparece la conciencia, y se ha manifestado a través de expresiones simbólicas, míticas y rituales. El psicólogo analítico Erich Neumann señaló, en *La Gran Madre. Una fenomenología de las creaciones femeninas de lo insconciente*:

> Cuando la psicología analítica habla de la imagen ordinaria o del arquetipo de la «Gran Madre», no está ella aludiendo a una imagen concreta, presente en el espacio y en el tiempo, sino a una imagen interna que opera en la psique humana. La expresión simbólica de este fenómeno psíquico se encuentra en las figuras y creaciones con que la humanidad ha representado a la gran divinidad femenina en sus mitos y esculturas.

Si volvemos al tema principal de este capítulo, hay que marcar primero un límite temporal en el IV milenio a. C., momento en que grupos de pastores seminómadas, antepasados de los indoeuropeos, llegaron hasta Europa Central e interrumpieron de forma más o menos violenta el desarrollo de las sociedades europeas antiguas, sobreviviendo sólo las tradiciones de los pueblos originarios del viejo continente hasta finales del III milenio a. C. en el Egeo y en las islas.

Los trabajos de Marija Gimbutas son, quizá, los más minuciosos a la hora de inventariar e interpretar la ingente cantidad de figurillas de diosas y dioses hallados en la Vieja Europa, pertenecientes a un amplio período de tiempo que comprende desde 7000 a 3500 a. C. Antes de eso tenemos que acudir a las tradicionales «venus» paleolíticas como las más tempranas representaciones de deidades femeninas. La más antigua descubierta hasta la fecha es, como ya vimos, la Venus de Berekhat-ram, con unos 250 000 años, lo que convertiría a *Homo heidelbergersis* o a los *Homo sapiens* arcaicos en sus posibles escultores.

Como hemos estado viendo a lo largo de este trabajo, los humanos primigenios no sólo elaboraron objetos, sino que los hicieron con un sentido que integraba en muchos casos tanto la función práctica como la intención simbólico-sacra, algo que no se solía tener en cuenta en arqueología, que se limitaba a excavar, inventariar, datar y clasificar los objetos materiales en una u otra cultura. Afortunadamente, a partir de Gimbutas comenzó a entenderse que, para conocer la prehistoria, no bastaba con clasificar la industria lítica o los fragmentos de cerámica, sino que era necesario conocer también los mitos y las creencias de aquellas personas. Ése fue el gran logro de Gimbutas, que realizó un minucioso trabajo arqueológico acompañado de un gran conocimiento sobre mitología y folclore, lo que le permitió realizar lo que nadie antes había sido capaz: interpretar la prehistoria humana en su conjunto porque, aunque las formas sociales cambian, los mitos están anclados en el inconsciente colectivo humano, y por eso mismo son menos propensos a sufrir cambios en su esencia. Dicho de otro modo, es muy probable que los mitos que han llegado hasta nuestros días conserven todavía rasgos, en mayor o menor medida, de su origen. Rasgos que, además, al comparar las historias de unos y otros pueblos, pueden mostrar no pocas coincidencias. Gimbutas fue, además, la primera que identificó las características comunes de las culturas de la Vieja Europa, así como la primera que señaló el culto a la Diosa como uno de los nexos comunes entre ellas y, posiblemente, el más fuerte de ellos. Es evidente que sus publicaciones contaron tanto con adeptos como con detractores. Una de las acusaciones que se han usado contra ella es que cada vez que aparecía una estatuilla en una excavación, ella la identificaba generalmente con la Diosa. Daba igual si era un torso femenino con cara de pájaro, si estaba desnuda o vestida, o si sus formas eran generosas o esquemáticas, para ella eran representaciones de los distintos aspectos de la misma Diosa,[6] pero no todo el mundo lo ha visto así; sin embargo,

6. Es un error común tratar de asumir que una deidad se representa siempre de la misma manera y, que si no es así, es que son deidades diferentes, como entidades independientes unas de otras, pero esto en mitología y en simbología nunca

cuando nos adentramos en el estudio de la simbología y la mitología, las ideas de Gimbutas encajan con los descubrimientos. Su trabajo contó con la admiración y el respaldo tanto de Mircea Eliade como de Joseph Campbell.

Es curioso que, si tratamos de pensar en figurillas femeninas prehistóricas, recordemos, probablemente y en primer lugar, a la conocida como Venus de Willendorf (de hace unos 27 000 años), luego a la de Brassempouy (de hace unos 29 000 años) y, quizá, a la de Hohle Fels (de hace unos 35 000 años); sin embargo, existen hasta la fecha unas 3000 estatuillas pertenecientes al Paleolítico superior (hasta hace unos 40 000 años), aunque por lo general fuera de contexto, por lo que la interpretación correcta es más complicada. Luego, entre el Mesolítico y el Neolítico, la cantidad de figurillas halladas, conservando el contexto original, es de más de 100 000. La gran mayoría de ellas son marcadamente femeninas y aparecen desnudas, lo que ha dado lugar a interpretaciones bastante sesgadas sobre su intencionalidad.[7]

> El cuerpo humano constituyó uno de los símbolos más poderosos de la Europa antigua. Como resultado de la cultura moderna, solemos asociar la desnudez a las relaciones sexuales. El analista moderno proyecta de forma natural estas actitudes miles de años atrás y supone que las descripciones antiguas del cuerpo sirven básicamente a este mismo propósito. Nuestra programación cultural también conduce al supuesto de que las representaciones femeninas representan invariablemente «la tierra como fertilidad»; por ello, todos los artefactos femeninos desnudos se convierten en «estatuillas de fertilidad». A las antiguas culturas europeas, sin duda les importaba la fertilidad. Pero, como veremos, la amplia variedad de estatuillas, y especialmente el con-

---

es del todo así. Los dioses representan arquetipos, ideas, y es más frecuente de lo que se cree que, en realidad, las distintas representaciones no indiquen que estamos ante dioses diferentes, sino ante aspectos distintos de una única deidad.

7. Hay investigadores «serios» que han llegado a afirmar, sin que les tiemble la voz, que las «venus» paleolíticas eran el porno de la antigüedad. Creo que eso nos da una idea bastante clara de la naturaleza de los pensamientos que ocupan esas «preclaras» cabezas.

> texto arqueológico Neolítico, indica que la fuerza femenina desempeñó un papel religioso más amplio. Las numerosas formas artísticas sofisticadas del Neolítico que acentúan el cuerpo femenino desvelan una sexualidad natural y sagrada, rechazada por la cultura moderna.[8]

Conocer la historia tiene que servirnos para entender los procesos que han desatado sus eventos cruciales, pero estos procesos no han sido nunca sólo puramente materiales. Narrar los hechos que llevaron al inicio de la Primera Guerra Mundial, o a la conquista de las Galias por parte de Julio César, nos mostrará una cara de la realidad, la otra cara es la de cómo todo eso afectó a la mentalidad de las gentes, a sus creencias, cómo se adaptaron o rebelaron y por qué. A veces olvidamos que son las ideas y las creencias las que movilizan a los grandes grupos humanos y a los pequeños, que incluso las ideas y las creencias de una sola persona tienen el poder de cambiar el curso de la historia si son compartidas por otros. Es peligroso no comprender los sesgos culturales de nuestro tiempo ni cómo hemos llegado a ellos, porque podemos equivocarnos terriblemente al interpretar el pasado.

Un interesante ejemplo lo tenemos en las representaciones de mujeres desnudas, con serpientes y ranas colgando de sus pechos, que se encuentran en numerosos canecillos y capiteles románicos. Según explica la investigadora Isabel Mellén,[9] durante mucho tiempo (e incluso ahora), estas imágenes fueron interpretadas por los investigadores como una representación del castigo al pecado de la lujuria, y fueron esculpidas por los artistas de la época con esa intención; de hecho, en las iconografías se las llama «lujurias». El cuerpo femenino, tradicionalmente considerado como incitador al pecado, se asoció al mal, pero esa asociación es más o menos moderna y, según Mellén, en la Edad Media no tuvieron siempre ese significado. La denominación de «lujurias» para esas imágenes fue obra de Arcisse de Caumont en una publicación de

8. *Las diosas vivientes.*
9. Isabel Mellén está especializada en el románico alavés, y es autora del libro *Tierra de damas: las mujeres que construyeron el Románico en el País Vasco.* Lo que explicamos a continuación está recogido de un trabajo suyo publicado en la red social Twitter a través de su cuenta @isamellen.

1840 y, como suele ocurrir, basta que alguien afirme algo que vaya en la línea moral de la mentalidad de una época, para que se tome por cierto sin mayores indagaciones, y que así siga si nadie se toma la molestia de demostrar que es falso. Y eso fue lo que recientemente ha hecho la investigadora de Harvard Amanda Luyster después de dejar a un lado las interpretaciones clásicas e ir directamente a las fuentes para buscar el origen de esas imágenes. Gracias a eso, localizó textos en los que esas representaciones se asociaban no con la lujuria, sino con la fertilidad y, en concreto, con la diosa romana Tellus o Terra, heredera de la griega Gea, amamantando a las bestias como madre nutricia. Tal es así que, en otras ocasiones, estas «lujurias» no están desnudas, sino ricamente vestidas, por lo que la pauta para interpretarlas no es la desnudez, sino el acto de amamantar, y los animales que la acompañan, en este caso serpientes y ranas, son símbolos ancestrales de fertilidad de los que ya habló Gimbutas en sus trabajos. En Egipto, la diosa Neith, ancestral, primordial y antiquísima deidad virgen posteriormente asociada en Grecia con Atenea, estaba relacionada con la sabiduría, la caza y la fertilidad, entre otras muchas cosas. Era también una Diosa Madre de todos los dioses y de la humanidad. Ni hombre ni mujer, sino ambos a la vez, era conocida en Sais como «la Terrorífica» y la «amamantadora de cocodrilos», y como tal, en algunos lugares, se pueden ver representaciones de la diosa con sendas bestias colgando de sus senos.

Conviene recordar también que, antes de que el civilizador Apolo se apropiara del oráculo de Delfos, considerado en la antigüedad como un «centro del mundo» u ombligo, estaba bajo la protección de Gea o Temis,[10] y era celosamente guardado por Pitón, la serpiente. Según explica M.ª Isabel Rodríguez López[11] en su trabajo *La Tierra personificada: evolución iconográfica y dimensión simbólica*:

> Como puede colegirse, las fuentes clásicas le atribuyen el cometido de ser diosa ctónica y Madre nutricia, la que otorga sus

10. Temis, habitualmente asociada a la Justicia, poco tiene que ver con las leyes humanas, ya que representa sobre todo las Leyes de la Naturaleza. En algunas tradiciones se la considera constructora del oráculo de Delfos; en otras, es Gea, aunque en el fondo no son muy diferentes.
11. Profesora de Arqueología en la Universidad Complutense de Madrid.

> dones y la exuberancia de sus frutos a los hombres. En opinión de E. J. Ríos el himno órfico en su honor (Himno órfico 26, «Madre de toda simiente») sugiere que su designación como «doncella múltiple» puede estar relacionada con la diversidad de aspectos que en ella se encierra y que, andando el tiempo, habrían de asumir otras diosas asociadas a la tierra y la fecundidad como Cibeles, Deméter, Kore, Afrodita o bien con los cambios que experimenta la tierra en el devenir de las estaciones.

Según el mito griego, después de que Zeus destruyera a la humanidad con un diluvio como castigo a la osadía de Prometeo, la pareja que quedó con vida, Deucalión y Pirra,[12] restituyó de nuevo la raza humana caminando mientras arrojaba hacia atrás los «huesos de su madre», esto es, los «huesos» de Gea, que no eran otros que piedras, como ya vimos. Hombres y mujeres tienen entonces el mismo origen en esta historia, el seno de la Tierra, y su linaje es el de Prometeo. Hay otro mito que conecta de nuevo a Gea con las serpientes, en este caso mediante la historia de Erictonio, que había nacido de la misma Tierra al caer sobre ella el semen de Hefesto al intentar forzar a Atenea. Según algunas historias, el niño aparece rodeado de serpientes y, en otra, tiene colas de serpiente en lugar de piernas.

Valga este ejemplo para probar el grave riesgo que se corre de perder la verdadera línea de la historia cuando nos dejamos llevar por los prejuicios de nuestro tiempo, o por aquellos heredados de otros tiempos. Interesa ahora fijarse en la cita de M.ª Isabel Rodríguez López, que señala lo mismo que ya hiciera Gimbutas acerca de los aspectos de la Diosa y, además, nos lleva a preguntarnos si, de la misma manera que Afrodita, Atenea o Cibeles, marcan con más profundidad un aspecto concreto de Gea, quizá obedeciendo a un nuevo contexto cultural y religioso que necesitaba una mayor concreción para ser comprendida; en nuestra prehistoria, quizá menos exigentes con la definición, les bastaba con añadir unos u otros adornos, o con remarcar unas partes del cuerpo sobre otras para comprender naturalmente el aspecto al que

12. Deucalión era hijo del propio Prometeo y de una Oceánide, y Pirra, su esposa, era hija de Epimeteo (hermano de Prometeo) y de Pandora.

querían atender. Además, si el panteón femenino griego (y luego el romano) es una suerte de «despedazamiento» de Gea, es posible que no sólo en esos pedazos podamos reconocer a Gea; también sería posible seguir la línea que conduce hasta ella y, a través de ella, a la Diosa que fue antes. Como vimos en el primer capítulo, el mundo católico lleva casi 2000 años adorando como Madre de Dios a la Virgen María que, a su vez, heredó iconografía y atributos de diosas mucho más antiguas como Isis y Cibeles, lo que hace que, de alguna manera, sigamos rindiendo culto a una representación divina femenina que tiene más de 5000 años. Pero ¿de quién fueron herederas Isis o Cibeles? ¿Podemos, aún hoy, estar continuando la misma línea de creencias que motivaron el modelado en lava de la Venus de Berekhat-ram? Las formas han cambiado, qué duda cabe, pero ¿lo han hecho también las creencias esenciales? Es el momento de comenzar nuestro recorrido.

## Los primeros humanos

Cuando hablamos de la identidad humana y del proceso de humanización, mencionamos una serie de características que, de alguna manera, permiten a los investigadores identificar la existencia de procesos mentales complejos, como era el caso de los ritos de enterramiento. Otro rasgo que nos identifica como humanos, aún antes de *Homo sapiens*, es el arte. Las expresiones artísticas como el arte rupestre ya indican la existencia de un pensamiento abstracto, así como de un sentido ornamental. Además de las pinturas en paredes, las decoraciones de cualquier tipo, como las marcas geométricas realizadas sobre hueso o los dientes de animal usados como adorno, dan muestras de una intención que va mucho más allá de lo práctico, reflejando un claro sentido estético. La pena es que cualquier objeto realizado en madera, cuero o fibras naturales es casi imposible que haya perdurado, por lo que sólo podemos contar con las representaciones realizadas sobre hueso o piedra que han llegado hasta nuestros días.

Hace 400 000 años ya existía en *Homo heidelbergensis* un pensamiento simbólico y un sentido estético. Los hallazgos de marcas de dibujo en huesos de elefante ya dan indicios de ello. Por razones evidentes, cuanto más atrás nos vamos en el tiempo, menos restos de nuestros antepasados han quedado y, si además esperamos que estén contextualizados, la lista se reduce enormemente, y es más fácil saber casi con certeza qué comía *Homo ergaster* que conocer lo que sentía. A pesar de ello, aunque los vestigios artísticos anteriores a hace 40 000 años son escasos, al igual que los enterramientos, sí que se han encontrado numerosos indicios de ese comportamiento compasivo generalizado del que hablábamos en puntos anteriores. Igual que con el Chico de Turkana hace más de un millón de años, también se encuentran pruebas de ese mismo comportamiento en *Homo antecessor*, en *Homo heidelbergensis*, en *Homo neanderthalensis* y en *Homo sapiens*, a pesar de que se trate de distintas especies. Los últimos datos que tenemos son acerca «del viejo» de la Chapelle aux Saints, un varón neandertal de entre 25 y 40 años que fue enterrado con esmero hace unos 60 000 años. El estudio de sus huesos ha determinado que padecía diversas enfermedades degenerativas que, además de causarle dolor y fiebre, eran limitantes. Eso no impidió que su grupo lo cuidara y atendiera hasta su muerte.[13] En la cueva de Shanidar, en Kurdistán, se descubrió el enterramiento de seis adultos neandertales y un niño, con una datación por estratigrafía de entre 70 000 y 40 000 años. Sus cuerpos fueron depositados sobre un lecho de flores. En Teshik Tash, en Uzbekistán, fue hallado el cráneo de un niño neandertal rodeado de cornamentas de cabras monteses, con una antigüedad aproximada de 150 000 años.

El yacimiento neandertal del abrigo de La Ferrassie, en Francia, es internacionalmente conocido por el número y características de los restos humanos que se han hallado enterrados allí de manera intencionada, algunos adultos y varios niños pequeños, bebés y un feto. Una de las curiosidades de este abrigo es que estuvo en uso de manera continuada desde el Musteriense hasta el Gravetiense, es decir, desde hace unos 54 000 años hasta hace unos 27 000 años. Algunos de esos restos también muestran lesiones patológicas que fueron atendidas y, algo aún más interesante, vulvas grabadas en la pared del abrigo.

13. Según un artículo publicado por la Agencia Sinc el 5/7/2018 titulado «Aquellos amorosos neandertales», y firmado por Laura Chaparro.

Salvo por la figurilla femenina de Berekhat-ram, el resto de las pequeñas esculturas femeninas que se han hallado hasta el momento pertenecen al Paleolítico superior, y suman algo más de un centenar, descubiertas a lo largo de toda Europa, siempre en lugares de habitación, cuevas o abrigos, y nunca en enterramientos, desde Siberia hasta Francia, a excepción, curiosamente, de la península ibérica, donde no se ha hallado ninguna hasta el momento. Si sumamos las representaciones grabadas en cuevas o abrigos, y las que se incluyen en el arte mueble, el número asciende a más de 250.

> Esta masa de documentos pone en evidencia el lugar preminente de la mujer en la sociedad paleolítica. Incluso se puede hablar de que las Venus –al igual que ciertas representaciones parietales al aire libre: Angles-su-l'Anglin, La Magdelaine, Laussel– constituyeron verdaderos «santuarios femeninos». También es probable que tuvieran este carácter los más antiguos testimonios de arte encontrados en Francia: las vulvas profundamente grabadas de La Ferrassie y de los abrigos Blanchard y Castanet (hoy en los museos de Saint Germain en Laye y de Les Eyzies) correspondientes al periodo Auriñaciense. La realidad es que el significado concreto de las Venus se nos escapa, como tantas cosas del arte paleolítico. Pudieron ser representaciones de la «gran madre» o de la «abuela»[14] del grupo social, la protectora de los animales, la diosa de la fecundidad, e incluso, ideales de belleza.[15]

Algunos investigadores no se muestran convencidos de asociar estas representaciones con un culto a la Diosa Madre o Gran Madre, pero al menos rechazan que se tratara de una muestra de los cánones de belleza de la época, y admiten a regañadientes que revelan la existencia de un importante papel de la mujer en las sociedades prehistóricas en las que se han encontrado. En ningún caso, hasta el momento, se trata de pinturas (al menos no se han conservado o encontrado aún); siempre ha-

14. Más adelante veremos más en profundidad la importancia de la figura de «la abuela» en muchos mitos y símbolos.
15. *Prehistoria I.* Eduardo Ripoll Perelló.

blamos de grabado o escultura, bien en piedra, barro, terracota, marfil, madera, asta, hueso u otros materiales. Siempre son de pequeño tamaño y algunas muestran indicios de haber estado cubiertas de ocre rojo, mientras que otras tienen orificios que se supone que eran para pasar un cordel y llevarlas colgadas a modo de «amuletos».

Aunque la prudencia haga que, de momento, algunos no quieran hacer una asociación clara entre las venus y el culto a la Diosa Madre, los hallazgos apuntan en una dirección que converge justo ahí. Según la doctora Almudena Alonso Centeno, de la Universidad de Burgos:

> La mayoría de las figuraciones femeninas han sido halladas dentro de las viviendas o en zonas de habitación, dentro de cuevas o abrigos, o bien en niveles de frecuentación, pero nunca se han encontrado en enterramientos. Así, además de su relación con el hábitat doméstico es también frecuente su ubicación próxima a hogares, con los que parece guardar una estrecha relación. Esta vinculación con los hogares (proximidad a cenizas o carbones) para C. Masvidal está conectada íntimamente con labores de mantenimiento, o bien con rituales a ellos referidos, debido al hallazgo en algunas piezas de ocre y roturas intencionales. Para Masvidal el contexto doméstico asume así una posición de suma importancia para la mujer del Paleolítico superior, entendiendo lo femenino de manera integradora y ocupando por completo el espacio cotidiano. El arte muestra una capacidad de conceptualización, de abstracción y posterior materialización de una obra de la que se extraen diversos mensajes de ámbitos muy diferentes. Desde la espiritualidad de la magia y la religión, a la practicidad del mantenimiento de la cohesión social, y la supervivencia del grupo.

Alonso añade, afortunadamente, sin el pudor sobre el tema de otros estudiosos:

> La interpretación más aceptada explica estas representaciones como figuras de la Diosa Madre o la Madre Tierra, es decir, un símbolo de fertilidad o la encarnación de alguna deidad vincu-

> lada a la fecundidad. Por tanto, el gran abultamiento del vientre, pechos y nalgas, no sería sino la representación de una mujer en estado de gestación. Por tanto, transmiten el poder de dar vida, la maternidad. Los autores que defienden esta tesis observan cierta asimilación entre la representación de la fecundidad humana y la animal, con la representación de hembras grávidas. Sin embargo, para Luquet[16] el hombre paleolítico nunca ha tenido deseo de aumentar la fertilidad femenina y la mujer no aparece acompañada de imágenes de niños, como podría esperarse de una imagen estereotipada de la maternidad.

Sobre esta curiosa idea de Luquet acerca de la falta de imágenes de niños, habría que contrastarla con una larga tradición de representaciones simbólicas de la fertilidad, en las que los niños rara vez se asocian a ésta, sino más bien a la idea de futuro, al nuevo comienzo, a los inicios, a aquello que aún no está maduro, a la inocencia, a la inconsciencia… pero no a la fertilidad. Más adelante dedicaremos un tema a analizar la iconografía y simbolismo de estas imágenes. Ahora lo importante es resaltar que, a la luz de los hallazgos realizados hasta la fecha, hay que admitir la existencia de un importante culto a lo femenino en los primeros humanos conocidos, dentro de unas sociedades que nada tienen que ver con las que vinieron a partir del III milenio a. C.

## La importancia de lo que no hay

En muchas ocasiones usamos lo que vemos para componer una idea acerca de un hecho. En arqueología, los hallazgos determinan en gran medida las interpretaciones que se dan acerca de un grupo humano o de una cultura. El descubrimiento de lanzas, arcos, flechas y hachas paleolíticas llevó a muchos investigadores a afirmar que el hombre prehistórico pasaba la vida cazando y guerreando con otros grupos. La

16. George-Henri Luquet (1876-1965), filósofo francés, estudioso de la evolución del dibujo infantil y autor de diversas obras al respecto, incluida una sobre el arte primitivo.

imagen de nuestros ancestros era la de un ser violento, territorial y beligerante, que cazaba y mataba sin miramientos en un contexto de supervivencia vital. Por supuesto, las mujeres eran entonces seres al servicio de las necesidades reproductoras del grupo, cuidadoras de los niños, recolectoras de frutos y poco más. Lo importante, como la talla de los sílex, la caza o las pinturas de las cavernas, era cosa de los hombres. Afortunadamente, poco a poco los hallazgos y las nuevas técnicas de investigación han desmontado muchas de esas creencias; se sabe que las mujeres intervinieron en la decoración ritual de cuevas y abrigos, que fueron cazadoras, que tuvieron consideración de «jefas» del grupo o de «chamanas», que fueron respetadas y valoradas por sus conocimientos, y que eso no supuso un detrimento de los hombres. Al mismo tiempo, los expertos comienzan a darse cuenta de que lo que no se ve, lo que no ha aparecido nunca en las excavaciones dice mucho de la forma de vida de aquellos primeros grupos humanos.

Una de estas ausencias es la de evidencias de luchas habituales entre tribus durante el Paleolítico. Quizá porque la baja densidad poblacional no hacía necesario competir por el entorno o porque la tónica general de aquellos pobladores no era beligerante, el caso es que hasta el Mesolítico no se han encontrado evidencias de personas muertas a manos de otras personas en lo que parece una contienda o una lucha defensiva en Jebel Sahaba, en Egipto, con una antigüedad de aproximadamente unos 14 000 años. Hace 7000 años, en la localidad alemana de Talheim, se produjo lo que se considera una masacre, que acabó con la muerte violenta, a modo de ejecución, de 34 personas, entre hombres, mujeres y niños. Marija Gimbutas lanzó la hipótesis, en 1956, de que hubo una serie de invasiones por parte de diversos pueblos procedentes de las estepas del Volga, a los que llamó kurganes (desde 3200 a 700 a. C.), y que habrían sido responsables de las acciones violentas sobre los pacíficos pueblos del Neolítico europeo antes del III milenio a. C. Las evidencias de actos significativos de violencia anteriores a los kurganes han descartado la teoría de Gimbutas. Sin embargo, creemos que no son cuestiones excluyentes si tenemos en cuenta la naturaleza humana. Muy probablemente, las sociedades primitivas tuvieron una existencia bastante pacífica en general, lo cual no quiere decir que no hubiera personas o grupos en algunos momentos que no siguieran esa norma dentro de los pueblos de la vieja Europa, y saquearan, robaran o mataran, movidos por los mismos intereses que ahora: los celos, la ambición, el ansia de poder, el miedo... o todo eso junto. De la misma manera, que haya indicios de violencia anteriores a los kurganes no excluye que éstos fueran, en su tiempo, los responsables de invasiones, matanzas y secuestros de mujeres, como parece probado; ni tampoco que otros pueblos de zonas limítrofes realizaran incursiones puntuales que acabaran en matanza. De la misma manera que en la naturaleza humana está la compasión, en determinadas circunstancias también lo está la ira, los celos, la envidia o el deseo. Que la tendencia y la cultura de un pueblo sean de índole pacífica, cooperativa y adoradora de la Diosa no lo convierte en perfecto, ni impide que se den acciones violentas. Hablamos de sociedades que mantuvieron su cultura durante varias decenas de miles de años, quizá más. ¿Fue todo una balsa de aceite durante ese tiempo? Seguramente no, pero sí es probable que sus creencias limitaran bastante el desencadenamiento de conflictos serios. Sabemos, además, que fuera de la vieja Europa y su influencia había pueblos con culturas diferentes, algunos de ellos dados al pillaje, los saqueos y las guerras. Que fueran concretamente los kurganes o no es lo de menos.

Que los pueblos del Paleolítico y principios del Neolítico europeo eran, en general, pacíficos lo atestigua otra de las grandes ausencias de las excavaciones: restos de murallas o de elementos defensivos en los poblados o zonas de vivienda. Es más, los emplazamientos elegidos para asentarse no son lugares elevados y escarpados con intención de protegerse de posibles invasores, sino entornos cercanos al agua, con buen pasto, con paisajes excepcionales o elevaciones con bellas vistas. No hay indicios de fortificación de ningún tipo, ni de armas que no fueran destinadas a la caza. Aquella gente vivía sin esperar ataques de ninguna clase. Es posible que, de haber conflictos entre ellos, por lo general no los resolvieran atacando al poblado vecino.

Otra cosa que no hay son indicios de clases sociales como las entendemos hoy, ni de predominancia de un sexo sobre el otro. Los enterramientos de la época muestran una gran homogeneidad en las tumbas de hombres y mujeres, sin grandes diferencias que hagan pensar que alguno tenía más peso que el otro, al igual que tampoco las hay para reconocer el estatus social de las personas. Por esta razón, podemos decir que se trataba de sociedades no patriarcales, pero tampoco eran matriarcales, aunque sí matrilineales, porque no existe un predominio social de las mujeres sobre los hombres, sólo una mayor presencia y atención al aspecto femenino de la naturaleza en una serie de cultos, símbolos y mitos compartidos tanto por hombres como por mujeres. Gimbutas afirma:

> Aunque las características que indican la existencia de estructura jerárquica de clases está ausente, esto no significa que no existiera algún tipo de división del trabajo entre los sexos, o que algunos individuos no se distinguieran por razones distintas a la riqueza.[17]

Tampoco hay nada que indique que se tratara de sociedades competitivas entre sí en cuanto a los recursos; en cambio, se comprueba que existía intercambio entre ellos. Se trataba de grupos relativamente pequeños que, periódicamente, es posible que con motivo de las celebraciones estacionales, se reunían, participaban juntos en los ritos e intercambiaban mercancías, ya fuesen materias primas o manufacturas.[18] Esto no sólo sucedió entre grupos sedentarios, también entre cazadores-recolectores.

Se ha visto que, en diversos yacimientos, aparecen herramientas fabricadas con sílex que tienen una procedencia bastante lejana, pero también una sorprendente similitud entre las expresiones artísticas y las manifestaciones religiosas. En un trabajo de investigación de la Universidad de Tolousse sobre los intercambios de los grupos humanos en el Paleolítico se lee lo siguiente:

> En el transcurso de sus ciclos estacionales, los cazadores-recolectores del Paleolítico superior frecuentemente entraban en contacto con otros grupos. Testimonio de ello son la difusión de

17. *Las diosas vivientes.*
18. En Carnac, en la Bretaña francesa, se han hallado diversos objetos neolíticos realizados con variscita procedente de Andalucía.

> ciertas materias primas y los intercambios de bienes materiales y de las habilidades tecnológicas, pero los intercambios socioculturales no pueden evaluarse más que a través del compartimiento de valores simbólicos, revelado, principalmente, por la creación de obras de carácter artístico (arte mueble, arte rupestre y objetos de adorno personal). [...] Ciertos caracteres dejan entrever particularismos regionales de naturaleza idiosincrásica, pero, por el contrario y al menos para ciertos periodos, otros muestran una unificación de los sistemas de representación, que debe reflejar una homogeneización en las formas de organización social.[19]

Estos intercambios y cooperaciones se han observado, como decimos, en épocas incluso anteriores a la agricultura y el sedentarismo. Un impresionante ejemplo de esto es el complejo religioso de Göbekli Tepe, descubierto en 1994 por el arqueólogo alemán Klaus Schmidt. Su construcción fue obra de cazadores-recolectores en el x milenio a. C., esto es, hace unos 12 000 años, antes de la aparición de la agricultura y antes de que los humanos viviésemos en poblados permanentes o en pequeñas ciudades y, desde luego, antes de poder contar con la ayuda de animales domésticos como el buey, para ayudar en los pesados trabajos de construcción. Schmidt comenta lo siguiente:

> Probablemente nunca sabremos qué autoridad, dentro de aquella sociedad, un jefe de tribu, un grupo de chamanes o, quizá, sacerdotes profesionales, un consejo o un colectivo fue capaz de exigir a los individuos el esfuerzo y el trabajo necesarios para la erección de estas construcciones monumentales. Para establecer su poder, esta autoridad debió, sin duda, recurrir a una fuente de motivación religiosa, y apoyarse en ella para dar fuerza a los trabajadores. [...] Ciertamente no fue el trabajo de unos pocos días; en las condiciones imperantes en la época, la obra debió requerir mucho tiempo, años y quizás incluso décadas, pero esto es algo que no podemos cuantificar. Pero ¿qué significaba reunir a tanta gente en un lugar, organizarla y concentrar

19. *Crónica de los intercambios entre los grupos humanos paleolíticos.*

> todas sus fuerzas durante tanto tiempo para cumplir un trabajo, para lograr una meta? Esto implicaba, entre otras cosas, un problema de abastecimiento, ya que esas personas ya no podían dedicarse a su actividad cinegética habitual, en todo caso no tanto como era necesario en épocas normales. Vayamos un paso más allá en nuestro pensamiento y tengamos en cuenta que, en ese momento, el conocimiento de la agricultura apenas había superado la etapa de los primeros comienzos; entonces surge una pregunta que desafía los supuestos establecidos: ¿no fue la «invención» de la agricultura un epifenómeno ligado a estas grandes concentraciones de cazadores y a los proyectos como el que vemos en esta ocasión? ¿No estamos asistiendo, precisamente en Göbekli Tepe, a los inicios del trabajo compartido en sociedad? ¿No podemos ver, a través del espeso velo de los milenios, la sombra de canteros, albañiles, obreros, recolectores, cazadores e incluso de aquellos funcionarios que debían preocuparse por la explotación intensiva de la caza y, pronto también de la agricultura, para poder satisfacer los imperativos de suministro de esta gran obra colectiva? [...]
>
> Es inútil especular sobre la identidad de quienes practicaron estas actividades; sin embargo, está bastante claro que, en este escenario, la responsabilidad de suministrar alimentos recaía tanto sobre los hombros de los miembros femeninos de la sociedad como de los masculinos.[20]

Para nuestras sociedades actuales, no es fácil imaginar una época en la que no existía discriminación por el hecho de ser hombre o mujer, ni tampoco un entorno sin lo que hoy conocemos como «clases sociales». Occidente lleva varios siglos tratando de tener equiparación legal, laboral y social entre hombres y mujeres, lastrado además por la creencia de que el progreso es ir siempre hacia adelante; por eso, quizá, le cuesta tanto asumir que hubo épocas muy anteriores donde esas sociedades ya existieron, y que progresar hacia ellas no es seguir hacia adelante, sino

20. *Le premier temple.* Traducción de la autora con la ayuda de Deepl.

ser capaces de retomar algunos[21] de los elementos del pasado. Ni siquiera hay que remontarse a la prehistoria. En el antiguo Egipto, la igualdad entre hombres y mujeres estaba, de manera natural, en un nivel que nosotros todavía no hemos alcanzado, ni siquiera en las sociedades consideradas como más avanzadas. La razón es que esa igualdad no estaba impuesta por ley, sino que partía de la propia conciencia de las personas. Había cooperación e igualdad[22] porque así era como entendían el mundo, no porque se castigara lo contrario. ¿Quiere esto decir que no hubo discriminación en Egipto a lo largo de toda su historia? No, quiere decir que la mentalidad facilitaba otra forma de entender las relaciones de los individuos en una sociedad. Hoy consideramos discriminatorio que el título de la mujer en Egipto fuera «Señora de la casa», porque lo asociamos con las amas de casa de nuestro tiempo. Eso nos impide preguntarnos: ¿cómo de importante podía ser para la mentalidad egipcia ostentar el título de «Señora de la casa»?, ¿qué implicaba para la sociedad ser el eje nucleador de una familia? También consideramos discriminatorio que el faraón fuera, por regla general, un hombre, y criticamos que las pocas reinas que hubo se vieran «forzadas» a portar en sus representaciones una barba postiza, que es para nosotros un elemento masculino, pero ¿y si para los egipcios la barba postiza, que también aparece en las representaciones de los faraones, no era un símbolo masculino, sino de otra cosa que no estaba vinculada ni a lo femenino ni a lo masculino, y por eso, quien ostentaba el gobierno del país debía y podía portar la barba? No podemos estar seguros, por eso no conviene hacer afirmaciones categóricas basándonos en nuestros propios sesgos culturales.

El descubrimiento de Göbekli Tepe cambió algunos de los paradigmas de la prehistoria. Demostró que no fue la agricultura la que dio origen al sedentarismo, ni el sedentarismo el que propició la construcción de templos. De alguna manera, la inquietud religiosa de los hombres del Paleolítico superior en Anatolia les llevó a acometer aquella

21. Conviene subrayar este «algunos» para los que, en cuanto se menciona la posibilidad de retomar elementos del pasado, piensan que se propone volver a la Inquisición, vivir sin luz eléctrica o renunciar a las vacunas.

22. Uso la palabra «igualdad» porque es la que se emplea hoy en día para referirse a la reivindicación del reconocimiento de la equidad entre los sexos.

obra monumental mucho antes del inicio de la agricultura y antes también de que aquellos pueblos se asentaran. De hecho, yacimientos como el de Jericó, en Palestina, muestran una sociedad de cazadores-recolectores sedentarios que, sólo algún tiempo después, comenzaron a desarrollar la agricultura. La grandiosidad de Göbekli Tepe es indiscutible, ya no sólo por la complejidad arquitectónica de su construcción, sino también por la enorme riqueza de elementos simbólicos que contiene tallados en la piedra. Pero ya volveremos a ellos más adelante, cuando, en la segunda parte, hablemos del simbolismo de los elementos relacionados con los cultos femeninos.

## La vida hasta el III milenio a. C.

El Neolítico supuso cambios muy importantes en la vida y la cultura humanas, pero buena parte de sus cultos se mantuvieron. Con el sedentarismo y la aparición de la agricultura no desaparecieron las referencias a la Diosa, básicamente porque los mismos elementos que hacían que la naturaleza «salvaje» tuviera aspectos de sacralidad estaban también presentes en la naturaleza «domesticada»: ciclos, renovación, generación, fertilidad, vida-muerte... En ese aspecto poco había cambiado. En las antiguas culturas europeas todo continuó más o menos igual. Los poblados seguían siendo en esencia pacíficos o, al menos, las posibilidades de sufrir agresiones por parte de otros pueblos no justificaban la ubicación en lugares elevados, la aparición de arquitectura defensiva ni la fabricación de otras «armas» que no fueran las habituales azadas, arados o hachas agrícolas. En general, no se han hallado indicios significativos ni de armas ni de destrucción,[23] y tampoco de diferenciación social por cuestiones de sexo o por mayor o menor riqueza, pero sí existen pruebas en algunos yacimientos de ataques puntuales que acabaron con la muerte de numerosas personas, por lo general hombres y niños. Esto ha hecho sospechar a los investigadores que podía tratarse de incursiones para secuestrar a mujeres que acababan en masacre, pero no se sabe de momento el verdadero motivo de

23. *La civilización de la Europa Antigua.*

estos ataques ni quiénes los realizaron. Está claro que la antigüedad en Europa, como ya hemos mencionado, no fue una balsa de aceite, ni una sociedad idílica, ni un Edén perdido, aunque afirmemos, en general, que no fueron sociedades beligerantes. La paz y la guerra, al igual que la vida y la muerte, han convivido desde el principio de los tiempos. En todo grupo humano hay buenas y malas personas que realizan buenas o malas acciones y que pueden tener influencia positiva o negativa sobre la gente de su entorno. Negarlo es negar la naturaleza misma de las cosas.

Entre los años 7000 y 3500 a. C., los habitantes de la vieja Europa tuvieron una existencia por lo general pacífica y próspera. Los pueblos desarrollaron la agricultura, domesticaron animales salvajes y crearon una cultura floreciente y delicada, con bellas cerámicas y tejidos. Los cultos de la Diosa agrupaban a hombres y mujeres por igual, puesto que la idea arquetípica de la Diosa, que es la Naturaleza misma, en realidad lo engloba todo.

> La vivencia de lo sagrado en las culturas neolíticas estaba en relación, y condicionada, por el conocimiento incompleto de los procesos biológicos y naturales. La consecuencia natural fue depositar lo que no se comprendía en el ámbito del misterio, encarnado en la figura de la Diosa madre. Como un misterio nunca agotado, la realidad en sí misma llegaría a ser considerada, en muchos casos, el ser infinito de la divinidad. La presencia del elemento masculino tanto en el simbolismo como en el mito tenía un rol secundario y subordinado a la Diosa. Hacia fines del Neolítico, durante la Edad de Bronce, aparece el dios consorte acompañándola. Esto es un claro indicio de que el aspecto masculino, que en épocas anteriores estaba incluido en la totalidad del ser de la divinidad femenina, se va diferenciando y separando de ella. Antes se manifestaba únicamente a través de símbolos fálicos y de animales asociados con la fecundidad, por ejemplo: serpientes, toros, machos cabríos, leones, pero en todos los casos carecía de autonomía. Era una forma de indicar que, para la creación-procreación, la Diosa no necesitaba nada

fuera de ella misma. De este tipo de cosmovisión surge la noción de partenogénesis divina.[24]

Se cree que el cambio fundamental en la concepción sagrada y femenina de la naturaleza llegó a la vieja Europa a partir del III milenio a. C. con los pueblos de las estepas, que tenían una cultura y una cosmovisión muy diferentes y, sobre todo, un fuerte aspecto bélico que les permitió imponerse. Seguramente antes de esa fecha ambas culturas ya habrían tenido contactos más o menos afortunados. Gimbutas llamaba a estos pueblos de las estepas kurganes, un nombre que en realidad denomina los enterramientos tipo túmulos que eran comunes entre ellos. Según algunos de los más recientes estudios genéticos, la cultura de los kurganes habría sido la semilla de los indoeuropeos. Según estas investigaciones,[25] el Cáucaso fue una suerte de crisol genético para las culturas protoindoeuropeas (y parece ser que también protoanatolias), y fueron estos pueblos los que, poco a poco, fueron imponiendo por la fuerza su cultura sobre las demás durante toda la Edad del Bronce.

Con la irrupción de los pueblos protoindoeuropeos se produjo un cambio paulatino en las sociedades sedentarias y agrícolas de la antigua Europa. Mientras que las culturas locales no señalaban ningún tipo de estatus ni social ni por sexo, en sus enterramientos, los recién llegados tenían la costumbre de exaltar en los ritos funerarios el estatus que la persona tenía en vida, en especial con panoplias más o menos ricas, lo que señalaba la importancia que tenía la función del guerrero para el grupo. Los túmulos kurganes, además, estaban destinados sobre todo a los hombres y a los niños varones, lo que resaltaba también el mayor valor que se concedía socialmente a los hombres frente a las mujeres. Como decíamos, los cambios no se produjeron de una manera brusca.

> Durante algún tiempo, las mujeres siguieron cumpliendo con las funciones relacionadas con el culto, a pesar del gran cambio suscitado por la llegada de los protoindoeuropeos, pero se limitaban al ámbito religioso. Los hombres fueron ocupando cargos más

24. *Ibid.*
25. *El Cáucaso, ¿puente para el protoindoeuropeo?*

importantes relacionados con las cuestiones de estado y luego, lentamente, también los concernientes a la religión. Esto último no se produjo de forma abrupta, de lo contrario no habría llegado a nosotros información sobre hermandades femeninas y colegios de sacerdotisas. La función oracular era llevada a cabo preferentemente por mujeres, aun en la época patriarcal que siguió a la llegada del pueblo de los kurganes. Creta, Anatolia, Grecia antigua fueron ejemplos de la importancia otorgada al rol femenino. De todas formas, dado que ni la Europa Antigua por un lado, ni los protoindoeuropeos que llegaron a ella, por el otro, tenían una cultura absolutamente homogénea, es imposible generalizar. Las deidades femeninas sufrieron decadencia y modificaciones en sus funciones a partir de la irrupción.[26]

El panteón indoeuropeo era en gran medida patriarcal y guerrero, en contraposición con el de los pueblos locales. Necesariamente tuvo que producirse un choque ideológico, además de las inevitables contiendas físicas, a fin de lograr imponer, por último, la posición de poder del rol masculino. Dada la enorme antigüedad y tradición del culto de la Diosa, no sería de extrañar que existiera una gran resistencia al cambio, y que, a pesar de los más que probables «argumentos» violentos iniciales, se acabase en un proceso «diplomático» de concesiones mutuas. Con el tiempo, esas concesiones fueron reduciéndose hasta quedar casi fuera de la vida social y religiosa, como vimos con el mundo griego y luego con el cristianismo.

Así pues, en un primer momento es posible que existiera una hibridación de ambas culturas, pero la sociedad, que antes no hacía distinciones sociales ni sexuales, pasó a establecer una jerarquía en la que la clase guerrera estaba a la cabeza y la estructura patriarcal era demasiado fuerte como para no prevalecer.

Cada uno de estos modos de pensar y vivir tenía sus aspectos positivos y negativos. La prevalencia de uno sobre otro, y no una interacción equitativa, produjo un desenvolvimiento desarmó-

26. *La civilización de la Europa Antigua.*

> nico de esa temprana civilización occidental. Se impuso la cosmovisión patriarcal aceptando muy pocos elementos de la matriarcal. Las consecuencias de esta desigualdad se reflejaron en los planos más profundos de la vida. La imposibilidad de manifestación espontánea de creencias que tenían una antigüedad milenaria generó formas de religiosidad y panteones donde la lucha entre los dioses era una constante.[27]

Como mencionábamos, este cambio de cultura no fue homogéneo. En ciertos lugares se impuso de una forma más brusca, mientras que en otros, el proceso fue más lento; en otros, en cambio, se mantuvieron unos aspectos del culto neolítico a la Diosa, y en otros prevalecieron otros aspectos. En cualquier caso, es importante entender que se produjo una fusión de elementos y que esa fusión no fue igual en todas partes. Según Gimbutas, estas diosas heredadas del Neolítico «se mantuvieron en toda Europa, pero su conservación difiere según la región», siendo las diosas que mejor continuidad ofrecieron «las que conceden el nacimiento y la vida, y la diosa de la muerte y regeneración», tal y como se observa en las culturas minoica de Creta, griega, etrusca en la península itálica, vasca en el norte de España, germana (especialmente la escandinava), báltica o celta, siendo esta última posiblemente la que mantuvo una corriente de conexión más profunda y fuerte entre los cultos de la vieja Europa y el cristianismo con su devoción mariana, como veremos más adelante. Gimbutas también hace referencia a Anatolia, donde se encuentran los yacimientos de Çatal Höyük, Hacilar y Göbekli Tepe, y lugar del que proviene originariamente el culto a Cibeles, del que ya vimos su influencia en la definición de algunos de los ritos y símbolos relacionados con la Virgen María. Para que este trabajo no resulte demasiado largo, nos centraremos de manera más profunda en Anatolia y la cultura celta, por ser las más directamente relacionadas en la actualidad[28] con la continuidad de culto desde la Diosa neolítica hasta la Virgen María.

---

27. *Ibid.*
28. Siempre podrían existir nuevos hallazgos en el futuro que revelaran otras tradiciones de igual o mayor influencia.

## Anatolia

Göbekli Tepe cambió la concepción que, hasta entonces, se tenía del desarrollo del Neolítico. Allí se vio que antes de que los humanos desarrollaran la agricultura y antes de que decidieran asentarse, algo les movió a reunirse en torno a una idea. Eran cazadores-recolectores procedentes de diversos pueblos de la zona; grupos diferentes que se pusieron de acuerdo para, durante un período de tiempo de muchos años, construir un complejo sagrado en piedra, un lugar para el culto de las deidades que eran comunes a todos ellos. Sobre aquellas gigantescas piedras grabaron curiosas figuras antropomorfas sin cabeza, toros, grullas, zorros, serpientes, patos, jabalíes, bucráneos, haches, círculos con medias lunas, gacelas, onagros, leones, grandes reptiles y también un llamativo dibujo tallado que muestra a una mujer desnuda en cuclillas, probablemente dando a luz.

A unos 700 km de Göbekli Tepe está el sitio de Çatal Höyük, un poblado agrícola levantado en el VIII milenio a. C. Allí, en el interior de una vasija, se encontró la famosa «Mujer sentada», una figurilla de arcilla cocida que representa a una mujer desnuda, semejante en sus formas a las venus paleolíticas, sentada en una especie de trono flanqueado por dos fieras, que parecen ser leopardos. No es posible contemplar esa imagen sin evocar a la Cibeles frigia. Por el análisis de los restos de aquel poblado, se sabe que en 5700 a. C. tuvo lugar un incendio que destruyó parte de la ciudad e hizo que la gente la abandonara para no regresar.

A algo más de 300 km hacia el oeste de Çatal Höyük se halla Hacilar Hoÿük, una cultura que se desarrolló en Anatolia desde aproximadamente 7040 a. C. hasta 6600 a. C. El lugar no fue abandonado como Çatal Höyük, pero a partir de 5300 a. C. se observan cambios en la cultura de las personas que vivieron allí. Hay indicios de fortificación y de un templo que, posiblemente, sería comunitario, en vez de los lugares de culto vinculados a las viviendas. Se sabe que el sitio fue deshabitado y que se volvió a habitar varias veces, posiblemente por gentes distintas. En las excavaciones de los niveles más antiguos apareció una gran cantidad de figurillas femeninas desnudas, realizadas en cerámica cocida y con un aspecto muy similar al de las estatuillas de la Diosa halladas en las investigaciones arqueológicas de Gimbutas en la vieja Europa. En los niveles más recientes esa abundancia de diosas cambia.

Los restos de culturas encontrados en Anatolia son, hasta el momento, los vestigios de civilización humana más antiguos que se conocen. Hasta el instante en que la cultura indoeuropea entró en contacto (violento o no) con la cultura anatolia, la vida en general discurrió sin grandes cambios durante varios milenios. La agricultura, el cuidado del ganado, los cultos, las relaciones con los pueblos vecinos, la crianza de los hijos, etc., se mantuvo más o menos estable. Es evidente que en un período de tiempo tan extenso las cosas no debieron sucederse de manera totalmente homogénea. Hay que contar con que debieron existir conflictos con aldeas cercanas, problemas con las cosechas, escasez de algunas materias primas... incluso luchas personales de poder. Aunque no hubiera jerarquías por riqueza, sin duda, existía algún tipo de reconocimiento social por algún otro motivo, aunque eso no se tradujera ni en una casa más grande ni en una tumba más lujosa.

Mersin, en la costa sur de la península de Anatolia, ha estado habitada de manera ininterrumpida desde hace unos 11 000 años. Hacia 4500 a. C., la ciudad, siguiendo la estela del cambio cultural que se produjo en toda Europa, levantó fortificaciones que perduraron hasta aproximadamente el II milenio a. C. La también ciudad de Troya, en la península de Anatolia, fundada alrededor del año 3500 a. C, ya se construyó como una ciudad con defensas, y en los distintos niveles de su historia ya se aprecian pruebas de destrucción desde casi el principio. La ciudad fue destruida y levantada de nuevo varias veces a lo largo de su historia, que finalizó más o menos alrededor del siglo XIV de nuestra era.

El pueblo hático habitaba en la zona norte de Anatolia, en torno a la ciudad de Hattuš, cuando, entre 2000 y 1700 a. C., los hititas, de origen indoeuropeo, los fueron absorbiendo poco a poco. Se desconoce a qué familia pertenece la lengua de los háticos, pero se han identificado topónimos, nombres propios o de dioses que se conservaron en la lengua hitita. Según algunos investigadores, los propios hititas se esforzaron por mantener el hático en algunos de los textos rituales que heredaron de ellos después de que convirtieran Hattuš en la capital de su imperio. Por otra parte, la lengua de los hititas, una lengua anatolia, es el testimonio más antiguo que tenemos hasta el momento de la familia lingüística indoeuropea, y mantuvo, como decíamos, rasgos de la lengua y tal vez también de los cultos de los pueblos autóctonos de la zona. Se sabe que en temas religiosos, los hititas no tuvieron problema en conservar tanto los santuarios locales como los cultos y dioses de los pueblos conquistados sin que existan vestigios de que intentaran imponer los cultos propios o centralizar la religión. Asimismo, según se recoge en *Historia y leyes de los hititas*, algunos de esos cultos locales previos a la invasión hitita se remontaban a épocas muy diversas, «algunos relativamente recientes, otros de una antigüedad tan remota como el Neolítico». Según explican Alberto Bernabé y Juan Antonio Álvarez-Pedrosa:

> En efecto, la situación geográfica de la península Anatolia, en la vecindad de culturas muy desarrolladas y la gran receptividad de los hititas a toda clase de influjos culturales facilitó el trasvase a su propio acervo de mitos y leyendas de procedencia ajena. A su vez la cultura hitita habría de servir como transmisora de estos elementos de origen oriental a la griega, aunque sigue siendo un misterio la forma exacta en que este trasvase de produjo.[29]

Así, al observar el panteón divino de Hattuša, se encuentran algunas divinidades que provienen tanto de la zona de Kaṇeš o Kültepe (conocida también como Neša[30]), lugar antiguamente habitado por los háticos, como de la actual Capadocia, donde se encuentra Çatal Höyük. De esa zona procede, originariamente, una deidad de la que hablamos de manera extensa en el primer capítulo, aunque bajo otro nombre: Kubaba, la misma que acabaría siendo identificada tiempo después con la Cibeles romana. Según el lingüista belga Louis Deroy, al comparar la grafía hitita del nombre Kubaba con el mismo nombre hallado en algunos textos de la cultura minoica cretense, aparece un nuevo e inespe-

29. *Historia y leyes de los hititas.*
30. Los hititas se denominaban a sí mismos «nesitas», esto es, procedentes de la ciudad de Neša. Fue en esta ciudad donde los hititas comenzaron a desarrollar su expansión y trasladar su capital a Hattuša pero, antes de eso, mantenían acuerdos comerciales con los pueblos de la zona.

rado hecho: «La existencia de una Gran Diosa de este nombre en el mundo egeo prehelénico».[31]

También de la zona de Kültepe procede Hannahanna, que se traduce por «abuela» y que es básicamente una diosa madre. Asimismo, los hititas asimilaron a la diosa Inara, que era la deidad protectora de la región y que, de forma muy similar a Cibeles y a otras deidades ya vistas, era una «señora de las fieras», como luego lo sería también Ártemis para los griegos, sólo que, como veremos más adelante, ni Ártemis ni Apolo, su hermano, dioses por excelencia de los griegos, fueron en su origen griegos, sino que es posible que fueran de la región de Anatolia que «pasó del Asia Menor a Grecia a través de las islas, y no viceversa».[32] Como en el caso de Kubaba y otras deidades femeninas, se constata una influencia entre los cultos de Anatolia y los hallados en la zona del Egeo, algunos de los cuales acabaron asimilados en la religión griega y, a través de ésta, a la romana.

> A pesar de ser esencialmente cazadora, es protectora de los animales, sobre todo de los ciervos, siendo llamada por Homero «la Señora de las Fieras», lo cual, con otros variados datos, ha hecho pensar que Ártemis era originariamente la Madre de los Dioses similar a la Cíbele frigia. [...] Aunque su culto se extendía por toda Grecia –su templo más famoso era el de Éfeso, en Asia Menor–, fue sobre todo honrada en las zonas más montañosas de la Hélade, especialmente en la Arcadia.[33]

Según algunas leyendas, Éfeso (en Anatolia) fue fundada por las amazonas. Entre los antiguos nombres que Plinio el Viejo le atribuye está el de Ortigia,[34] estableciendo una curiosa relación del topónimo

31. Traducción propia del francés: «La confrontation de cette graphie hittite hiéroglyphique avec quelques documents de la Crète minoenne va nous permettre d'ajouter, au problème complexe de l'origine et de la nature de la déese, une donnée nouvelle et inattendue: l'existence d'une Grande Déese de ce nom dans le monde égéo-crétois préhellénique».
32. *Diccionario de mitología clásica.*
33. *Ibid.*
34. En realidad, existen varios lugares en la antigüedad, tanto en Grecia como en la Magna Grecia, que se asocian con el nombre de Ortigia.

con la isla Ortigia (en Siracusa, Sicilia), donde algunos mitos sitúan el nacimiento de Ártemis antes de acompañar a su madre, Leto, a Delos para que diera a luz a Apolo (otros dicen que ambos nacieron en Delos), y que, como ciudad, habría sido fundada por Eneas tras su salida de Troya. En Éfeso está también la que se cree que fue la casa donde la Virgen María vivió hasta su «ascenso» al cielo, lugar en el que se refugió conducida por el apóstol Juan tras la crucifixión de su hijo. En cualquier caso, es evidente la relación que esos mitos expresan entre los cultos anatolios y los que posteriormente se asumieron en la Grecia clásica.

Con independencia de los relatos míticos, el origen de la ciudad se ha relacionado históricamente con Apasa, capital del reino luvita de Arzawa, conocida por los testimonios escritos que los hititas dejaron de ellos en 1650 a. C. y por la mención que Ramsés III hace de ella al conocer su destrucción por los pueblos del mar. Según el historiador holandés Frederik Woudhuizen,[35] el luvita fue la primera lengua de origen indoeuropeo que se habló en Creta, lo que lo convierte en el testimonio más antiguo (2000 a. C.) de la presencia de indoeuropeos en dicha isla. Resulta interesante que, además de la impronta luvita en el lenguaje cretense, se hayan identificado palabras de origen pelasgo (supuestamente fueron los muy desconocidos pueblos indígenas de la zona del Egeo), de donde procederían los nombres de deidades como Idamater (que podría traducirse como «Madre árbol») y Deméter (traducido más o menos como «Madre Tierra»).[36]

Entre los diversos elementos que Marija Gimbutas identificó en relación con lo que ella denominó «La Gran Diosa de la Vida, la Muerte y de la Regeneración»,[37] aparece la diosa andrógina, el perro con su vinculación a la Diosa Luna, el gamo hembra, la abeja y el oso, por citar algunos, y señala que esos elementos de la Diosa neolítica (y posiblemente anterior) de la vieja Europa sobrevivieron después del III milenio a. C. en la antigua Grecia y el oeste de Anatolia bajo las formas que hoy

35. *Luwians: the earliest Indo-Europeans in Crete.*

36. *Ibid.*

37. *Diosas y dioses de la Vieja Europa.*

conocemos como Hécate y Ártemis, pero que, para Gimbutas, fueron, en un principio, deidades de origen no indoeuropeo y no griego.

> En Grecia, como en India, la Gran Diosa sobrevivió al horizonte cultural indoeuropeo sobreimpuesto. Como predecesora de la anatolia y griega Hécate-Artemisa (relacionada con Kubaba, Kybele/Cibeles), continuó su vigencia durante la Edad del Bronce, luego durante la Grecia clásica e incluso más tarde en la Historia, a pesar de las transformaciones de su apariencia externa y de los nombres tan distintos que recibió. La imagen de Hécate-Artemisa[38] de Caria, Lidia y Grecia basada en las descripciones de autores griegos, las pinturas de vasijas y los hallazgos de los mismos santuarios dedicados a esta diosa multifuncional, suplementan y verifican nuestra comprensión de la apariencia y funciones de la diosa prehistórica. Las fuentes escritas vierten sangre en sus venas de arcilla, piedra, hueso u oro.[39]

Ambas comparten tantos elementos que es difícil saber si son dos diosas diferentes o dos aspectos de una misma deidad. Representaciones clásicas de Hécate la muestran con cuerpo alado o como un híbrido de mujer y pájaro, del mismo modo que las diosas pájaro descritas por Gimbutas. En la Grecia clásica, una quedó más vinculada a la muerte y la otra a la vida, pero jamás de un modo total, tal es su semejanza. Hécate gobernaba el inframundo. El temor de los hombres al más allá transformó su carácter protector en tenebroso. En cuanto a Ártemis, la eterna y virginal Ártemis, el aspecto de pureza es sólo uno de los que acompañaba, como vimos, a la Diosa de la regeneración y la fecundidad, aspecto que nunca terminó de perder Ártemis,[40] tal y como puede comprobarse en su papel protector de los partos o en la representación

38. Es muy frecuente también la representación triple de Hécate, Artemisa y Selene como el triple aspecto de una única deidad. Igualmente es conocida la representación de la Ártemis de Éfeso, con múltiples senos y su rostro y manos negras.
39. *Diosas y dioses de la vieja Europa.*
40. De alguna forma, la virginidad de Ártemis, que siempre se representa como una joven, quizá se deba a que está eternamente en el punto en el que las muchachas aún no han entrado en la edad de contraer matrimonio.

de múltiples pechos que se adoraron en Éfeso bajo su nombre. Los perros acompañan a ambas deidades, ya sea con un sentido ctónico o como el acompañante de «la cazadora», aunque curiosamente Ártemis tenga como tarea, sobre todo, proteger y velar por la naturaleza salvaje y sus criaturas.

La vida y la muerte van siempre de la mano, como la virginidad y la fertilidad. La pureza de Ártemis reside en su gran proximidad a la ley natural, que es también la pureza de la Tierra, que genera sin cesar y sin «pecado». En su relación con Cibeles (o Kubaba) existe también todo eso, la naturaleza salvaje, el dominio de las fieras, la muerte y la resurrección, la generación y la pureza, la androginia... porque aunque parezca que la casta y juvenil belleza de Ártemis es esencialmente femenina, no podemos olvidar que es la contraparte de su gemelo Apolo, como si la Diosa primigenia también hubiera escindido de sí a su parte masculina. Existen representaciones donde Hécate y Ártemis, con cuerpo triple, se representan como una sola, acompañada de un ciervo y un perro, portando el arco y las flechas de la «cazadora» y la antorcha que guía, y permite alumbrar en la oscuridad... y dar protección en los alumbramientos, así como en los caminos. ¿Acaso no son una misma cosa? El camino que conduce de la vida a la muerte, el que conduce de la muerte a la vida y el que recorren los hombres para dirigirse de un lugar a otro. Un camino es un camino. Un viajero es un viajero. La protección para todos ellos la da Hécate-Ártemis; quizá por eso es tan estrecha la relación entre Hermes[41] y Hécate como protectores de los caminantes, y Hermes y Apolo como conductores de este y del otro lado de la vida. También las etapas de la vida son un camino. Nacer y morir son, claramente, las más evidentes, pero cada umbral que pasamos es, en pequeño, una nueva muerte y un nuevo nacimiento. Pasar de la infancia a la adolescencia, de la juventud a la edad adulta, de la madurez a la vejez... y en cada una de esas etapas vuelve a estar presente Hécate-Ártemis.

41. Misteriosa deidad estrechamente ligada a Apolo y a Hécate. Algunos autores asocian la etimología de su nombre con *erma*, que significaría «montón de piedras», en referencia a los mojones que señalan los caminos. Su culto se asocia a su lugar de nacimiento, en una gruta en el monte Cilene, en Arcadia.

Otro aspecto interesante será que se representa a través del símbolo del oso. Existen testimonios de rituales de iniciación (o más bien ritos de paso), que realizaban las muchachas atenienses en honor a Ártemis, en los cuales se llevaban máscaras de oso. Eran las pequeñas «oseznas» que, antes de llegar a la edad casadera, se preparaban para su futuro papel de Madre Oso. Algunas etimologías apuntan a la relación entre su nombre y una raíz protoindoeuropea que significa «oso», que también llegó al hitita con la misma significación, pero no está confirmado. El mito quiere que Calisto, una muchacha casta que formaba parte del cortejo de Ártemis, tras ser engañada por Zeus para que tener relaciones con él y dar a luz un hijo al que llamó Arcas (de donde procederían los arcadios), fuera convertida en osa por Ártemis y luego situada en el cielo como la constelación de la Osa Mayor.[42] Así, a través de este mito, se relaciona el origen de la región de Arcadia con Ártemis y la osa, justamente en el lugar donde la diosa era reverenciada.

Se cuenta que, originariamente, el nombre de los habitantes de Arcadia era pelasgos. Así, el término «pelasgo» se empleaba para denominar tanto a los arcaicos habitantes de Grecia como al primer hombre que habitó aquellas tierras, tras surgir de ellas... En ocasiones se refieren a él como «promotor del género humano»,[43] pero en una época en que la civilización aún no existía.

> Uniéndose a la oceánide Melibea –o a la ninfa Cilene– había engendrado a Licaón, cuyos cincuenta hijos dieron nombre a casi todas las ciudades de la Arcadia; pero los descendientes de Licaón eran tan bárbaros y crueles que Zeus decidió destruirlos y envió sobre ellos el diluvio.[44]

Al referirnos a Ártemis como «cazadora», hemos usado a propósito el entrecomillado, ya que creemos que la asociación de ésta con la caza y la figuración de ella misma como cazadora no es del todo correcta o, como mínimo, no está completa en su interpretación. Los relatos son

---

42. *Mitología del firmamento.*
43. *Diccionario de mitología clásica.*
44. *Ibid.*

ambiguos a la hora de mostrar sus hazañas como cazadora, pero son muy específicos y detallados cuando ella dispara de manera certera sus flechas contra los que comenten faltas en su culto, los que atentan contra su virginidad o contra aquellas ninfas que se dejan seducir. Ártemis, como Apolo (y muchas veces junto con él), castiga con dureza los pecados contra la pureza y, al ser arquera como él, «hiere de lejos» a los que no merecen su piedad. Los poetas la describen como cazadora, e imaginan en sus elaboraciones literarias las cacerías de la diosa, con su manada de perros persiguiendo ciervos, jabalíes y demás, pero son los cazadores quienes acaban muriendo por una u otra razón a causa de las flechas de Ártemis. Sin embargo, volviendo a las tradiciones, sí que encontramos asociados a la diosa lugares sagrados donde las ciervas iban a parir con seguridad, o sitios donde los depredadores convivían en paz con los mansos animalillos, ya que estaba prohibido que alguien los cazara una vez que entraban en esas tierras. Ártemis corre con la cierva y el perro a su lado y, más que «matadora», en realidad es la dominadora de la naturaleza salvaje e instintiva, germen primero e imprescindible para la vida en sociedad que conduce a la civilización. Como afirma Walter Otto:[45]

> Por consiguiente se comprende que ella fuera conductora en sendas lejanas por donde vagaba con su multitud de espíritus. Así se acerca a Hermes. Varios epítetos la denominan «la indicadora de caminos». En leyendas de fundaciones muestra a los colonos el camino hacia el lugar donde deben fundar la nueva urbe.

Ártemis y Cibeles son señoras de las fieras, son las gobernadoras de la naturaleza salvaje, así como de todos los animales que habitan en ella. Ellas no son diosas civilizadoras, no son deidades de los poblados o de las ciudades, pero a veces se las puede encontrar representadas con una corona mural, marcando de alguna manera el límite y el camino de la civilización. De hecho, sin comprender la esencia de la naturaleza, sin conocer el profundo alcance de sus leyes y sin el vínculo perpetuo de los

45. *Los dioses de Grecia.*

hombres con sus raíces naturales, el ser humano se acaba perdiendo en su creencia de que ha domesticado lo salvaje. No son diosas de la siembra, como sí lo son Deméter o Perséfone, porque los cultivos son una forma de domesticación de la naturaleza que ella no alienta, aunque conduzca a ella, porque sí que es rectora de la generación y la regeneración, sin cuya intervención no es posible ningún nacimiento, ni siquiera el de la semilla plantada. Es habitual relacionar a estas dos deidades con los leones o fieras similares. El carro de Cibeles está tirado por leones, y el trono donde está la «Mujer sentada» de Çatal Höyük está flanqueado por dos grandes felinos, posiblemente leopardos. Esta imagen quedó fijada en las representaciones de la antigua diosa Anaitis persa, cabalgando una leona o bien alada, dominando a dos leones con sus manos, una imagen de dominio que también se usa en las representaciones del héroe como Gilgamesh en Sumeria, Anaitis, Gran Diosa del Asia Central desde antes del III milenio a. C., sobrevivió también a la llegada del zoroastrismo bajo otra forma, convirtiéndose en la hija de Ahura Mazda. Ella sería la diosa de la sabiduría, la vida, la fertilidad, la salud, la curación... (¿no es Apolo, posiblemente de origen frigio, el dios por excelencia de la medicina?). Algunos autores apuntan a que ella y la hindú Saraswati son la misma deidad, y no se equivocan, pues la llamemos Saraswati, Cibeles, Kubaba, Hécate, Ártemis, Anaitis, Deméter, Ishtar o María, todas ellas provienen de una misma madre, la Diosa. Ellas son también la Diosa.

## La cultura celta

Cuenta el *Libro de las Invasiones*[46] que Cesair fue la primera mujer que existió en las islas británicas. Era hija de Noé, aunque la Biblia sólo menciona a los tres hijos varones (Cam, Sem y Jafet) que salieron del arca. Según el libro, ella y otras compañeras, como sabían que no estaban destinadas a salvarse en el arca, poco antes del Diluvio, salieron en

46. *El libro de las invasiones* o *Leabhar Ghabhála* es un manuscrito irlandés, escrito aproximadamente entre los años 800 y 1200, que relata los hitos que señalan la construcción identitaria del pueblo irlandés.

barca desde la isla Meroe, una antigua ciudad a orillas del Nilo, cerca de lo que hoy es la capital de Sudán, conocida por sus numerosísimas pirámides «nubias». En la Biblia (Gn 10: 8) se menciona a Cam, cuyo hijo Cus (Kush) fue padre de Nemrod,[47] pero también de Sebá, de ahí que algunos señalen que el reino de Kush, del que Meroe fue su capital, se llamara antiguamente Saba,[48] justamente por el hijo de Cus. El viaje de Cesair desde Meroe la llevó por un extraño recorrido a través del mar Caspio al mar Negro y, luego, a través del Mediterráneo hasta el mar Tirreno, desde donde alcanzó España y, desde ahí, llegó hasta la antigua tierra de Einn (Irlanda). Según comenta Ramón Sainero, director del Instituto de Estudios Celtas, sobre el viaje de Cesair:

> Esta emigración desde los confines del mar Caspio o el Asia Menor a través del Mediterráneo será la ruta seguida por las demás oleadas invasoras, ateniéndonos a lo que nos dice el manuscrito, una teoría que tiene una base histórica bastante posible según se ha podido comprobar, pese a que la figura de Cesair, nieta de Noé, sea eminentemente legendaria.

Para Sainero, la teoría comúnmente aceptada que sitúa el origen de los pueblos celtas en el centro de Europa, gracias al estudio de las culturas de La Tène (en Suiza) y Halstatt (en Austria), y que señala la zona como aquella desde la que se difundió la cultura celta, no resulta indicativa de que ése fuese su origen, y apunta a las zonas del Danubio, el Mediterráneo y España como lugares desde los cuales los celtas pudieron llegar hasta el centro de Europa. Según Sainero, existe una influencia significativa de los pueblos tracios, griegos y escitas en los celtas, y defiende la posibilidad de que los más antiguos reinos celtas de Irlanda y España tuvieran su origen en migraciones escitas.

Al hablar de los orígenes de los pueblos celtas, Peter Berresford Ellis explica que el grupo lingüístico al que pertenece el celta desciende del

47. Según la *Biblia* fue el constructor de la Torre de Babel.
48. No nos detendremos mucho en esta relación, pero es justamente en el Cantar de los Cantares, que Salomón «dedica» a la reina de Saba, donde san Bernardo se inspira una y otra vez para pronunciar sus sermones, especialmente en el fragmento que dice: «Nigra sum, sed formosa» («Negra soy, pero hermosa»).

«hipotético tronco común indoeuropeo», del que provendrían todas las lenguas de Europa, Mesopotamia y el norte de la India, excepto el finés, el estonio, el húngaro (magiar) y el euskera.

> En cierto momento, en la remota antigüedad, se dice que existió una lengua originaria indoeuropea, pero esta lengua no puede ser descrita satisfactoriamente ni adscrita a un periodo específico, aunque la mayoría de estudiosos han propuesto el tercer milenio a. C. para situar sus orígenes en las estepas del sur de Rusia. Ciertamente, a mediados del primer milenio a. C. no había memoria o conciencia de un ancestro común entre los griegos y los hindúes. La hipótesis indoeuropea es importante para cualquier estudio de los celtas, y deberemos volver a ella como medio para explicar los extraordinarios paralelos y similitudes entre las culturas celta e hindú, que tienen lugar en las áreas del lenguaje, derecho, costumbres religiosas y mitología, música y castas.[49]

En sus trabajos sobre los escitas y sus descendientes más «modernos», los osetios, Georges Dumézil no tiene dificultad en establecer claras relaciones entre el mito osetio de Soslan-Sosryko y el de Osiris, la historia de Aquiles, el nórdico Baldr y hasta el del Mitra indoiranio, donde ambos, Soslan y Mitra, son llamados «nacido de la roca», de forma no muy diferente de la historia que ya relatamos al hablar de Cibeles, cuando Zeus, tras su infructuoso intento de seducir a la diosa, derrama su semen sobre una piedra cercana, de la que acaba naciendo el hermafrodita Agdistis. Gracias a las similitudes evidentes entre estos mitos, podemos ser conscientes de que, de ninguna manera, es posible hablar de anatolios, escitas, hindúes, griegos o celtas como pueblos aislados con lenguas y mitos por completo propios, sino que todos están relacionados y, como defendió Dumézil en sus trabajos, marcados por un esquema que se repite de manera sistemática en la mayor parte de las tradiciones. Así, Dumézil habla de una relación mítica entre el osetio Soslan y el héroe irlandés Cúchulainn, en especial

49. *Druidas. El espíritu del mundo celta.*

a través del símbolo solar de la rueda. Igualmente conviene recordar que los escitas habrían sido los herederos de aquellos pueblos kurganes[50] a los que hacía referencia Gimbutas.

Aunque los escitas como pueblo se desarrollaron alrededor de los siglos VIII a. C y III d. C., mantuvieron la tradición de los enterramientos en kurganes y, muy posiblemente, las tradiciones orales míticas de los pueblos que los precedieron. Ciertamente, resulta casi imposible, en estas fechas de las que hablamos, saber qué mitos y símbolos eran propios exclusivamente de los primeros pueblos indoeuropeos que iniciaron las invasiones de la vieja Europa, como la denomina Gimbutas, pero es muy probable que el contacto con pueblos de diferentes tradiciones acabara de una u otra manera influyendo en el desarrollo cultural de ambos; lo que sí sabemos es que, en efecto, las deidades del rayo o el trueno como emblemas de poder, así como el culto a las armas y la guerra, eran parte esencial de la identidad de estos pueblos. Con dificultad se puede defender el mantenimiento de la pureza absoluta de un conjunto de creencias o costumbres populares. Si bien es cierto, como afirma Dumézil, que existen estructuras raíz que se repiten de un modo sistemático, no sólo en lo social, sino también en lo mítico, como bien observaron Joseph Campbell y Mircea Eliade, entre otros, existe una gran permeabilidad en todo lo que rodea y «adorna» esas estructuras raíz.

Sin duda, la cultura de los kurganes, que realizaban incursiones en los territorios vecinos, dejó en ellos su impronta, que acabó penetrando con más o menos fuerza según el pueblo. De la misma manera, los invasores se llevaron parte de las creencias y marcas identitarias de los pueblos invadidos o conquistados. Si, como parece que muestran algunas de las pruebas halladas en diversas excavaciones, los atacantes «kurganes» regresaron a sus poblados con las mujeres que pudieron atrapar, y dado que hasta que no aparecieron las llamadas «religiones del Libro» no podemos hablar de una deidad celosa y excluyente de todas las demás, es muy posible que las creencias de aquellas mujeres

50. Los kurganes recibieron este nombre por los montículos o túmulos (*kurganes*) de la Edad del Bronce en los que se enterraba la casta guerrera y dirigente.

también dejara más o menos huella, de manera bastante natural, en sus captores.

Por eso creemos que se afirma y generaliza con demasiada ligereza que los pueblos indoeuropeos excluían sistemáticamente a las mujeres de cualquier labor que no fuera el tejido o la crianza de los niños, o que estaban por completo sometidas al varón. Si esto fuera así, no podríamos entender historias como la de la reina Tomiris de los masagetas, que, como muchas de las mujeres de aquel pueblo iranio, fue educada para la guerra. La reina Tomiris ha pasado a la historia por derrotar en batalla, en 530 a. C., al mismísimo Ciro el Grande, que murió en el enfrenamiento.

La diosa escita Artimpasa, con cierto carácter andrógino, regía la fecundidad, la vegetación, la fertilidad y también la guerra y el poder de los sacerdotes. Quizá por eso, los enárees (los no viriles[51]) eran una suerte de sacerdotes escitas consagrados a Artimpasa, cuya principal característica, según Heródoto, era su «afeminamiento», ya que adquirir el don de la profecía de manos de la diosa requería que estos hombres vistieran como mujeres, realizaran trabajos de mujeres y se comportaran de forma femenina. Dumézil recoge un testimonio de W. R. Halliday que recuerda que, entre el pueblo chukchi del nordeste de Siberia, «los hombres-chamán fingen volverse progresivamente mujeres y acaban por comportarse enteramente como tales»,[52] un rasgo que encuentra cierto paralelismo en Irlanda con el ciclo de los ulatos, donde se cuenta que, por la ofensa a una mujer de naturaleza divina o sobrenatural, los guerreros del Ulster se ven condenados a padecer «una vez en su vida y durante "nueve veces doce horas", los dolores del parto».[53] Al ver esto, ¿podemos no recordar cómo los sacerdotes de la frigia Cibeles se autocastraban como parte de su devoción por la diosa? Si estas tradiciones tuvieron o no un origen ancestral común, es algo que de momento se desconoce, pero sí que existe una evidente relación entre ellas que se ha ido transformando en las diferentes culturas a lo

51. *Escitas y osetas.*

52. *Ibid.*

53. *Ibid.*

largo del tiempo, sobreviviendo así más allá del punto histórico en que fueron concebidas.

Volviendo a los celtas propiamente dichos y a su tradicional creencia de que se originaron en las culturas de La Tène (475-18 a. C.) y Halstatt (1200-450 a. C.), Berresford Ellis afirma que la casta druídica «tiene sus raíces en la "era de los recolectores", cuando enormes bosques de robles cubrían Europa. Estamos hablando de un periodo anterior al 4000 a. C.», y resalta la importancia del roble como árbol sagrado vinculado tanto al alimento celeste como al terrestre. Los árboles y las aguas tienen una significación especial en lo concerniente a los cultos de las deidades femeninas a las que nos estamos refiriendo.

> Se habrá observado que la mayoría de autoridades citadas hasta ahora están decididas en su uso de términos masculinos para el roble y aquellos que buscaban «la sabiduría del roble». Pero las cosas no eran tan simples, pues la religión celta precristiana no era originariamente del concepto masculino en el que se convirtió más tarde y que fue, entonces, convertido en un sistema más patriarcal por el Cristianismo. Al igual que muchas religiones del mundo, los celtas comenzaron con un concepto de la «diosa madre». En el caso de los celtas, la diosa madre era Danu (agua del cielo) y es significativo que el gran río Danubio tome su nombre de ella; significativo porque era en el nacimiento del Danubio, desde donde se dice que se extendió la civilización celta.[54]

El Danubio se origina precisamente en la meseta de Baar, en la Selva Negra alemana, y recorre 2888 km hasta desembocar en el mar Negro a través de Rumanía y Moldavia. Su cauce, que en la actualidad nutre a infinidad de ciudades, alimentó a otras muchas en la antigüedad. Los griegos llamaron Istros a este río, y cerca de su desembocadura en el mar Negro, los milesios iniciaron, en el siglo VIII a. C., una colonización que acabó con la fundación de la ciudad comercial de Istros, en el

54. *Druidas. El espíritu del mundo celta.*

límite entre griegos y escitas. En las riberas del Danubio se desarrollaron algunas de las culturas prehistóricas investigadas por Gimbutas: Las bandas, Vinča y Vučedol. Según explica Mircea Eliade:

> Los descubrimientos arqueológicos han venido a poner de relieve, por una parte, el arcaísmo de la cultura céltica, y por otra, la continuidad de ciertas ideas religiosas capitales desde la protohistoria hasta la Edad Media. Muchas de esas ideas y costumbres pertenecían al viejo fondo religioso del Neolítico, pero fueron muy pronto asimiladas por los celtas y parcialmente integradas en el sistema teológico heredado de sus antepasados indoeuropeos.[55]

Para el prehistoriador Martín Almagro-Gorbea,[56] los celtas, de origen indoeuropeo, «conformaban la base étnica y cultural de todo el Occidente de Europa, incluida gran parte de la península ibérica, en la que, ya desde el III milenio a. C., existían poblaciones «protoceltas» muy arcaicas, extendidas desde las regiones occidentales atlánticas hasta la Meseta y el Sistema Ibérico, así como desde Galicia a todo el País Vasco, área que constituía la llamada Hispania Céltica. Pero no era nuestra península el único lugar de Europa donde esas poblaciones arcaicas protoceltas existían y fueron, poco a poco, tomando la forma que hoy conocemos como celtas.

> Entre los siglos IX-IV a. C. se desarrolló la cultura Golaseca, al sur de los Alpes, siendo intermediarios entre los celtas de Halstatt y los etruscos, comerciando con sal y ámbar por un lado y aceite, vino y cerámica griega, por el otro. Esta comunidad terminó con la invasión gala del valle del Po (388 a. C.). De igual manera que los celtíberos usaron el alfabeto ibérico, en Golaseca utilizaron la escritura lepóntica, con diecisiete letras derivadas

55. *Historia de las creencias y las ideas religiosas* (II)
56. Discurso de Martín Almagro Gorbea, arqueólogo y prehistoriador, en su toma de posesión como académico de la Real Academia de Doctores de España, discurso titulado *Las raíces celtas de la literatura castellana.*

> del alfabeto etrusco. Los lepónticos pudieron ser un pueblo ya asentado antes de las migraciones celtas a la península itálica, conviviendo con los ligures.[57]

No existen evidencias totalmente incuestionables sobre su origen, como ya vemos, y los dos puntos desde los que parece que se difundieron como tales, Hallstatt, primero, y luego La Téne, señalan un período de tiempo de desarrollo tecnológico (carros, armas, molinos...) y de expansión territorial hasta llegar a su edad dorada entre los siglos IV y III a. C. Llama la atención, como afirma Velasco,[58] que «los poblados típicos de una vida rural más o menos pacífica» dieran paso «a la construcción de los *oppida,* ciudades bien fortificadas que dan idea de una gran inestabilidad tribal que impidió crear un gran reino (o imperio) celta que hubiese dominado toda Europa, lo cual sería más tarde bien aprovechado por Roma». De hecho, una de las características más destacadas de los celtas fue su sentido tribal, difícilmente proclive a unirse, pero que, sin embargo, llegó a estar en gran medida vinculado por una serie de creencias, valores, leyes y actitudes que supusieron un durísimo reto para los romanos, a pesar de su aparente tribalismo. Es posible que estos elementos de unión no estuviesen presentes en estos pueblos desde el principio.

En cuanto al origen la palabra «celta», hay que decirlo, no existe un consenso total en la comunidad investigadora. Según parece, Hecateo de Mileto escribió, en el siglo V a. C., el vocablo *keltoi* para referirse a las gentes de un pueblo que habitaba en la actual Renania, pero no termina de estar claro si fue el nombre que él les puso o si usó el término con el que ellos se referían a sí mismos. Para Berresford, *keltoi* «era una palabra celta utilizada para describirse a sí mismos y que significaba *el pueblo oculto*», mientras que otros autores apuntan a que el nombre real que ellos se daban provendría de gal-, de donde deriva «galo», aunque parece ser que fueron los romanos los que llamaron «galos» a las tribus del territorio de la Galia. Algunos de esos galos migraron hacia Asia Menor en el siglo III a. C, fundando el territorio gálata o

57. *Breve historia de los celtas*, de Manuel Velasco.
58. *Ibid.*

Galacia en Anatolia, todo eso después de intentar asaltar infructuosamente el templo de Delfos en Grecia. Allí, en Anatolia, los gálatas tuvieron un santuario de culto común y capital para las distintas tribus que se asentaron en la zona, el Drunemeton o Nemeton (santuario del roble), donde los doce jefes (tetrarcas) se reunían cada año con todos los delegados elegidos, unos trescientos, que conformaban el gobierno de los Gálatas, según explica Berresford. Pero curiosidades aparte, aunque los investigadores están de acuerdo, en su mayoría, en lo relativo a la identidad celta, bajo esa denominación no existe un ente homogéneo, ya que agrupa tanto a diversas lenguas como a distintas etnias. Así, la identidad celta no se corresponde ni con una sola lengua ni con una sola etnia, sino con una serie de elementos compartidos, que son los que, culturalmente, los señalan como celtas. Esos signos de identidad común fueron los que lograron la cohesión con la que hacer frente a César en la defensa de su territorio.

Como explica Berresford, otro de los escollos que encuentran los investigadores a la hora de conocer a los celtas es que las fuentes que hablan de ellos son griegas o romanas; las griegas de los siglos v-vi a. C. Los testimonios sobre la cultura, las creencias o la personalidad de los celtas proceden de personas que tuvieron un contacto limitado, parcial y, en ocasiones, incluso hostil con ellos o, como en el caso de César en *La guerra de las Galias*, de alguien con claros intereses propagandísticos y muy pocos escrúpulos para dibujarlos como un enemigo al que combatir para justificar su política imperialista. En Irlanda, hasta la época cristiana, los celtas no comenzaron a consignar su propia historia por escrito, no porque no conocieran la escritura, sino porque existía una arraigada tradición oral que prohibía expresamente, dentro de su sentido religioso, la transmisión de conocimientos de forma escrita «para que esa sabiduría no pudiese caer en las manos equivocadas».[59] Si a eso le sumamos que muchos de los textos celtas que se escribieron posteriormente fueron destruidos por intereses políticos, lo que nos queda es, en general, escaso y sesgado, aunque no por ello menos interesante.

59. *Druidas. El espíritu del mundo celta.*

> Cuando el cristianismo reemplazó a la religión celta precristiana y llegó a su fin la proscripción druídica de poner por escrito la historia y la filosofía, los celtas dieron rienda suelta a una gran abundancia de literatura, de manera que el irlandés se convirtió en la tercera lengua escrita de Europa.[60]

Eso no quiere decir, como es evidente, que no existiera una abundante literatura celta antes de la llegada de los cristianos a Irlanda. Explica Martín Almagro-Gorbea[61] que «la literatura es "el arte que utiliza como instrumento la palabra", lo que incluye las tradiciones orales, en ocasiones milenarias, como medio para transmitir ideas. La literatura así entendida es anterior a la escritura y es propia de todas las sociedades, aunque sean analfabetas, ya que la transmisión oral sería el sistema habitual para difundir los conocimientos de su cultura».

En los textos que quedaron escritos en época cristiana, tanto en los irlandeses como en los galeses, se descubren numerosas referencias a los druidas. Ellos fueron, más que ninguna otra cosa, los principales enemigos contra los que luchó César. Su guerra contra los galos fue, en realidad, una lucha de fuerzas contra el poder druida, real espíritu unificador de los celtas. Como señala Berresford, «siendo una clase intelectual, reserva de la resistencia cultural y nacional gala y britana frente a la conquista romana, sería inevitable que Roma intentase suprimirlos. Es una máxima imperialista tradicional que, para conquistar una nación, debes primero subvertir o eliminar la clase que resulte más peligrosa para tus objetivos, esto es, los intelectuales».

Contra la imagen habitual que se tiene de los druidas como una especie de sacerdotes buscadores de muérdago, lo cierto es que hablamos de toda una casta intelectual de hombres y mujeres que abarcaban profesiones muy diversas: «comprendía también a filósofos, jueces, maestros, historiadores, poetas, músicos, médicos, astrónomos, profetas y asesores políticos o consejeros», afirma Berresford, así como que «los druidas fueron la influencia espiritual más ilustrada y civilizada en la Europa prehistórica». Ya hemos comentado que las primeras referencias que se conocen

60. *Ibid.*
61. *Las raíces celtas de la literatura castellana.*

sobre los celtas datan de los siglos V-VI a. C.; sin embargo, las primeras alusiones escritas a los druidas de los que se tiene constancia son, como mínimo, de unos cuatro siglos más tarde. ¿Quiere esto decir que no existieron druidas hasta mucho después de constituirse los pueblos celtas? En opinión de Berresford, los druidas existieron en la sociedad celta antes del siglo II a. C., cuando aparecen las primeras menciones griegas a ellos mediante la palabra *druidae*, quizá porque hasta entonces los incluían dentro de la denominación colectiva de celtas.

Para Thomas William Rolleston, es necesario asociar la presencia de druidas con la presencia anterior de una cultura megalítica, y afirma que «el druidismo existió en las Islas Británicas, en la Galia y, de hecho, donde hubiera una raza celta en una población de constructores de dólmenes. Había celtas en la Galia Cisalpina, pero allí no había dólmenes y tampoco había druidas».[62] Existen, sin embargo, estatuas-menhir antropomorfas tanto masculinas como femeninas en Lunigiana, entre el norte de la Toscana y Liguria, datadas entre el IV y el I milenio a. C., así como algunos restos megalíticos. También hay dólmenes cerca de Turín, en la provincia de Savona y un poco más al suroeste, por lo que la afirmación de Rolleston no es del todo exacta…, aunque tampoco por completo inexacta. Los antiguos pobladores de Lunigiana fueron los apuanos, una de las tribus ligures, posiblemente de origen preindoeuropeo, que fueron asimiladas por los celtas al llegar a la zona. En realidad, lo que faltaría por saber para dar o no la razón a Rolleston es si hubo o no druidas en la zona, cosa que no está del todo clara, aunque Berresford Ellis considera que no existen razones para creer que no hubiera druidas allá donde hubiera celtas. Aun así, no deja de ser interesante observar cómo los druidas reutilizaron, en diversas ocasiones para sus cultos, construcciones megalíticas preexistentes.

Drunemeton no sólo era la capital de la política gálata, sino que en el santuario se adoraba a un equivalente de Ártemis (gemela de Apolo) que, como vimos, era una deidad ancestral en Anatolia. Ese equivalente se denominaba Brigit, y también era una deidad fundamental entre los celtas galos. Sobre esta diosa y su origen, aclara Rolleston:

62. *Mitos y leyendas celtas.*

> Dana era la más importante de las diosas de los danaanos, «la madre de los dioses irlandeses», como la llama un antiguo texto. Era la hija del Dagda y, como él, estaba relacionada con las nociones de fertilidad y bendición. Según D'Arbois de Jubainville, Dana no era otra que la diosa Brigit, tan adorada en el mundo celta. Se dice que Brian, Iuchar e Iucharba eran sus hijos –en realidad estos representan a una sola persona, a la típica manera irlandesa de concebir los poderes divinos en tríadas–. El nombre de Brian, quien lleva la iniciativa en las hazañas de estos hermanos, es una derivación de una forma más antigua, Brenos, y bajo esta forma se invocaba al dios al que los celtas atribuyeron sus victorias en el Alia y en Delfos, y al que los cronistas romanos y griegos confundieron con un líder terrenal.[63]

Dana (o Brigit) es, entonces, la Diosa Madre del pueblo de los danaanos. El significado del nombre de Brigit es «la exaltada». El Dagda, su padre, era considerado, según Berresford Ellis, el «dios del druidismo», y ella era la regente de la salud, la curación, las artes y oficios, la poesía y la adivinación. Algunos autores no están de acuerdo con la asimilación de Brigit a Ártemis y ven, sobre todo, más paralelismos con Atenea (la Minerva romana) por su patronazgo sobre las artes y los oficios, pero, sin duda, su ámbito divino es sospechosamente parecido al del mismo Apolo, y también al aspecto fértil y triple de Ártemis, ya que también fue Brigit diosa fundamental de la fertilidad entre los celtas irlandeses. Muchas de las características de Brigit fueron por completo asumidas tiempo después por santa Brígida, como veremos más adelante. Uno de los lugares más emblemáticos de Irlanda es New Grange, un complejo megalítico construido alrededor de 3300 a. C. del que Robert Graves afirma lo siguiente:

> Hay varias «fortalezas de los Sidhe» en Irlanda, y las más notables son Brughna-Boyne (ahora llamada «New Grange»), Knowth y Dowth, situadas en las orillas septentrionales del río Boyne. Su fecha y su uso religioso deben ser considerados detallada-

63. *Ibid.*

> mente. New Grange es la mayor, y se dice que originalmente la ocupó el Dagda mismo, el dios Padre de los Tuatha dé Danaan equivalente al Saturno romano, posteriormente su hijo semejante a Apolo, Angus, quien la obtuvo de él por medio de una argucia legal. El Dagdá en su primera llegada a Irlanda era evidentemente un hijo de la Diosa Triple Brigit («la Suprema»); pero el mito ha sido corrompido por redactores sucesivos. Primero se dice que se casó con la Diosa Triple; luego que tuvo solamente una esposa con tres nombres: Breg, Meng y Meabel («Mentira, Engaño y Deshonra»), que le dio tres hijas llamadas todas ellas Brigit. Luego se dice que no él, sino tres de sus descendientes: Brian, luchar e Iuchurba, se casaron con tres princesas que juntas eran dueñas de Irlanda: Eire, Fodhla y Banbha. Era hijo de «Eladu», palabra que los glosadores irlandeses explican como «Ciencia o Conocimiento», pero que puede ser una forma de la griega Elate («abeto»); Elatos («hombre abeto») era un primitivo rey aqueo de Cilene, montaña de Arcadia consagrada a Deméter y más tarde famosa por su colegio de heraldos instruidos y sacrosantos. El Dagda y Elatos pueden ser, por consiguiente, igualados con Osiris, o Adonis, o Dioniso, que nació de un abeto y fue amamantado por la diosa cornuda de la Luna: Isis, o Io, o Hathor.

Como vemos, las tradiciones neolíticas no quedan tan lejos de nosotros como pensamos; una y otra vez, encontramos, en los cultos «nuevos», raíces de lo viejo, como si las formas que van tomando se fueran adaptando al desarrollo humano, adoptando nuevas apariencias, dando a sus deidades nombres nuevos, pero como el aroma aún de la antigua esencia entremetido en cada nueva vestidura de lo divino. Las investigaciones están revelando que la reutilización de lugares antiguos era más común de lo que se creía. Lo que vimos al hablar de la cueva de Ojo Guarena o del dolmen de Menga se está revelando más como una tendencia habitual en lugares significativos de todo el mundo que como una excepción.

Cuando vemos descripciones como la de Graves sobre las equivalencias de unos dioses con otros, podemos percibir no sólo la permeabilidad en el tiempo y el espacio de los arquetipos primigenios, sino también que en su origen los modelos de manifestación de lo sagrado no fueron muchos. *A posteriori*, el culto humano fue fragmentando esos arquetipos, ofreciendo con cada uno un aspecto diferente de una misma idea. Las tres Brigit representan lo mismo que la triple Ártemis-Selene-Hécate. Se trata, en realidad, de una única diosa que puede contemplarse bajo tres aspectos. Graves identifica así a la luna nueva con «la diosa blanca del nacimiento y el crecimiento», la luna llena con «la diosa roja del amor y la batalla» y la luna vieja con «la diosa negra de la muerte y la adivinación», esto es, «cultivadora blanca, segadora roja y aventadora negra». Tres aspectos, tres etapas de la vida, tres procesos que corresponden también con los colores de la obra alquímica… sencillamente porque, de forma simbólica, la alquimia habla de esas fases transmutadoras de la existencia que afectan tanto a los elementos materiales como a los espirituales. Así, Graves recoge un fragmento de *El asno de oro* de Apuleyo, donde la Diosa afirma: «Heme aquí do vengo conmovida por tus ruegos, ¡oh Lucio! Sepas que soy madre y natura de todas las cosas, señora de todos los elementos, principio y generación de los siglos, la mayor de los dioses y diosas del cielo, que dispenso con mi poder y mando las alturas resplandecientes del cielo, y las aguas saludables de la mar, y los secretos lloros del infierno. A mí, sola y una diosa, honra y sacrifica todo el mundo en muchas maneras de nombres».[64]

Al narrar la historia, se dice que tal pueblo conquistó a tal otro y le impuso su cultura, o los invasores, en sus crónicas, hablan de las gentes que había ya allí cuando ellos llegaron. La historia mítica de Roma habla de los pueblos itálicos que ya se encontraban en la península cuando llegó Eneas desde Troya; éstos eran en su mayoría indoeuropeos, lo que quiere decir que, a su vez, éstos llegaron allí desde otro lugar y hallaron seguramente a gentes del Neolítico que ya habitaban aquellos paisajes. La «imposición» cultural en la antigüedad rara vez es como nos la imaginamos, sobre todo si entendemos que los arquetipos primordiales de invadidos e invasores suelen tener los suficientes puntos en común como para que se produzca una asimilación mutua sin

64. *La diosa blanca* (tomo I).

mayores problemas. Los conflictos, por lo general, vienen de la posesión y explotación del territorio y los recursos, o cuando en realidad la mentalidad de un pueblo sobre el trato a las personas o a dichos recursos choca frontalmente con la del otro, entonces sí que es posible ver luchas por imponer una forma de pensamiento sobre la otra. Por eso no debe sorprendernos la pervivencia de los arquetipos del Neolítico (o incluso anteriores) a través del tiempo, porque los arquetipos están antes y fuera del tiempo, y en el desarrollo de lo humano sólo podemos vislumbrarlos desde nuestra corta altura y darles en nuestra dimensión las formas más afines a lo que de ellos hemos entendido. Incluso en casos como los de las religiones cristiana o musulmana, que realmente escenificaron una imposición religiosa, mantuvieron un sustrato anterior en su «nuevo» culto. La misma piedra negra de la Kaaba pertenece a un culto preislámico asociado con la diosa Al-Lat que, junto con Al-Zuhara y Al-Uzza, eran las «tres hijas de Alá». También podía formarse una tríada entre Al-Lat, Al-Uzza y Manat, siendo Al-Lat la diosa de la fertilidad representada por una piedra blanca; Al-Uzza, la diosa del amor, asociada al planeta Venus; y Manat, la muerte y el destino, representada con la piedra negra. Las tres eran una misma deidad bajo los tres aspectos que ya vimos con Ártemis y Brigit. A pesar de la imposición islámica del culto a un único dios, Mahoma respetó la sacralidad de la Kaaba, de la misma manera que el cristianismo acabó, necesariamente, por divinizar a María, que también asume los tres aspectos de la Diosa: virgen, esposa y madre, o fertilidad, amor y muerte, porque el nuevo ser que nace aquí ha tenido que «morir» antes en el otro lado de la existencia.

## La influencia druida en el cristianismo

Los celtas son una más de las muchas excepciones a las creencias habituales que estamos viendo aquí. Son un pueblo de origen indoeuropeo, guerrero, con gran amor por las armas y la lucha, pero también con una casta, la druídica, que no hacía distinciones entre hombres y mujeres a la hora de acceder al conocimiento o de promover a mujeres como guerreras o jefas de clanes. Cuando los romanos llegaron a la Galia, la lucha más encarnizada fue contra los druidas, no contra los caudillos, porque más peligrosa para el imperio que la resistencia y la beligerancia celta fueron la ideología y la filosofía druídica. Según el profesor Jean Markale:[65]

> Los druidas representaban una amenaza absoluta para el estado romano, porque su ciencia y filosofía contradecían absolutamente la ortodoxia romana. Los romanos eran materialistas, los druidas espirituales. Para los romanos, el estado era una estructura monolítica extendida sobre territorios deliberadamente organizados en una jerarquía. Para los druidas era un orden moral libremente aceptado con una idea central completamente mítica. Los romanos basaban su ley en la propiedad privada de la tierra, con derechos de propiedad enteramente concentrados en el cabeza de familia, mientras que los druidas siempre consideraron la propiedad como algo colectivo. Los romanos consideraban a las mujeres portadoras de niños y objetos de placer, mientras que los druidas incluían a las mujeres en su vida política y religiosa. Podemos así entender cuán seriamente se vio amenazado el orden romano por el subversivo pensamiento de los celtas, a pesar de que nunca se expresó abiertamente.

Esta encarnizada lucha incluyó una bien pensada campaña propagandística en contra de los druidas, gracias a la cual todavía hay quien cree que los sacrificios humanos y otros ritos asimismo despreciables eran parte de los rituales religiosos druídicos. La animadversión hacia los duidas llegó hasta tal punto que, según cuenta Berresford Ellis, Augusto los excluyó de la ciudadanía romana y prohibió a los ciudadanos romanos que practicasen los ritos de los druidas, a pesar de la habitual tolerancia religiosa romana. Luego, Tiberio decretó en el Senado su prohibición y Claudio intentó también abolirlos, y aunque parte de las razones aducidas para ello eran los «ritos inhumanos», el hecho de que no existan textos o referencias de ningún tipo en las islas que propor-

65. Cita recogida del libro de Jean Markale *La mujer celta* (1972) en *Druidas, el espíritu del mundo celta*, de Peter Berresford Ellis.

cionen evidencia de la práctica de sacrificios humanos como parte de rituales vinculados a la religión apunta a que la razón de fondo fue «erradicar a una clase intelectual que podía, y de hecho lo hizo, organizar una revuelta contra Roma».[66]

Como es bien sabido, Roma nunca llegó a conquistar totalmente a los celtas. Tras cien años de luchas, lograron incorporar a la *Pax Romana* a los celtas de España. La Galia Cisalpina era provincia romana desde 82 a. C., y así, poco a poco, iban incorporando territorios al imperio, aunque a costa de los continuos y sangrientos levantamientos de un pueblo que casi no temía a nada. Roma tuvo que rendirse ante la evidencia de que jamás lograría conquistarlos por completo. La famosa Muralla de Adriano marcaba el límite, en el norte de Britania, más allá del cual estaba lo que el Imperio no había sido capaz de domeñar. La isla de Irlanda, asimismo, tampoco llegó nunca a ser dominada por Roma, por lo que cuando el cristianismo se convirtió en la religión oficial del Imperio, el norte de Britania e Irlanda siguieron siendo fundamentalmente paganas.

La palabra «druida» está muy relacionada con uno de los elementos de culto por excelencia de los celtas: el roble. Existen testimonios en textos cristianos primitivos de Irlanda, según comenta Berresford Ellis, que inducen a pensar que muchas de las primeras iglesias del lugar se construyeron sobre los mismos lugares donde se rendía culto a los robles druídicos. Uno de esos sitios es el monasterio de Santa Brígida en Cille Daire, nombre que se traduce como «iglesia del roble».

> El origen de la casta druídica tiene sus raíces en la «era de los recolectores», cuando enormes bosques de robles cubrían Europa. Estamos hablando de un período anterior al 4000 a. C., cuando los primitivos «cazadores-recolectores» vieron el roble como símbolo de plenitud, recogían las bellotas como un medio de alimentación y las consideraban fáciles de almacenar para días peores.[67]

66. *Druidas, el espíritu del mundo celta.*
67. *Ibid.*

El culto al árbol o bosque sagrado en general, y al roble en particular, tiene, según los estudiosos, una relación directa con los orígenes indoeuropeos del druidismo, semejantes en muchos aspectos a los brahmanes hindúes. Uno de esos puntos de semejanza es, justamente, la sacralidad de algunos árboles, así como la existencia de pequeños bosques sagrados, considerados como espacios puros y primigenios donde dioses y hombres podían establecer contacto. Eran lo bastante importantes como para dejarlos intactos aun cuando el resto de la tierra de alrededor se taló para dedicarla al cultivo. Es posible, señala Berresford Ellis, que cada tribu tuviera su propio árbol sagrado como protector y símbolo unificador e identitario de ese grupo humano.

En realidad, el árbol no es un símbolo especial ni de celtas ni de hindúes, es uno de los símbolos que, de modo universal, representa un punto de conexión del cielo con la tierra. Casi todos los pueblos han tenido su árbol sagrado. De los dioses griegos sabemos que no sólo tenían asociado un animal, sino también un árbol concreto. Para Mircea Eliade, en la concepción sagrada del mundo, para poder vivir en él, primero es necesario realizar (recrear) el acto de la fundación: «ningún mundo puede nacer en el "caos" de la homogeneidad y de la relatividad del espacio profano. El descubrimiento o la proyección de un punto fijo –el Centro– equivale a la creación del mundo».[68] A esa idea del Centro que señala el lugar del que parte el espacio sagrado, hay que sumarle el Umbral y la Abertura. Eso significa que el punto central, el sitio que representa el eje del espacio sagrado, es asimismo un lugar de paso entre dos mundos, el celeste y el terrestre, el de los vivos y el de los muertos, el de la vigilia y el de los sueños, el de lo mortal y el de lo inmortal… y, por tanto, un canal de paso de las energías que fluyen de uno a otro lugar. Para los celtas, como para muchos otros pueblos, eso es lo que representa el árbol. Según Cirlot:

> El árbol representa, en el sentido más amplio, la vida del cosmos, su densidad, crecimiento, proliferación, generación y regeneración. Como vida inagotable equivale a inmortalidad. […] El simbolismo derivado de su forma vertical transforma acto

68. *Lo sagrado y lo profano.*

> seguido ese centro en eje. Tratándose de una imagen verticalizante, pues el árbol recto conduce una vida subterránea hasta el cielo, se comprende su asimilación a la escalera o montaña, como símbolos de la relación más generalizada entre los «tres mundos» (inferior, ctónico o infernal; central, terrestre o de la manifestación; superior, celeste).[69]

El árbol que se elige como «sagrado» lo es por representar al árbol cósmico, imagen de una estructura que se manifiesta en el universo cuando nace y se replica en todo lo que está vivo. Ramas, tronco y raíces son la nutrición material, la nutrición espiritual y la conexión necesaria entre ambas; el alimento que proporciona la tierra, el que da el sol y la mediación entre ambos.[70] Las analogías sobre los árboles y sus partes simbolizan las formas en las que el ser humano, representado en el tronco, se comporta ante lo sagrado y lo profano. En la tierra, el esquema formal de las raíces es equivalente a la pirámide. Es un triángulo que conduce al punto de unión con lo celeste. En el vértice superior se halla el punto de relación (el umbral) con otra pirámide, un triángulo invertido que procede del cielo y que, como un espejo, muestra la imagen de lo que Es. El símbolo que conocemos como estrella de David no es más que la interpenetración de un elemento con el otro, los dos triángulos formando una estrella que también representa el Centro desde el que es posible «fundar» algo. En Egipto y en otros lugares, encontramos una relación entre una estrella de cinco puntas y la fundación de una ciudad, como si algo celeste tuviera conexión con un lugar concreto de la Tierra, por estar el cinco un número, entre otras cosas, asociado al matrimonio sagrado o *hierosgamos* de lo dual con la tríada, del cual puede «nacer» lo divino.

El simbolismo asociado al árbol es mucho más rico y profundo que estos someros apuntes, pero nos sirven para mostrar que, desde la concepción sagrada del mundo, un árbol no es sólo una fuente de alimen-

69. *Diccionario de símbolos.*
70. El árbol, simbólicamente, representa una conexión completa con los cuatro elementos, pues está anclado en la tierra, vive por el agua, se eleva y expande en el aire y toma su energía del sol, cuyo sobrante se manifiesta en los frutos.

to o protección (que también), sino algo que conecta simbólicamente con ideas arquetípicas y esenciales. El hecho de que los druidas establecieran en sus denominaciones una relación tan directa con el árbol (en lugar de con una espada o con un animal concreto), en este caso el roble, ya indica una declaración de intenciones y un enfoque vital basado en abrir y mantener abierta esa conexión entre lo celeste y lo terrestre que, como el mismo árbol ya indica, son partes de un mismo ser.

> Los llamados cultos de la vegetación no dependen de una experiencia profana, «naturalista», en relación, por ejemplo, con la primavera y el despertar de la vegetación. Antes bien, es la experiencia religiosa de la renovación (recomienzo, recreación) del mundo lo que precede y justifica la valoración de la primavera como resurrección de la naturaleza. Es el misterio de la regeneración periódica del cosmos lo que ha fundamentado la importancia religiosa de la primavera. Por otra parte, en los cultos de la vegetación no es siempre el fenómeno natural de la primavera y de la aparición de la vegetación lo que importa, sino el *signo* prenunciador del misterio cósmico.[71]

No es necesario que el árbol dé frutos para ser sagrado, muchos árboles sagrados no los dan o no son comestibles. El tejo era otro de los árboles sagrados para los celtas y, en cambio, es probable que sea uno de los más venenosos del mundo. La sacralidad viene de lo que representa y, así, de alguna manera, lo simbolizado y el símbolo se transforman en una unidad y en una seña de identidad; el árbol ya no es un árbol, es un eje, un centro, un umbral, una abertura. Por eso, atacar al árbol sagrado también era una forma de atacar a la identidad, y destruirlo era destruir el eje de conexión de un pueblo con su mundo sagrado. Cuando llegó a Irlanda el cristianismo, en general, no destruyó los árboles sagrados, sino que les añadió otra «forma», la de una Iglesia que, a efectos simbólicos, representa en parte lo mismo.

Además del árbol, el agua, o las aguas en forma de ríos, manantiales y lagos, era otro de los elementos sagrados para los druidas. Todos los

71. *Lo sagrado y lo profano.*

elementos sagrados están relacionados entre sí porque son aspectos de una sola realidad, ya que una característica de lo sagrado y superior es que tiende a la unidad, mientras que lo profano y terrestre se inclina a la multiplicidad. Así, el agua y el roble son, al mismo tiempo, una unidad en forma de pareja creadora, en la que el roble es lo masculino y el agua lo femenino. Ya hemos visto que, para los celtas, la Diosa madre era Danu, de quien toma su nombre el río Danubio, «sin embargo, el roble, en todas las culturas que lo han utilizado, es representado definitivamente como un símbolo masculino. Siendo así, podríamos señalar que el agua, en la forma de diosa madre, alimentaba al roble y le hacía nacer».[72]

El druidismo coincide con otras cofradías mistéricas como las de Hermes o Thot. Estos dioses fueron considerados los fundadores de un sistema de transmisión del conocimiento, por lo que era habitual que algunos de sus integrantes asumieran el mismo nombre del dios, en la medida en que se consideraba que su sabiduría y valores estaban a la altura de dicha divinidad. En el mundo mistérico, un dios no es un ser ajeno e inalcanzable, sino un modelo a seguir y una etapa que conquistar, por lo que identificarse con el nombre del dios equivalía a decir que se había logrado ser como él y, por tanto, ser él. Ciertamente, como señala Berresford Ellis, «los celtas no veían a los dioses como sus creadores, sino como sus ancestros, más como héroes y heroínas sobrenaturales, de la misma forma que aparecen en la saga o el mito hindú». Si Hermes en Grecia y Thot en Egipto conformaban una cofradía de sabios entre los hombres, entre los dioses eran los que custodiaban el saber e intermediaban entre los distintos mundos. Por eso no es extraño, como relata Berresford Ellis, que también los Tuath Dé Danaan, los dioses de Irlanda, tuvieran druidas o «maestros» a los que consultar:

> En la noticia más antigua que tenemos, se dice que los hijos de Danu llegaron a Irlanda desde cuatro ciudades fabulosas: Falias, Gorias, Finias y Murias.[73] En cada ciudad habían sido instrui-

72. *Duidas, el espíritu del mundo celta.*
73. No es fácil rastrear el origen de estas ciudades «norteñas» de montaña de donde se dice que procedían los Tuath Dé Danaan, pero es curioso ver que sólo en

dos por druidas y «hombres sabios», llamados Morias, Urias, Arias y Senias. Así pues, también los dioses debían obtener su sabiduría de manos de druidas místicos.

De estas cuatro ciudades míticas provendrán cuatro objetos mágicos: de Falias el Lia Fáil o piedra del destino; de Gorias la espada que se considerará una versión ancestral de Excalibur; de Finias la lanza de la victoria; y de El Dagda de Murias el caldero de la abundancia. Es significativo que un hijo de El Dagda (padre de los dioses), Ogham u Ogma, fuera considerado, entre otras cosas, el dios de la elocuencia y la poesía, pero también fue el inventor del alfabeto oghámico, el intermediario entre los dioses y los hombres y el encargado de acompañar a las almas en su viaje al otro mundo. Ogma, relacionado con el Sol,[74] fue el dios propio de los druidas, y por todos estos elementos simbólicos, equivalente a Thot y Hermes. Ogham y su medio hermano Lugh, identificado por los romanos con Mercurio, aparecen a veces con El Dagda conformando una tríada. Lugh será uno de los topónimos más extendidos por los territorios celtas y el dios más importante para ellos, creador de las artes y los oficios, agrario, solar y guerrero.

Aunque la imagen que ha prevalecido es la del druida de largas barbas y túnica blanca, dentro de la sociedad celta las mujeres tuvieron un papel coprotagonista. Hubo suficientes reinas, embajadoras, médicos, bardos, profetisas y guerreras en la historia de los pueblos celtas como para comprobar que no se trataba de una anomalía. Las mujeres parti-

---

la parte noroeste de España, en León, Zamora, Asturias y Galicia, hay nueve municipios llamados Murias. El significado que se le da a la palabra «muria» es o bien «pared», según la toponimia asturiana citada por Xosé Luis García Arias en Editorial Prensa Asturiana (http://mas.lne.es/), o bien un montón de piedras colocadas para delimitar las tierras de labor. Según Karl Kerényi, Hermes significaría «montón de piedras». En cualquier caso, es una marca de límite y, por tanto, alberga un umbral. Por su parte, Gorias parece haber estado situada, míticamente, en alguna parte de las islas del norte de Grecia, y buena parte de los estudiosos ubican también allí al resto de las míticas ciudades celtas.

74. No era un dios Sol, pero se le podía llamar «cara de Sol» y a veces era representado con su cabeza resplandeciente como el Sol. La relación simbólica entre Hermes y Apolo y entre Thot y Horus equivale a la que existe entre Oghma y el Sol.

cipaban en el gobierno, en las asambleas y en la guerra; eran dueñas de su herencia; podían divorciarse de la misma manera que los hombres y, por supuesto, también intervenían en la vida religiosa. En la casta druídica existían también hombres y mujeres que podían casarse y tener hijos, pero con la llegada del cristianismo a Irlanda esa visión igualitaria comenzó a cambiar.

> Esto no significaba que los celtas tuvieran una sociedad ideal al comienzo de la era cristiana. Su sociedad ya había comenzado a desintegrarse para convertirse en un patriarcado. [...] evolucionó desde el concepto originario de «diosa madre» hacia la idea del «padre de los dioses» y, lentamente, la sociedad guerrera masculina fue reemplazando percepciones anteriores. La introducción del Cristianismo, en particular tras el desplazamiento de la cristiandad celta por Roma, dio la puntilla a lo que una vez fue la igualdad de hombres y mujeres en la sociedad celta. La singularidad de la antigua sociedad celta radica en el hecho de que tales conceptos hayan perdurado tanto tiempo.[75]

Sin embargo, una parte importante de las creencias druídicas, a pesar de la pérdida social para las mujeres, fue traspasada al cristianismo a través de santos y santas que fueron druidas antes de su conversión. Un caso importante es el de santa Brígida (Brigit), nacida en el año 455 d. C. Los relatos míticos acerca de su nacimiento y educación la asocian de manera clara con la diosa Brigit. Brígida nace en la festividad de Imboloc u Oímelg (parto), consagrada a Brigit. Su culto está relacionado con la fertilidad, la salud y la adivinación. La santa está vinculada a la fundación del «primer establecimiento religioso en Drumcree, a la sombra de un gran roble», afirma Berresford Ellis. Entre las numerosas leyendas que la rodean, una cuenta que Brígida nació en el momento en que su madre, Broiseach, llevaba leche al amanecer al druida Maithghean, justo cuando tenía un pie dentro y otro fuera de la casa. En ese mismo umbral de la puerta y del día es donde toda la magia es posible, así como la conexión entre el mundo de los hombres y el de los

---

75. *Druidas, el espíritu del mundo celta.*

dioses. Algunos autores consideran posible que, en realidad, el santuario cristiano de Kildare fuera antes un santuario pagano, y el nombre de Brígida, o Brigit, fuese el que adoptaba, como ya hemos visto antes, la druida jefe de Kildare. El paso de la concepción igualitaria a la patriarcal no fue ni repentino ni total. Las viejas ideas y costumbres celtas se mantuvieron de alguna manera dentro de los reductos de los monasterios y también en la nobleza. La comunidad religiosa que presidía santa Brígida estaba integrada por miembros de ambos sexos, al igual que la comunidad de santa Hilda.

Régine Pernoud explica, en su biografía de Leonor de Aquitania (1124-1204), la devoción que la reina sentía por la orden de Fontevraud, fundada por Robert d'Arbrissel sobre la regla de san Benito. Cuando Leonor visitó por primera vez la abadía, hacía sólo treinta años de la muerte de su fundador. La orden fue reformada por Roberto Molesmes, uno de los fundadores de la orden del Císter en Francia, que alcanzó su mayor fama con Bernardo de Claraval, quien, en algunos momentos, llegó a actuar como intercesor del primer matrimonio de la reina Leonor con Luis VII de Francia. La abadía se fundó simultáneamente con un convento de hombres y otro de mujeres en un mismo lugar, separados por clausura, pero con posibilidad de reunirse en la iglesia. Tanto Leonor como su esposo, el rey Enrique II de Inglaterra, y el hijo de ambos, Ricardo Corazón de León, están enterrados en Fontvraud.

> Ahora bien, el conjunto del doble monasterio estaba bajo la autoridad de una abadesa. Los monjes, respecto a ella, debían tomar como modelo a san Juan Evangelista, a quien Cristo en la cruz confió a la Virgen para que fuese para él como su madre. No parece que la exigencia de esta sumisión a una mujer por parte de un monasterio de hombres –algo que hoy se juzgaría inadmisible– suscitara dificultades entonces. Robert d'Arbrissel quiso que la abadesa llamada a ejercer la autoridad fuese, con preferencia, una viuda inclinada a ejercer una función de madre: la abadesa era la *domina*, la Señora, y, en resumidas cuentas, el equivalente, en el orden religioso, a ese personaje de «la Seño-

ra» al que generaciones de trovadores iban, por aquella época, a ofrecer sus homenajes.[76]

A pesar de este salto en el tiempo, del siglo v al xii, lo cierto es que existieron tradiciones de los pueblos celtas que se mantuvieron en sus antiguos territorios, como vemos, a lo largo de mucho tiempo. En aquel entorno del primitivo cristianismo celta, las mujeres oficiaban los rituales al igual que los sacerdotes, pero la Iglesia de Roma puso mucho empeño para meter en cintura a la Iglesia celta y acabar con la participación femenina en los sacrificios, ya que los consideraba una «herejía abominable». Parte del problema en la sociedad celta era que, aunque se había otorgado al dios cristiano el control de la Naturaleza, lo cierto es que, como comenta Mary Condren, «ésta no era su atribución primaria. Estaba mucho más relacionado con reglas y conceptos abstractos como justicia, ley y honradez»,[77] por lo que existía un vacío que el dios único cristiano no lograba ocupar: faltaba la Madre, faltaba la Diosa, máxime en una tierra donde la herencia de la tierra y su mismo nombre se debían a personajes femeninos.[78] La concepción triple de la divinidad es habitual en el mundo celta, tanto para las masculinas como para las femeninas, pero en el caso de las femeninas, que son las que tratamos aquí, tenían también una triple manifestación en la Madre Tierra como elemento de fertilidad.

Gimbutas señala que «a pesar de las influencias indoeuropea y cristiana, la tradición irlandesa y galesa y los registros históricos conservaron las principales diosas de la Europa antigua –especialmente la diosa de la concesión de la vida y la manipulación de la muerte– con pocos cambios desde la época neolítica», y apunta a que algunos de los rasgos

76. *Leonor de Aquitania.*

77. Cita que recoge Berresford Ellis en *Druidas, el espíritu del mundo celta.*

78. Los mitos cuentan que los escoceses descienden de una mujer llamada Scota, hija de un faraón egipcio que se convirtió en esposa de un druida en tiempos de Moisés, y el hijo de ambos, Goidel, es el padre de los gaelos. Por otra parte, el nombre de Irlanda, Éire, es el de una diosa triple: las hermanas Éire, Banba y Fótla, quedando el primero de ellos como nombre oficial del país. Igualmente, como ya dijimos antes, la tradición afirma que la primera persona que llegó a la isla fue Cesair, nieta de Noé.

ancestrales de estas deidades lograron perdurar hasta el siglo XVII. Así, algunas de las diosas celtas, como hemos visto con Brigit, se convirtieron en santas cristianas, manteniendo las mismas funciones y atributos que la diosa, pero sin olvidar del todo las invocaciones de la antigua deidad en las tradiciones populares.

> Brigid es una diosa de la Europa antigua recubierta con el disfraz de una santa cristiana. Si eliminamos el disfraz veremos a la señora de la naturaleza, una encarnación de la vida cósmica que proporciona energía, la dueña del agua de la vida de las fuentes, la que rige la vida humana, animal y vegetal. Sus mitos revelan que asiste a los partos como hace la cretense Eileithyia. Teje e hila la vida humana. Actualmente, la gente sigue dejando ofrendas de ropa para ella, como por ejemplo trapos, toallas y lazos, en los árboles o en los arbustos, en fuentes o arroyos. Sus fuentes son sagradas y contienen gran poder curativo milagroso de la diosa. Se efectúan danzas en forma de anillo alrededor de fuentes y menhires para invocar sus poderes. Sus rasgos muy antiguos son especialmente visibles cuando despierta la naturaleza, en torno a febrero para empezar. Entonces ella, la reina, se presenta como una serpiente que sale del montículo. («Éste es el día de Bride,[79] la Reina saldrá del montículo» son palabras que proceden de una canción que aún se oía alrededor de 1900).[80]

Existe también una representación muy particular, con interpretaciones similares a las que ya vimos respecto a las «lujurias» de las iglesias románicas, que son las llamadas Sheela na gig. Se trata de figuras, siempre talladas en piedra, que aparecen con frecuencia en canecillos románicos a partir del siglo XI, aproximadamente (no siempre en iglesias), de Francia, España, Inglaterra, Gales, Escocia y Noruega. Se han descubierto también en Suiza, la República Checa y Eslovaquia, y, en el caso de Irlanda, aunque también pueden hallarse en construcciones románicas, están más vinculadas a la influencia normanda. Es posible

---

79. Nombre escocés de Brigit o Brigid.
80. *Las diosas vivientes.*

que no fuese en Gran Bretaña donde aparecieran por primera vez estas figurillas; puede que los primeros lugares donde se tallaron fueran España y Francia, y es posible que las primeras tallas fuesen anteriores al siglo XI y se colocaran en las construcciones después... Respecto a esta cuestión, nada está totalmente claro. Las Sheelas representan a mujeres con los más diversos aspectos, pero que siempre abren con las manos, de forma exagerada, su anormalmente grande vulva. Los contextos en los que aparecen son diversos: a veces en edificios religiosos, otras en castillos, en muros o en lugares vinculados al agua, como pozos o puentes. También junto a ventanas o sobre el dintel de las puertas. Sheela, o Sheila, es un nombre de origen irlandés que se traduce más o menos como «la que vive en las alturas», mientras que *gig* sería una palabra que hace referencia a los genitales femeninos. Algunas teorías apuntan a que puede ser una referencia pagana de origen celta que, aunque no existan representaciones de diosas celtas de esa guisa, podría referirse a la generación y los umbrales de paso de la vida. De cualquier forma, el hecho de que aparezcan también en iglesias cristianas indica que, en la época en la que éstas se construyeron, la imagen «pecaminosa» de las partes pudendas humanas (también hay hombres masturbándose o sujetándose el pene) no estaba presente con la misma connotación que le damos ahora y, además, señalan que aunque no tengamos muy claro su significado, es evidente que lo tenían y que no era obsceno, sino simbólico. De la misma manera, los romanos grababan a veces falos en la piedra, como el que se ve en la entrada a la ciudad de Ampurias, para representar la prosperidad y la protección de los bienes.

> La religión cristiana no era una tabula rasa que surgió prístina en el período medieval; de hecho, la Iglesia católica necesitó siglos de guerra concentrada para conquistar las tradiciones de la Europa pagana. Desde un punto de vista más amplio, el cristianismo fue un añadido, la capa de barniz más reciente sobre la superficie de una historia religiosa que comenzó en el Paleolítico. El misterio de la Sheela na gig medieval no es que exista,

> sino que fue creada en el mismo momento en que se estaban eliminando los últimos vestigios de la Antigua Religión.[81]

Conviene recordar que en el siglo v, mientras en el mundo cristiano se debatía si la maternidad de María era virginal y si había sido madre de la parte humana de Cristo o del mismo Dios, Irlanda estaba en los inicios de su cristianización de la mano de san Patricio. Al santo se le atribuye el hecho de haber usado un trébol para elaborar una explicación de la Trinidad, curiosamente en un contexto cultural tan familiarizado con la imagen trina de las divinidades que habría resultado casi del todo innecesario. Otras teorías afirman que fue su contacto con el pueblo celta y con las doctrinas druídicas lo que le llevó a describir, mediante el trébol de tres hojas, a la Santa Trinidad. En cualquier caso, es el obispo de educación celta Hilario de Poitiers quien tiene el mérito de haber elaborado el concepto de la Santísima Trinidad para los cristianos, y por ello es considerado uno de los Padres de la Iglesia.

Los argumentos de Hilario fueron esenciales en las contiendas por la «ortodoxia» cristiana frente a «derivas» como la arriana y, por supuesto, tuvo un papel relevante en la ya mencionada cuestión del *filioque*. Por otra parte, a su llegada a Irlanda como predicador cristiano, Patricio se encontró con un «Arrio» particular. Se trataba de un monje britano, Pelagio, nacido alrededor de 360 d. C., que exhibía unas ideas peligrosas para el rumbo que la Iglesia de Roma pretendía dar al cristianismo. En los distintos concilios y encuentros en los que se debatió la idoneidad de las ideas de Pelagio, el monje acabó teniendo por acérrimo enemigo a un grupo encabezado por san Agustín de Hipona, que no mucho antes había mostrado su admiración por aquel «santo varón», y mientras san Agustín defendía que la voluntad es propia de Dios y no del hombre, Pelagio afirmaba que los hombres disponían de libre albedrío. Se llegó a acusar a Pelagio de «revivir la filosofía natural de los druidas», lo que, quizá, pudo ser cierto, dado que se trataba de su propia y ancestral cultura, aunque en aquellos momentos contemplada a través de una nueva religión.

---

81. *The Sheela na gigs: Sexuality and the Gooddess in Ancient Ireland.* Traducción al español de Deepl y edición de la autora.

> La esencia del pelagianismo era que hombres y mujeres eran responsables de todos sus actos y que, aunque había numerosos factores externos que influían, la elección final recaía en cada uno. No hay, y no puede haber, pecado donde la voluntad no es absolutamente libre, cuando uno no es capaz de elegir entre el bien y el mal.[82]

Antes de la llegada de los cristianos a las islas, los druidas eran la máxima autoridad entre los celtas, incluso por encima de los propios reyes tribales, que estaban sometidos al arbitrio y a las decisiones de los druidas. Los druidas oficiaban los rituales, impartían justicia, se encargaban de la educación de niños y niñas, eran filósofos, conocedores de la naturaleza, videntes, astrónomos, astrólogos, médicos y también músicos y poetas en la forma que se conoce como bardos; en definitiva, como bien los describe Berresford Ellis, eran una verdadera casta intelectual que abarcaba todos los aspectos del saber y hacer humano. Con la llegada del cristianismo, algunos de ellos mantuvieron sus viejas creencias dentro del nuevo marco religioso. Sin embargo, no fue un tiempo sin conflictos. Como hemos visto con Pelagio, algunas de las viejas ideas no lograron traspasar la ya antigua desconfianza de Roma en los druidas, y acabaron por desaparecer, al menos nominalmente. Las tradiciones siguieron hablando de la magia druídica, al igual que la literatura, pero cada vez en un círculo más y más cerrado. Se produjo una verdadera «caza de brujas» contra la cultura y la lengua celtas, de manera que, como comenta Berresford Ellis, «fuera de las culturas celtas, los druidas fueron olvidados por completo». Y, de alguna manera, a través de los mitos, la literatura, la poesía y la música, eran parte de ese espíritu druídico, y algo de esa esencia se mantuvo vivo hasta los tiempos de Leonor de Aquitania, tiempo de trovadores, amor cortés y regreso de la mirada a los orígenes ancestrales de las raíces celtas compartidas por galos y britanos, recordando a Tristán e Iseo y el resto del ciclo artúrico.

En su biografía de Leonor de Aquitania, Pernoud relata la construcción del castillo de Tintagel a mediados del siglo XII por Renaud de

82. *Druidas, el espíritu del mundo celta.*

Cornualles, así como que, en su época, ya creía que aquél había sido el lugar de nacimiento del rey Arturo y donde éste acabó por establecer su corte, así como su famosa Tabla Redonda, «en la que no había sitio de honor ni preeminencia», afirma Pernoud. Los hallazgos arqueológicos parece que han revelado la existencia, en época celta (de los siglos v a IX), de un viejo santuario y, ciertamente, en tiempos de Leonor, aquello dio lugar, de manera inesperada, a un resurgir de las viejas leyendas artúricas, que se instalaron con fuerza en la historia a través del folclore popular.

> Fue entonces cuando se elaboró en la imaginación y en las obras de un galés, Godofredo de Monmouth, que sigue siendo «la figura más extraña, la más caprichosa de la historiografía mundial», según Reto Bezzola, una *Historia regum Britanniae* (Historia de los reyes de Bretaña), que era un relato en que se engavillaban todas las fantasmagóricas aventuras atribuidas al rey Arturo. [...] Esta gloria toma consistencia a través de una multitud de obras poéticas, en la época y el ambiente de Leonor. El rey y sus caballeros, beneficiándose de la extraordinaria ósmosis que se va a producir entre la «materia de Bretaña», los grandes temas de la caballería y el amor cortés, se convertirán en figuras inmortales, y en esa trasformación se realiza el milagro literario del siglo XII.[83]

83. *Leonor de Aquitania.*

4

# LA MARCA DEL LUGAR

Los siglos XI y XII fueron una suerte de atanor en el que se reveló una verdadera transmutación alquímica dentro de la sociedad. Quizáno resulte muy evidente a nuestros ojos, pero lo cierto es que, en medio del terrible caos de la caída del Imperio romano y el avance imparable del cristianismo y, dentro de éste, de las luchas intestinas por imponer una única línea de interpretación, en medio de todo eso, estaba naciendo algo nuevo. La sabiduría de la Naturaleza, tan bien entendida por los primeros humanos, muestra cómo un desmembrado cuerpo muerto sirve de alimento para la creación de nueva vida. Sin duda, cuando algo pierde su unidad, cuando pierde la integridad que mantiene unidos sus elementos esenciales, se convierte en un cadáver; puede tardar más o menos en descomponerse, o convertirse en un resto momificado, pero, aunque su apariencia sea la de un cuerpo incorrupto, ya no hay vida en él. Así, Roma murió y se disolvió en la historia, y el cristianismo que quedó tras los concilios y las persecuciones de herejes se momificó con dogmatismos y, aunque aún vemos su cuerpo, ningún espíritu lo alienta ya. Y, sin embargo, de los restos de Roma y del cristianismo pudo surgir un magnífico caldo de cultivo para una nueva inspiración… con raíces muy muy antiguas.

Si nos tomamos la molestia de indagar en la historia, nos sorprenderá cómo la mayoría de los movimientos renovadores que han triunfado, en el sentido de hacer avanzar positivamente a las gentes de su tiempo, no han inventado nada nuevo, sino que han rescatado las ideas, las filosofías y los símbolos de antes, de siempre. Hoy, como venimos defendiendo desde el principio de este trabajo, no podemos crear nada nuevo o diferente. La tecnología que nos sorprende y con la que hoy ocupamos nuestra vida no es una creación novedosa, sino una amplificación de capacidades ya existentes. La televisión, el móvil, la cámara de fotos, el ordenador... son extensiones de nuestros ojos, de nuestros oídos, de nuestras manos... pero no algo de verdad nuevo. De la misma manera, cuando vivimos una época de esplendor cultural, de prosperidad social y bienestar humano, es porque, como hacían los egipcios de manera tan consciente, estamos regresando a los valores atemporales, a la cordura de las leyes naturales y a centrarnos en nuestra parte humana más que en la animal.[1]

La época de la que ahora toca hablar aprovechó los elementos descompuestos de su tiempo para tender una mano al pasado, rescatar la vida que late en el hilo de la historia y proyectar semillas para el futuro. Algunas germinaron en aquellos momentos, mientras que otras lo hicieron más adelante, en el Renacimiento, y también en nuestros días, pero todas ellas dieron buenos frutos.

Por la proximidad temporal, el eje de transición histórica se apoyó en las viejas tradiciones celtas, que no eran otra cosa que una adaptación formal de tradiciones mucho más antiguas, rastreables, como hemos visto, hasta muy atrás... y también hacia adelante, porque hoy seguimos prestando atención a aquellos relatos y a sus personajes, aunque no sepamos si son históricos o no, porque lo que nos importa es lo que nos transmiten y lo que nos inspiran, no si nacieron en tal o cual ciudad tal día, o si tuvieron gripe o si comían jabalí o pavo. Así, como reacción a la corrupción de instituciones como la Iglesia o la nobleza, brotaron de su propio seno movimientos que volvieron a ilusionar y a

1. Sin que esto deba suponer un menoscabo a los animales. Ellos, los animales, no tienen una mente consciente y actúan conforme a sus naturalezas, y eso es bueno, porque entra dentro de la ley animal. Sin embargo, nosotros tenemos una mente consciente, pero muchas veces actuamos contra nuestra naturaleza humana comportándonos como animales, y eso es malo, porque cuando un animal se comporta como lo que es, hay armonía y coherencia, pero cuando un humano se comporta como lo que no es, no hay, evidentemente, ni armonía ni coherencia.

atraer a aquellos que estaban ansiosos de algo auténtico y verdadero. Aunque nos cueste verlo en la distancia, eso fue lo que ocurrió.

Por un lado, la Iglesia seguía embarcada en combatir con saña las «herejías», y la nobleza en defender sus territorios y posesiones, ya fuera de invasores externos o de intrigantes internos. La regla de san Benito, promulgada en el siglo VI, había ido paulatinamente abandonando el rigor monacal por excepciones para los nobles, persiguiendo más el prestigio y las riquezas que la búsqueda espiritual. En el siglo X, san Odón intentó de nuevo fortalecer la observancia de la regla tras ser nombrado abad en Cluny. Lo consiguió durante un tiempo, pero luego, el *ora et labora* volvió a relajarse para atraer a miembros de la nobleza, y llegó a abrazar el absurdo vendiendo «plazas de lujo» para el Paraíso frente al previsible Apocalipsis que traería la entrada al año 1000. A ojos de la sociedad, el espíritu de Cluny había fracasado. Movimientos como los cátaros trataban de recuperar la pureza de las enseñanzas de Cristo sobre el amor, la humildad y la pobreza. Pero los cátaros aceptaban mujeres en sus comunidades, unas mujeres que podían predicar y ejercer cierto poder dentro de las comunidades, y que también seguían una visión de Cristo muy diferente a la oficial y, lo que es peor, lo hicieron apartándose de la Iglesia, proclamándose cristianos puros, en contraposición a la corrupción eclesial y sus eternas disputas. La reforma de Cluny llevada a cabo por tres curiosos personajes, Roberto de Molesme, Alberico y Esteban Harding, no sólo recuperó la regla, sino que la hizo más estricta y sólida, impidiendo, con su propio ejemplo de vida, que nadie albergara dudas sobre la pureza del ideal cristiano que respiraba tras los muros de sus monasterios. Esto, curiosamente, hizo que la cantidad de monasterios y aspirantes cistercienses se multiplicara por toda Europa. Mucho más a partir de la llegada de san Bernardo al Císter. Su carisma personal y fidelidad a la regla le convirtieron en alguien de gran respeto e influencia política en las cortes europeas. No debe extrañarnos que fuesen él y el leal Hugo de Payens quienes dieran forma e impulso a la Orden de los pobres compañeros de Cristo del templo del rey Salomón en 1119. Bernardo incorporó a la regla de vida de los caballeros las prescripciones de san Benito, así como una exhortación a renovar también el ideal de justicia de las órdenes de caballería.

> Por encima de todo, quien desee ser caballero de Cristo, escogiendo estas sagradas órdenes en su profesión de fe, debe contar con una actitud sencilla y firme perseverancia, tan valiosa y sagrada y se revela tan noble que, si se mantiene impoluta para siempre, merecerá formar con los mártires que dieron sus almas por Cristo. En esta orden religiosa ha florecido y toma vida nueva la orden de caballería. La caballería, a pesar del amor por la justicia que es la base de sus obligaciones, no cumplió con ella, defendiendo a los pobres, viudas, huérfanos e iglesias, sino que se aprestaron a destruir, robar y matar. Dios que actúa a nuestro modo y nuestro salvador Cristo Jesús han enviado a sus fieles desde la ciudad Santa de Jerusalén a los bastiones de Francia y Borgoña, para nuestra salvación y enseñanza de la verdadera fe, pues no cesan de ofrecer sus vidas por Dios, en piadoso sacrificio.[2]

La «vida nueva» a la que alude el texto señala claramente la intención de plasmar el ideal caballeresco tal y como resonaba desde la antigüedad y, en especial, del mismo modo que las viejas tradiciones britanas (que comenzaron a rescatarse con más interés en aquel tiempo) narraban las hazañas y actos de Arturo y sus nobles y valientes caballeros. Como los historiadores nos han enseñado a considerar histórico lo que podemos constatar con textos y escrituras, es fácil caer en la tentación de pensar que las personas que ponen algo por escrito por primera vez son los autores o artífices de esa obra, cuando la realidad es que más de una vez sólo consignan por escrito tradiciones orales muchísimo más antiguas. Por eso, es habitual que atribuyamos a las tradiciones y textos sagrados sólo la antigüedad del escrito más remoto encontrado hasta el momento, como si a partir de que comenzamos a usar la escritura de forma generalizada, nuestra historia común, nuestro legado cultural y humano, se hubiera reseteado por completo. Eso nunca ha ocurrido así, al menos no de forma natural. De la misma manera que

2. De la Regla primitiva de los Templarios, redactada como escribano por un tal Juan Miguel «por orden y consejo del venerable padre Bernardo, abad de Claraval».

los viejos cultos a la Diosa han sobrevivido adaptando su forma, pero no su raíz, el ideal del guerrero honorable, valeroso y cortés, consagrado a una obra justa, es más antiguo que los libros de caballería, que las órdenes, que los templarios y que el *Quijote*. Distintas formas pero idénticas e inalterables raíces; «¿Y no son las cosas más perfectas las menos sujetas a transformaciones o alteraciones causadas por un agente externo?».[3]

Cuando Roberto de Molesmes recupera la regla estricta de san Benito para los monjes cistercienses, también introduce un cambio en la vestimenta, que pasará de ser negra a usar un hábito blanco como símbolo de pureza, no sólo corporal, sino también en cuanto a la fidelidad a la regla, a no corromper la pureza de la enseñanza transgrediendo su compromiso propio y voluntario. La vestimenta blanca será también parte de la identidad templaria, como lo fue antes de los pitagóricos, los druidas y otros muchos que quisieron representar con ese color la misma idea, la de una vida exterior e interior incorruptible. Berresford Ellis defiende un origen de los druidas relacionado con los brahmanes hindúes, así como una herencia indoeuropea, la lengua celta y numerosas similitudes con los textos védicos; asimismo, «es en la Escuela Alejandrina donde escuchamos la comparación de los druidas con los pitagóricos, especialmente en sus enseñanzas sobre la inmortalidad del alma».[4] Los druidas, además de creer en la inmortalidad del alma, también creían en su reencarnación, una doctrina que hoy consideramos oriental, pero que estuvo presente en la tradición y las creencias occidentales hasta el Concilio de Nicea, donde se forzó una única visión del cristianismo, como vimos al principio de este trabajo, lo que incluyó a aquellos cristianos que habían sido formados en la filosofía de influencia platónica y pitagórica de la transmigración de las almas. La resurrección se impuso por dogma a la reencarnación, y comenzaron a perseguirse esas creencias, en especial a partir de su prohibición definitiva en el II Concilio de Constantinopla.

Berresford Ellis recoge en su libro una antigua tradición druídica escrita en el siglo IX por un monje de Landévennec llamado Wridstan

3. *La República* de Platón.
4. *Druidas, el espíritu del mundo celta.*

que hace referencia a la vida de san Guénolé (siglos V-VI) en la corte del rey Gradlon de Kernev o Cornualles. Pero antes conviene introducir que este san Guénolé, o san Winwaleo, tuvo como maestro a san Budoc, un personaje de lo más curioso. San Budoc, reverenciado tanto en la Bretaña francesa como en Inglaterra (en Devon para ser más concretos), trajo consigo una leyenda que lo enlazaba con tradiciones anteriores. Se dice que su nombre significa «salvado de las aguas». Según la leyenda, Budoc era nieto del rey Even de Brest,[5] y su madre, la princesa Azenor. La madrastra de Azenor, celosa, la acusa de infidelidad, y la joven, embarazada, es arrojada al mar dentro de un tonel, casi de la misma manera que Danae, madre de Perseo, fue arrojada al mar en un cofre de madera con su hijo. La griega Danae ostenta un bonito nombre que la relaciona, al menos fonéticamente, con la diosa Dana (de cuyo nombre, recordemos, procede el nombre del río Danubio), que no sería otra que la Brigit celta. El linaje de Danae es también fluvial, puesto que ella es hija del rey de Argos, fundada por Ínaco, el dios-río de la Argólide, con un especial culto a Hera. En relación con esta región también está el mito de Dánao, hermano gemelo de Egipto, que se casó con Europa, hija de Nilo, con la que tuvo 50 hijas llamadas las danaides. Según la tradición, Dánao emigra con sus hijas desde Libia y llega a Argos, donde obtiene el trono de manos de Gelánor, último descendiente de Ínaco. En un momento de la historia, Argos vive una sequía terrible, por lo que Dánao envía a sus hijas a buscar pozos por todo el territorio, hasta que, por último, logran descubrir las fuentes de Lerna,[6] donde se dice que estaba una de las entradas al inframundo.

Volviendo a la historia de Azenor, mientras viajaba embarazada en el tonel a merced del mar, invocó la ayuda de la diosa Brigit, en algunas versiones, o de santa Brígida, en otras, gracias a lo cual llegó sana y salva hasta Irlanda, donde se dedicó a trabajar como lavandera para el

5. Brest es una ciudad francesa que pertenece al departamento bretón de Finisterre.

6. Lerna es la misma ciudad donde el mito ubica la famosa hidra, que tuvo que ser destruida por Heracles. La historia de Lerna sitúa su origen, según los restos excavados en ella, aproximadamente en el V milenio a. C. Uno de esos restos es un importante túmulo funerario neolítico denominado Casa de las tejas.

monasterio de Beauport,[7] lugar en el que Budoc creció, fue bautizado y entró en contacto con la vida religiosa. De Budoc se cuenta que regresó a Brest navegando en una artesa de piedra. Según aparece en un texto del Musée de Bretagne, allí se conserva un enorme sarcófago de granito de los siglos V-VIII conocido con el nombre de Tumba de san Budoc. Este bloque de piedra «evoca las artesas de piedra en las que según la leyenda popular los santos bretones atravesaron el canal de La Mancha».[8] Cuando Budoc abandona Irlanda para regresar a Bretaña, desembarca en la región de Armórica, donde funda el primer monasterio-universidad de la zona. En ese lugar debió de vivir como monje san Guénolé, con el curioso Budoc como maestro, ya que otra leyenda afirma que cuando Guénolé quiso ir a Irlanda para visitar las reliquias de san Patricio, éste se le apareció en un sueño y le indicó que debía permanecer en Bretaña y fundar allí una abadía, cosa que hizo con la ayuda de once discípulos más en Landévennec. Como vemos, el celtismo irlandés entra al resto de Europa por Bretaña a través de los santos cristianos, reconvertido en formas más cercanas a la nueva religión, pero todavía con el aroma de su raíz pagana.

Existen algunas referencias a Landévennec como germen de las posteriores instituciones monásticas de Bretaña en las que se dice que seguían la regla de los escotos, o cristianismo celta, que se desarrolló en Irlanda de forma diferenciada del resto de comunidades cristianas de la época gracias a la escasa o nula influencia que tuvieron de los romanos. Recordemos que Irlanda fue cristianizada por san Patricio entre los siglos V y VI sin que los romanos hubieran llegado nunca a conquistar aquellos territorios, por lo que la influencia celta en el desarrollo cristiano en la zona fue importante, para pasar luego, como vemos, a través de las historias de Budoc y Guénolé, a la Bretaña francesa. Estos monjes de tradición cristiana-celta seguían la conocida como regla de san

7. La abadía de Beauport, construida en la Bretaña francesa 1202, fue un punto de salida de peregrinos hacia el Camino de Santiago; sin embargo, la historia de Budoc es mucho anterior y se refiere a un lugar de similar nombre en Irlanda.

8. En la iglesia de san Filiberto, en Morbian (Bretaña francesa), hay una pintura sobre el altar que representa a Filiberto llegando a Bretaña por mar en una artesa de piedra. El exterior de la iglesia está, asimismo, cubierto de artesas de piedra de distintos tamaños.

Columbano, mucho más severa y tendente a las mortificaciones de la carne que la de san Benito, por lo que el posterior cambio a la regla benedictina, entre los siglos VIII y IX, debió ser agradecido. Los monjes cristianos-celtas usaban una tonsura diferente de la romana que, por las descripciones que existen, se asemeja más a la druídica y, según parece, también una vestimenta de color blanco. Sigamos.

Una tradición recogida por Berresford Ellis cuenta que cuando el mítico rey Gradlon estaba a punto de morir, mandó llamar a Guénolé, quien, al acudir, se encontró con que junto al lecho del monarca había también un druida. Tras la muerte del rey, tanto el santo como el druida «entonan sus salmos o cantos fúnebres».

> Por la mañana, el cuerpo de Grandlon es lavado en un manantial cercano y envuelto en linos perfumados con verbena para ser llevado a Landévennec. El druida se dirige entonces a Guénolé como «hermano, pues, ¿no procedemos de antepasados comunes?». El druida pide a Guénolé que erija una iglesia «para la Afligida Madre de tu Dios» en aquel lugar, para que las personas enfermas puedan encontrar la salud y «los apesadumbrados, la paz».

A san Guénolé se lo venera hoy en día como dispensador de fertilidad. hoyen la actualidad todavía existe la costumbre entre las chicas de clavar agujas en los pies de la estatua de san Guénolé para que el santo haga que se encuentren con su alma gemela. No es infrecuente, además, hallar en estas iglesias bretonas dedicadas a los antiguos santos, como la de San Cornelio Papa en Carnac, imágenes de santa Ana enseñando a leer a María. Quizá la relación de Guénolé con la fertilidad provenga de una leyenda asociada con su madre, santa Gwenn Teirbronn, que, además de a Guénolé, habría dado a luz a dos hijos más. Angustiada por no poder dar de mamar a los trillizos, la Virgen hizo que le creciera un tercer pecho en medio de los otros dos para que pudiera alimentar a sus tres retoños. En algunas representaciones, como la estatua en piedra que hay en la capilla de san Venec, de entre los dedos de Gwenn se escapan tres chorros de leche. Los sucesivos abades de Landévennec y otros recintos de Bretaña comparten a veces rasgos de la leyenda o referencias simbólicas. Bretaña está plagada de vínculos entre sus santos antiguos y las tradiciones celtas irlandesas, pero también con historias muchísimo más antiguas. Es interesante el caso de san Cornelio,[9] patrón de los animales con cuernos: perseguido por soldados romanos, huye acompañado de dos bueyes que transportan sus pertenencias y llega hasta la orilla del mar en Carnac, donde lo acorralan sus enemigos. Allí, se esconde en la oreja de un buey y transforma milagrosamente al ejército romano en piedras… Las mismas piedras que constituyen hoy uno de los mayores alineamientos megalíticos del mundo. ¿No era también Cernunno un dios astado celta ctónico de la fertilidad y la abundancia, así como señor de las bestias salvajes, que se acompaña a veces de una serpiente con cuernos de carnero? Aunque todo esto parezca un tremendo embrollo, se trata de verdaderas señales, «marcas» del traspaso de la tradición celta a la cristiana a través de los «santos bretones» procedentes de Irlanda, que siguieron la regla de san Columbano, primero, y de san Benito después, que estuvieron relacionados con la fertilidad y con deidades paganas femeninas en uno de los lugares con mayor concentración de megalitos del mundo.

En la tradición acerca de la renovación de la regla por san Bernardo, tenemos también una interesante relación con lo que acabamos de ver. En la historia sobre los tres fundadores del Císter, Roberto de Molesmes, Alberico y Esteban Harding, el primer convento cisterciense se pone bajo el amparo de la Virgen María. Las leyendas que relacionan a estos tres hombres con la Virgen María narran que, por ejemplo, fue la Virgen la que se le apareció a Alberico para indicarle su deseo de que el hábito de los nuevos monjes cambiara su color del negro al blanco, o que ella fue la que impuso el cíngulo[10] a Esteban. En algunas pinturas de la época, se representa a los tres en presencia de la Virgen: Roberto aún con el antiguo hábito negro cluniacense, mientras que los otros dos llevan el renovado hábito blanco como símbolo de pureza, recordemos que no sólo en lo físico, sino también en el seguimiento fiel de la regla. Fue, sin duda, esta fidelidad a la regla la que atrajo a Bernardo hacia el Císter.

---

9. Su nombre, etimológicamente, se relaciona con «cuerno».

10. El cíngulo es el cordón con el que los monjes se sujetan el hábito a la cintura.

La personalidad de san Bernardo de Claraval fue esencial en el enorme calado social que el Císter supuso en la época, así como para proporcionar un nuevo y poderoso impulso al culto mariano. Una de las imágenes más representativas de su relación con la Virgen es la historia de «la lactancia de san Bernardo». En ella se cuenta que mientras estaba enfermo se le aparece la Virgen rodeada de santos y que, tras estrujar uno de sus senos, hace que un chorro de leche llegue hasta los labios de Bernardo, que entonces no sólo sana, sino que su propia boca se convierte en mensajera del cielo. Ciertamente llegó a ser famoso por su elocuencia y su enorme habilidad de palabra, gracias a la que no sólo atrajo a fieles y nuevos monjes, sino que también enardeció los corazones de reyes y cruzados y sirvió bien en la política diplomática europea.

Nos vamos a detener un instante en esta leyenda. Ya hemos visto cómo la mentalidad puritana de muchos estudiosos de la historia convirtió en pecaminosas y lascivas unas imágenes y símbolos que nada tenían que ver con lo que sus calenturientas mentes deseaban ver. La historia medieval de la Virgen mostrando uno de sus pechos a un monje para ofrecerle su leche, sin duda, habrá producido más de un estado febril en estos piadosos intérpretes de la historia, pero siguiendo la línea de lo que hemos señalado hasta ahora, muy posiblemente en aquella época la cosa no fuese tal, como bien vimos ya con las *Sheela na gig*, o las mal llamadas «lujurias» románicas. Y de la misma manera que la Neith egipcia amamantando cocodrilos revelaba que aquellas imágenes obedecen a símbolos y arquetipos mucho más antiguos, la imagen de una Virgen dando de mamar, como las conocidas estatuillas de Isis amamantando al niño Horus,[11] muestran una línea de transmisión de símbolos y conocimientos que viene de mucho más atrás. Rara vez los símbolos de nueva creación han logrado calar con fuerza en el imaginario humano, salvo cuando anclan sus raíces en los símbolos ancestrales. Dada la escasez inicial de iconografía mariana, su construcción se tuvo que basar, por fuerza, en imágenes y mitos muy anteriores, pero que no por ello habían dejado de tener un potente significado. En este

11. Uno de los modelos sobre los que se construyó la primitiva iconografía y, algo después, las representaciones románicas y góticas de la Virgen en el trono con el niño en su regazo, ya fuese su rostro blanco o negro.

caso, la lactancia es un viejo símbolo que pasó al cristianismo a pesar de lo supuestamente escandaloso que podía resultar representar a la Virgen mostrando su pecho para dar de mamar. Según Laura Rodríguez Peinado, de la Universidad Complutense de Madrid:

> Todas las culturas de la Antigüedad hacen referencia a una diosa madre lactante, desde las culturas mesopotámicas hasta la hindú. En la Cuenca del Mediterráneo, tanto en Egipto como en Grecia se asignó asimismo esta función nutricional a las diosas principales de su panteón. En Egipto Isis amamantaba a Horus y en la mitología griega Hera amamantó a Heracles y con la leche que manó de su pecho se formó la Vía Láctea. Junto a estas imágenes asimiladas por el cristianismo, en torno a la Huida a Egipto se originan relatos por parte de peregrinos que aluden a los descansos de la Sagrada Familia, dando origen a la iconografía de la Virgen de la Humildad, que sentada en el suelo puede dar de mamar a su Hijo. [...] La primera representación de la Virgen de la Leche aparece en el cubículo de la Velatio de la catacumba de Priscila (Roma) en el siglo II, donde la Virgen sentada acerca al Niño a su pecho. [...] En el Egipto copto, donde el patriarca Cirilo de Alejandría defendió la divinidad de María, gozó de gran difusión por la estrecha relación que se estableció con Isis amamantando a Horus. Era un tema que ilustraba plenamente el misterio de la Encarnación y señalaba la parentela carnal del Hijo de Dios.[12]

En cuanto al simbolismo y los diversos sentidos de las representaciones de diosas amamantando, añade Ricardo Olmos en un trabajo centrado en el mundo ibérico,[13] que «uno de ellos es el funerario, probablemente una iniciación y acogida del difunto en el más allá», y añade, refiriéndose a una estatuilla de una diosa amamantando con una

12. *La Virgen de la Leche* de Laura Rodríguez Peinado.
13. *Diosas y animales que amamantan: la transmisión de la vida en la iconografía ibérica.*

representación de un ánade a los pies de la diosa íbera, que «aluden probablemente a la epifanía divina»:

> Son, como en Grecia los ánades de Afrodita, sus acompañantes sagrados. Dotan de un sentido sobrenatural al amamantamiento. [...] Tipológicamente resume dos modelos mediterráneos claros: la diosa que amamanta y la diosa que lleva al niño sobre su brazo izquierdo. El prototipo de la madre de pie que sostiene y lleva se conoce ya en Chipre a inicios del primer milenio, se populariza en el siglo v y se extiende en el mundo griego y, sobre todo, en Sicilia a través del culto de Deméter y Perséfone. El mundo púnico y el ibérico lo sintetizan.[14]

Existe una muy curiosa tradición, que nos llega a través de los romanos pero que enlaza con otras tradiciones antiquísimas de casi cualquier rincón del mundo, y que reúne en una sola representación buena parte de la características de las deidades femeninas que hemos analizado. Gracias a un excelente y completísimo artículo de Lidia Mariño[15] sobre la diosa romana Anna Perenna, es posible recorrer el hilo por el interior de un entramado de líneas que componen un complejo tejido de relaciones con el pasado arquetípico de la Diosa.

Anna Perenna es extraordinaria porque, aunque se documenta claramente en los cultos romanos, ellos mismos no saben determinar su origen. Representa lo que se ha llamado «la Vieja mítica». Según explica Mariño:

> Éstas comparten edad, fechas de aparición, lugares sagrados, ritualidad y también una importante faceta nutricia. Nos hemos centrado en esta última para demostrar cómo lo que acabó con-

14. La Virgen negra representa un modelo diferente, el de la «majestad» sentada en su trono cúbico, que es al mismo tiempo, el dominio de la materia (como cuando pisa el dragón o la serpiente) y el asiento de la sabiduría. Sin ella no hay Cristo. Por eso, la madre tiene las piernas ligeramente abiertas, con el niño sentado en medio de ambas, porque ella lo alumbra, en el sentido literal y metafórico.
15. *Anna Perenna, la diosa nutricia anciana. Del pan de los vivos a la leche de los muertos.*

> virtiéndose en pan pudo haber sido inicialmente leche; pues los datos parecen señalar un origen paleolítico para el Gran Espíritu tras ambas figuras. [...] que la faceta nutricia de Anna Perenna sea el remanente de un mito más antiguo, uno en el cual el alimento estaba destinado a los muertos y a la consecución de la inmortalidad o la regeneración.[16]

La etimología de su nombre por la parte «perenne» hace referencia a lo inmortal y se relaciona en algunos casos con la idea de principio y fin, para dar lugar así a un nuevo ciclo de principio y fin, teniendo a veces un aspecto de joven muchacha y otro de anciana, como las representaciones del Jano romano. En este caso, en lugar de dedicarse a enero, el primer mes del año, se asociaba con el inicio de la primavera, que es el cierre del invierno y el comienzo del nuevo ciclo de vida. En cuanto a la etimología de Anna, puede asociarse tanto a «año» como a «río», pero resuena con mucha más fuerza su parentesco con el indoeuropeo Anna, Hanna o Xana,[17] por citar algunos, que remite a la idea de abuela, madre, madre nutricia o antepasada. En cualquier caso, es la madre de la madre o el origen del origen, esto es, el germen primigenio, por lo que es posible que antes de la Anna Perenna romana, la forma en la que se la llamó antiguamente fuese también Anna. Es la misma idea que contiene santa Ana como madre de María en las representaciones triples que proliferaron en la antigüedad. Anna Perenna tiene múltiples facetas: es una Diosa Anciana. También es Diosa del Tiempo, vinculada a los ciclos de la luna y al renacimiento de la vida tras la muerte del año, por lo que se vuelve joven y hermosa al inicio del nuevo tiempo. Diosa de Vida-Muerte-Resurrección en el mismo sentido descrito por Gimbutas, la relaciona directamente con mitos como el de Perséfone, Amaterasu, Isis o la misma Cibeles. Diosa de la sexualidad, porque es una de las formas que tiene la vida de perpetuarse, aunque, al mismo tiempo, «evita encuentros sexuales no deseados»; por eso no puede extrañarnos que en ese tiempo de transición y convivencia entre lo pagano y lo cristiano, existan representaciones obscenas a nuestros

---

16. *Ibid.*
17. Recordemos a la Hanna Hanna hitita.

ojos, que muestran justamente una sexualidad vibrante y sin prejuicios, con un sentido más allá de lo erótico. Diosa de los ritos de paso, tanto en la transformación de niño a adulto como en cualquier otro cambio de etapa, como de la oscuridad a la luz o de la esterilidad a la fertilidad. Diosa de las aguas por su relación etimológica con *amnis perennis*, o corriente de agua eterna, así como con las fuentes y las corrientes de agua superficiales y subterráneas, asociadas siempre a los antiguos lugares de culto megalíticos. Diosa del destino y la fortuna, relacionada con los ritos mágicos y con la adivinación; Ovidio la vincula con Temis, fundadora del oráculo de Delfos, y diosa del orden divino y el buen consejo pero que por encima de todo representa las leyes naturales. Diosa del Bosque Sagrado, del mismo modo que Cibeles o Artemisa. Es Diosa y Dios, pues contiene una contraparte masculina asociada con Marte o con Mamurio, pero que la vincula con esa idea arcaica de Diosa que contiene en sí lo femenino y lo masculino, por lo que, en ocasiones, aparece de forma andrógina. Diosa de la Montaña Sagrada, pues es desde allí desde donde alimenta a la población hambrienta. Mariño menciona que un antiguo templo dedicado a Anna Perenna en el Mont di Leva se cristianizó con una capilla en honor a santa Ana. Diosa Nutricia, pues es la vieja que alimenta a la multitud hambrienta, representa también a la nodriza de Zeus-Júpiter, la dispensadora del alimento de los dioses que proporciona inmortalidad, además de asociarse a diosas como la Artemisa de Éfeso, de múltiples senos, y a leyendas de ancianas de enormes pechos, a veces también en gran número, que representan a la Mater Nutrix, como lo fue la madre de Guénolé para él y la Virgen María para san Bernardo. Es la Madre de todas las cosas, es Hathor, Anna Purna, Nut, Gea y todas las demás. El folclore de medio mundo y las tradiciones míticas están demasiado llenos de historias que hablan de una anciana con estas características como para cometer el error de no considerarla en el estudio de nuestra historia, pero no como una realidad material, sino psicológica.

> Estos datos nos están hablando de una figura muy compleja y muy arcaica. Consideramos que la información aportada señala que la Anciana del rito chamánico es la misma que ha quedado fosilizada en las leyendas y tradiciones populares. Esto sugiere

> una fascinante pervivencia de los símbolos en el imaginario colectivo que –pese a los cambios en la cosmovisión derivados de las transformaciones sociales, ecológicas y económicas– se resisten a desaparecer, reelaborándose incesantemente para seguir teniendo una utilidad y un significado. [...] La Vieja es una figura compleja, poliédrica, multiabarcante. Pues fue en origen manantial y matriz de la vida universal, Reina del Otro Mundo, aquel al que van las almas al morir, del que vienen los niños al nacer y por el que algunos afortunados apenas transitan durante una enfermedad de la que logran recuperarse. Ella es esa Anciana a la que se refieren los cuentos folclóricos, mitos, leyendas y ritos de todo el mundo como personaje que se encuentra el protagonista al cruzar al otro lado.

La epifanía divina de Bernardo al ser amamantado por la Virgen es la justificación sagrada de todo lo que emprenderá después, pues ha recibido el mismo «alimento» que Cristo y, de algún modo, son ahora «hermanos de leche». Frente al imaginario colectivo, Bernardo es heredero y transmisor de la tradición ancestral representada por Anna Perenna, que encaja a la perfección en los modelos simbólicos antiguos que hemos visto.

El culto a la Virgen se vuelve en este tiempo mucho más intenso y generalizado. En su trabajo sobre *El Císter y el auge de las vírgenes negras*, Ana Valtierra Lacalle explica que san Bernardo dedicó 86 de sus sermones a hacer comentarios sobre el Cantar de los Cantares, y señala la evidente relación entre el auge de las imágenes negras de la Virgen con la influencia tanto de san Bernardo como de los caballeros del Temple, así como que no se trataría de una invención del abad de Claraval, ya que las deidades femeninas de color negro «tienen una larga tradición vinculada al pensamiento precristiano, paleocristiano y bizantino».[18]

San Bernardo, los templarios y todo lo que entra dentro de su campo de influencia va a llevar la devoción mariana hacia el punto justo donde las gentes recuperan, a través del imaginario de la Virgen, el

18. *El Císter y el auge de las vírgenes negras.*

antiguo culto a la Diosa Madre. Las imágenes de María con el Niño están presentes en todos los templos, las catedrales se erigen en el nombre de Notre-Dame y las advocaciones de la Virgen se multiplican por doquier.

> A partir de finales del siglo XI se produce un notable aumento del culto a la Virgen que podemos relacionar directamente con la figura de san Bernardo de Claraval y su estética de la ternura femenina. Va a estar muy unido al desarrollo de la lírica cortesana, que se va a ocupar de sublimar a la Dama y su pureza cristiana. La relación entre el caballero y la Dama a la que hay que respetar son ideas que calaron hondo en el pensamiento cristiano, puesto que el Papado identificó a la Iglesia con la Virgen, y por tanto con esa Dama de tinte caballeresco. El papel de san Bernardo de Claraval fue fundamental en este aspecto porque sus sermones sobre María, paralelizados con estos sentimientos mundanos caballerescos, tuvieron una rápida y fácil aceptación para los fieles, difundiéndose con rapidez por toda la cristiandad.[19]

En efecto, entre los siglos XI y XII, cuando aparecen las primeras Vírgenes negras, algunas de ellas están especialmente asociadas a la geografía sagrada de los territorios donde se encuentran, con una remota tradición a sus espaldas de culto en ese mismo lugar desde tiempos ancestrales. Son la marca de un lugar. Valtierra habla de la importancia de los lugares en que fueron descubiertas estas imágenes y señala que se remontan a rituales prerromanos.

> Es importante destacar cómo existe una continuidad entre estas Vírgenes Negras revalorizadas desde los sermones de san Bernardo de Claraval y sus comentarios al Cantar de los Cantares, y los lugares de culto preexistentes dedicados a divinidades femeninas relacionadas con la fecundidad y la maternidad. La mayoría de las apariciones milagrosas de estas imágenes ma-

19. *Ibid.*

> rianas sucedieron en lugares apartados de los caminos y las zonas de paso de los seres humanos, normalmente en pozos o grutas ubicados en zonas altas rocosas, que eran considerados sagrados desde época ancestral. Tanto es así que muchas de estas zonas inhóspitas han necesitado de una intensa adecuación para poder facilitar su culto actual, proporcionando y construyendo accesos transitables para el ser humano. [...] No conservamos restos arquitectónicos de santuarios en la Europa de la Edad del Hierro hasta el siglo IV a. C. pero tenemos constancia de espacios al aire libre vinculados a bosques, grutas, montes y lagos con carácter sagrado donde se constituían los *foci*, que eran emplazamientos inviolables utilizados en reuniones rituales. En estas zonas existían importantes cultos a la Madre, de los cuales son testigo varios de los epigramas dedicados a las *Matres Useae* que vendrían a ser las «madres ancianas o venerables», o «madres del año» y en muchos casos serían divinidades femeninas relacionadas con la vegetación y las aguas, con advocación a la fertilidad y fecundidad.[20]

Sin lugar a dudas, la influencia de san Bernardo hizo que muchos decidieran oscurecer las imágenes marianas que ya se adoraban en sus respectivos lugares, pero en otros casos, como señalaba Huynen, algunas se crearon a propósito con madera oscura o se pintaron de ese color desde el inicio, con unas características concretas y, lo que es más importante, relacionadas con lugares y geografías determinadas, directamente vinculadas a las tradiciones celtas, que, a su vez, son herederas de tradiciones anteriores. Eso es justo lo que observamos en las leyendas de estas imágenes, donde se cuenta que aparecen en la oquedad de un roble, en una cueva, junto a una fuente natural, etc., por lo que se puede «trazar una continuidad entre estos cultos prerromanos en territorio hispano o galo a las divinidades reproductivas y la aparición de muchas de estas imágenes de Vírgenes Negras». Junto al hecho de aparecer en lugares específicos, las leyendas hablan siempre de que cuando estas imágenes son encontradas, se vuelven pesadas al intentar trasladarlas de

20. *Ibid.*

lugar, o regresan de manera milagrosa a su sitio cuando se las traslada, lo que ya es un sólido indicativo de que lo realmente importante, mucho más que la imagen en sí, es el lugar.

Aunque el artífice visible de todo esto fue san Bernardo, el hilo nos ha llevado hasta aquí desde las tradiciones del mundo celta irlandés, traspasadas a través de la Bretaña francesa hacia el mundo, ya que no podemos olvidar que con la llegada de Colón a América, el culto mariano se introdujo y mezcló con los cultos locales, dando lugar a la aparición milagrosa de nuevas Vírgenes negras, como la de Guadalupe mexicana. San Bernardo recupera los símbolos tradicionales de la Diosa «cargados de gran significado desde por lo menos la época Neolítica, donde los cultos a la fertilidad y la Madre tenían una importancia vital», y lo hace sin desviarse de los debates teológicos de la época, sino más bien aprovechando cada brecha en las discusiones conciliares para introducir con fuerza elementos que deshicieran la ancestral misoginia clerical.

## Las Vírgenes negras

Tras el Concilio de Nicea, María se convirtió finalmente en la Madre de Dios al asumir el papel de Reina de los Cielos, Trono de Sabiduría, Majestad y mil atributos más de carácter divino. Recordemos que sus representaciones sentada en un trono con el Niño en su regazo, a la manera de Isis, proceden de los siglos V y VI. María será adorada y venerada en casi todo el mundo cristiano con el afán y la devoción del que recupera de la muerte a un ser querido. Sin embargo, la mayor exaltación en el culto mariano no procede de estos tiempos, sino de algunos siglos más tarde. Será en el período comprendido entre los siglos XI y XII, la misma época en la que comenzaron a verse las primeras imágenes triples de Ana, María y Jesús; en que el rey Arturo resucita el espíritu de los pueblos celtas; en que se funda la orden del Císter; la época de Bernardo de Claraval, la fundación de los Templarios, el catarismo, las cruzadas, el amor cortés y los caballeros, los trovadores, el auge del Camino de Santiago, las *Sheelas*, la invasión de Irlanda por los normandos, el comienzo de la dinastía Plantagenet, Hildegarda de

Bingen, Ricardo Corazón de León, Leonor de Aquitania, Francisco de Asís y, por supuesto, las Vírgenes Negras.

Aquí es donde todo parece complicarse. El aura de misterio que rodea a la historia de los Templarios y la aparición de las Vírgenes negras ya supone una traba importante para indagar en este tema. Los estudiosos «serios» han tratado de desvincularse por completo de la leyenda, eludiendo expresamente abordar los asuntos más espinosos y, por tanto, dejando a oscuras una de las partes de su historia que, aunque sea mítica, no deja de pertenecerles. Por otra parte, los estudiosos «no tan serios» suelen abundar en los rumores, relatos y creencias que circulan (o no) por ahí, al carecer, por desgracia, de pruebas documentales que justifiquen sus afirmaciones. Es difícil encontrar un punto medio en el que se los trate en su totalidad, sin prejuicios ni fantasías, y sin perder de vista que, como elemento iconográfico, su interpretación no puede desvincularse de lo simbólico.

De lo poco o mucho que se conoce, tenemos una muy buena descripción en el libro de Jacques Huynen, donde se señalan varias características esenciales comunes a todas las Vírgenes negras. Las discordancias son leves, y es interesante, puesto que si tomamos los elementos que describe Huynen como punto de partida, casi podríamos saber si una imagen es realmente negra o no, con independencia de si se halla en un catálogo de Vírgenes negras o no. Los puntos son los siguientes:

1. Están elaboradas en madera, sobre todo en los siglos XI y XII, y nunca más allá del XIII.
2. Siempre son mayestáticas, con una madre erguida en una «postura aristocrática, sentada en un pequeño asiento sin respaldo, o un respaldo corto denominado cátedra».[21] El Niño está en su regazo mientras ella presenta las piernas ligeramente abiertas, de manera que el Niño parece «el fruto de sus entrañas». La mirada de ambos se dirige al mismo punto, hacia delante. La imagen es muy similar a la que aparece en las viejas imágenes de la *Adoración de los Magos*.

21. *El enigma de las vírgenes negras.*

3. El rostro de la Virgen es hierático, con cierto aire oriental y no expresa ningún tipo de emoción. Huynen afirma que produce la impresión de un «ídolo bárbaro».
4. Aunque en algunos casos las imágenes están talladas con maestría y, en otras, resultan casi toscas, siempre existe una mayor atención a los rasgos de la Virgen que a los del Niño.
5. Cuando se ha podido encontrar rastros de la policromía original, aunque sean diferentes, los colores siempre son blanco, rojo y azul con adornos de oro o dorados.
6. Todas tienen las mismas dimensiones, y si existen diferencias, están en la altura del tocado o en el grosor de la peana. Las medidas son 60 cm de alto, 30 cm de ancho y 30 cm de profundidad en la base.
7. Siempre se sitúan en lugares conocidos y frecuentados desde muy antiguo que, habitualmente, habían sido sitios de culto de una divinidad celta o pagana, y que, casi con seguridad, han mantenido una continuidad desde tiempos anteriores. De alguna manera, afirma Huynen, la Virgen negra «toma la sucesión de la antigua diosa bajo una forma cristianizada». Además, con frecuencia, se halla cerca de fuentes, pozos, árboles o piedras de carácter sagrado en época precristiana y, otras veces, «incluso se ha conservado en el edificio cristiano, al lado de la estatuilla mariana, ese resto de las religiones druídicas», y explica que «en Chartres, en la cripta, el "pozo de los fuertes" se encuentra detrás de Notre-Dame-de-Dessous-Terre; en el Puy-en-Velay, la piedra milagrosa de los druidas fue cristianizada e incluso opera hoy en la catedral milagros bajo el nombre de "Piedra de las fiebres"».
8. También se encuentra siempre un elemento oriental asociado a la historia de la Virgen. O bien se trata de una imagen que se ha traído de Oriente, o algún caballero cristiano la ha recibido de manos de un soberano árabe o cualquier otra cosa, pero siempre aparece el elemento oriental.
9. Fue objeto de peregrinación en la Edad Media. La mayoría forma parte, a su vez, de rutas de peregrinación más importantes, como el Camino de Santiago, donde son especialmente

abundantes. Eran también lugar de parada obligada para los peregrinos.

10. La historia de los santuarios donde se les rinde culto está en relación directa con abadías benedictinas, el Císter o casas templarias.
11. En las leyendas y milagros que rodean la historia de estas Vírgenes, aparecen «signos de carácter esotérico e iniciador», según Huynen.
12. En los relatos de sus milagros sus beneficiarios suelen ser cruzados, niños, comerciantes o navegantes que estaban encarcelados y que, o bien en sueños, o bien por haberse perdido la vista, tuvieron una revelación milagrosa de la Virgen negra y fueron liberados. A veces los beneficiarios del milagro son grupos de tres personas. Se las veneraba para obtener fertilidad, pero también porque resucitaban niños muertos al nacer, justo el tiempo suficiente para ser bautizados y volver a morir pero en Gracia de Dios.
13. En sus rituales y procesiones se observan ciertas semejanzas con cultos no católicos: ofrendas en ruedas de cera, colocación de la estatua sobre una piedra fuera de la iglesia, ceremonias donde se usa vino, peregrinaciones con los pies desnudos, cirios verdes o relación con el color verde en algunos rituales…

Lo interesante de estos puntos es que, incluso en el caso de que la imagen original se haya perdido para siempre, como ha sucedido en más casos de los deseados, aporta datos con los que sería posible una identificación aproximada aun en ausencia de la misma Virgen. Otro de los elementos significativos de esta lista es la referencia a lugares anteriores de culto pagano, lo que establece una continuidad que viene de mucho más atrás. Si, como hemos visto en capítulos anteriores, las diosas celtas, frigias o griegas heredaron bajo otra forma un culto ancestral a la Diosa, vinculado a veces a las características singulares del lugar (montañas, manantiales, ríos, cuevas, etc.) como ocurrió en Antequera con la Peña de los enamorados y los dólmenes que allí se levantaron, es posible relacionar la presencia de una Virgen negra con lugares de culto prehistórico. Sin embargo, en Antequera no hay, ni hubo, ninguna Virgen negra, por lo que hay que tener en cuenta la historia del lugar. La famosa peña es más conocida por los lugareños por el nombre de «cabeza del indio», que es lo que a primera vista nos parece, por asociar la silueta a los perfiles que hemos visto en las películas americanas de indios y vaqueros. Pero las personas que vieron en el pasado aquella peña no conocían el cine. Para ellos fue fácil relacionarla con algo que también conocían y que les resultaba más evidente: la Tierra como elemento femenino. Por eso, según Stefan Ruhstaller, catedrático de la Universidad Pablo de Olavide, el topónimo Menga procedería del latín *cova domenica* o Cueva de la Señora. Pero, si como afirma Huynen, las tallas de Vírgenes negras no van nunca más allá del siglo XIII, hay que tener en cuenta que la ciudad, en manos de los andalusíes por aquel entonces, no fue conquistada por los reyes cristianos hasta el siglo XV. Difícilmente pudo existir una imagen de la Virgen, del color que fuera, en estas circunstancias en aquel lugar, a pesar de que los hallazgos arqueológicos en el pozo de Menga y sus alrededores demuestren que dicho pozo, que llega a la capa freática, estuvo en activo durante la época tardomedieval, bien con finalidades curativas, bien con una intención sagrada, y fue cegado a propósito mucho más tarde, tal vez por orden de los responsables eclesiásticos con el objetivo de impedir posibles cultos no cristianos.

Pero no ocurre lo mismo con otro lugar de España que, tradicionalmente, alberga una Virgen negra que nos puede servir de ejemplo para ver la evolución del culto y su «marca de lugar» a través de una imagen mariana negra.

## Guadalupe

Fechado su origen en el siglo XII, Nuestra Señora de Guadalupe, en Cáceres, es una de las Vírgenes negras españolas, así como una de las más importantes en cuanto a culto y antigüedad del país. Como en el resto de Vírgenes negras, su origen se atribuye a san Lucas, aunque, en este caso particular, se cree que ésta fue la imagen que acompañó al apóstol en el momento de su muerte y que, tras diversas vicisitudes, llegó hasta las orillas del río Guadalupe, donde fue hallada por un pastor en el siglo XIV.

La etimología de su nombre, de origen árabe, se debe al río en cuyo margen se encontró, y las traducciones más aceptadas son «río de lobos» o «río oculto». Su culto creció rápidamente en España, hasta convertirse en el segundo lugar de peregrinaje después de Santiago de Compostela, con una red de caminos de la que aún hoy quedan vestigios. Esta devoción por la Señora extremeña fue también el origen de la devoción mariana más importante del Nuevo Mundo, la de la Virgen de Guadalupe, en México.

La zona donde se encontró la imagen pertenece al antiguo pueblo lusitano, cuya diosa principal era Ataecina, Ataegina o Atégina. Más tarde, en época romana, su culto se traspasó a Proserpina y, después, a templos como el de Santa Lucía del Trampal, antiguo santuario de Ataecina reconvertido en basílica cristiana en el siglo VI d. C. por los visigodos, cuyas aguas termo-minerales se dice que abastecían al pantano de Proserpina, en Mérida.

La importancia del territorio queda asimismo constatada por la existencia de importantes pinturas rupestres, como las de la cueva de Maltravieso, la cueva de los Cabritos, la cueva de Chiquita, el abrigo del Risquillo de Paulino o el abrigo de la Madrastra, que se encuentran entre las más antiguas de Europa gracias a los últimos estudios de datación. En este entorno, que pasamos a detallar a continuación, es donde hallamos el culto a la Virgen de Guadalupe, que hoy ostenta los títulos de patrona de Extremadura y Reina de las Españas.

La leyenda de la Virgen de Guadalupe sigue un patrón muy similar a las del resto de Vírgenes negras. Suele tratarse de estatuas pequeñas atribuidas a san Lucas, policromadas en colores vivos (aunque en la actualidad algunas de ellas ya no los conservan), con el rostro y las manos oscuros, lo mismo que los del Niño, que se sitúa sobre sus rodillas a modo de trono. En el caso de las Vírgenes españolas, se cuenta que a causa de la invasión musulmana fueron ocultadas en cuevas o en algún otro escondrijo, y que tiempo después las hallaba un pastor o un labriego, bien casualmente, o bien por una aparición milagrosa que indicaba su ubicación. El lugar se convierte en zona de culto. Así, primero se construye una sencilla ermita y, más tarde, una iglesia o basílica de más o menos importancia local, pero que era un lugar de atracción para los fieles.

Los valles de Villuercas están regados por cinco ríos: Almonte, Ibor, Vieja, Cañamero y Guadalupe. Este último es un topónimo de origen andalusí que ya atestigua Elio Antonio de Nebrija en su *Vocabulario español-latino* de 1495, donde se afirma que Guadalupe (*wád al-lúp*) se traduce como «río de lobos». Otros autores se refieren a él como «río de oso», «río escondido» o «río de guijarros negros», entre otros, aunque el más aceptado es el de Nebrija.

Se desconoce la fecha exacta en la que tuvo lugar la aparición, aunque se asume que fue durante el último cuarto del siglo XIII, con posterioridad al año 1268. Se trata de un momento significativo, ya que Cáceres había sido conquistada por los cristianos a los musulmanes en 1227 y, poco después, Badajoz, en 1230.

Según la leyenda, Gil Cordero de Santa María, un vaquero de los valles de las Villuercas, un día descubrió que faltaba una de sus vacas. Pasaron tres días hasta que la encontró, muerta, junto al río Guadalupe. Curiosamente no había sido desgarrada por los animales salvajes, de manera que, al verla intacta, hizo la señal de la cruz sobre la vaca antes de quitarle el cuero para aprovecharla. En ese mismo instante, la vaca recobró la vida, y Gil Cordero escuchó una voz que le decía: «No hayas miedo; ca, yo soy la Madre de Dios, por la cual alcanzó la humana generación redención. Toma tu vaca y ve, ponla con las otras; ca, de aquesta vaca habrás otras muchas en memoria de aqueste aparecimiento que aquí te apareció. Y desque la pusieres con las otras vacas, irás a tu tierra y dirás a los clérigos y a las otras gentes que vengan aquí a este lugar donde te aparecí, y que caven aquí y hallarán una imagen mía».

No deja de llamar la atención que la aparición esté precedida de la muerte y resurrección de una vaca, asociada desde tiempos remotos en numerosas culturas a la Gran Madre, también como vaca Celeste, siendo así la Señora del Cielo. Los historiadores sostienen que en la antigua India, los pueblos anteriores a la llegada de los arios adoraban fundamentalmente a la Gran Madre, y no se tomaba ninguna decisión sin contar con el consejo de las mujeres. Se cree que fue allí donde surgió la adoración a la vaca como animal sagrado. Cuando Gil Cordero va a su casa de camino a la ciudad para contar lo sucedido, se encuentra a su mujer llorando por su hijo, que acababa de fallecer. En ese momento, el pastor le dice a su mujer:

> —No hayas cuidado ni llores; ca yo lo prometo a Santa María de Guadalupe, que Ella me lo dará vivo e sano y yo (se) lo prometo para servidor de su Casa.
> Y en esa hora se levantó el moço vivo e sano y dixo a su padre:
> —Señor padre, aguisad y vamos para Santa María de Guadalupe.

La leyenda no se detiene en una aparición mariana y en el descubrimiento de una talla milagrosa, sino que remonta sus orígenes hasta el mismo san Lucas, quien, según se cuenta, talló varias copias del rostro de la Virgen María antes de su fallecimiento, siendo ésta una de esas copias. A la muerte del evangelista, se dice que fue enterrado en Acaya (Asia Menor) con esta talla.

Más tarde, en el siglo IV, fueron hallados los restos de san Lucas junto a la estatua y trasladados a Bizancio, donde permaneció hasta el siglo VI. En esa fecha, el emperador Mauricio, debido a su amistad con san Gregorio, le regala la imagen, que se convierte en objeto personal de culto del futuro papa. La tradición atribuye a la estatua la intercesión milagrosa en terremotos y epidemias. San Gregorio, gran amigo de san Leandro, arzobispo de Sevilla, le regala la imagen, que permanecerá en la iglesia de San Juan Bautista hasta la invasión musulmana. Ante la inminente conquista de la ciudad, los clérigos huyeron hacia el norte con distintos objetos y reliquias, entre ellos la imagen de la Virgen. La historia quiere que, para proteger la estatua de los «infieles», los religiosos la enterraran en las Villuercas, junto al río Guadalupe, donde permaneció oculta y a salvo hasta el hallazgo de Gil Cordero.

El culto a la Virgen negra se remonta mucho tiempo atrás, antes del cristianismo. Sólo que entonces no se hacía bajo la advocación de la Virgen María, sino como la Gran Madre en distintas manifestaciones.

Los meteoros, por lo general de color negro (color asociado a la materia prima en alquimia), fueron adorados desde los primeros tiempos de la humanidad como piedras caídas del cielo o *diopetes*. Así, se asociaron a la divinidad y, por tanto, a la manifestación del poder divino (cratofanías). Curiosamente, se trataba de un poder celeste con rostro de mujer, ya que desde muy antiguo, la asociación de estas piedras fue con la diosa Madre. Quizá el término semítico *beth-el*, de donde proviene betilo (columna) nos acerque más a su simbolismo profundo, ya que se traduce como «morada (casa) de dios», siendo así el elemento femenino aquel en el que «reside» la divinidad y a través del cual ésta puede conocerse. Una hermosa idea que encontramos también en el cuneiforme hitita, donde la palabra «madre» se representa como una estrella, símbolo de la presencia de lo divino, dentro de una casa o recinto.

Estos meteoros se adoraron en numerosos templos y santuarios de todo el mundo antiguo; uno de los más famosos era el de Pesinunte, un santuario de Frigia en el que la piedra negra meteórica del lugar era la manifestación de la diosa Cibeles. También contaron con gran devoción las piedras de Éfeso, donde se adoraba a Artemisa, y la del santuario de Émesa, donde se adoraba a una divinidad local siria asociada por los romanos al Sol Invicto. La tradición habla también de que el *omphalos* de Delfos se hallaba marcado por una piedra negra, y que una piedra negra era la encarnación de Astarté y, más tarde de Afrodita Cipria.

Cuando la piedra negra de Cibeles fue trasladada a Roma en el año 204 a. C. por mandato del oráculo de Delfos, como ya vimos, se levantó un templo en su honor en el monte Palatino y se erigió una estatua de plata en cuyo rostro se incrustó la piedra, tallada con rasgos humanos. Cibeles, cuya cabeza muestra una corona mural, era la señora de la Naturaleza primigenia, en especial la que no ha sido domeñada por el hombre, diosa de las grutas y de los tesoros minerales que guarda el vientre de la tierra.

Pasado el tiempo, el culto a la Magna Mater, tan fuertemente enraizado en el sentimiento sagrado de las gentes, fue absorbido por la Virgen María. Sin embargo, se dio el hecho de que, al no ser la figura de la Virgen más que un elemento accesorio de los Evangelios, sin importancia en sí misma, la popularización de su culto provino, en esencia, de la necesidad popular de seguir adorando, también en la nueva religión, a la Madre, obviada por los patriarcas cristianos, pero ansiada y venerada por el pueblo desde hacía siglos. María, simple receptáculo de la voluntad divina, no dispone de una iconografía propia en los textos sagrados, por lo que asimila con bastante facilidad el simbolismo de las divinidades femeninas de la época, sobre todo el de Isis, muy bien asentado en Roma. Así es como se empieza a representar a la Virgen María, como un remedo de las imágenes de Isis con el niño Harpócrates en su regazo, en contraposición a las primeras recreaciones de la Virgen en las que aparecía sola. De la misma manera, las letanías y rezos a la Virgen mantuvieron la misma estructura que los himnos a la diosa Isis.

Según explica Fulcanelli, las Vírgenes negras (tanto las cristianas como las paganas) «representan, en el simbolismo hermético, la *tierra primitiva*, la que el artista debe elegir como sujeto de su gran obra. Es la materia prima en estado mineral, tal como sale de las capas metalíferas, profundamente enterrada bajo la masa rocosa. Es, nos dicen los textos, "*una sustancia negra*, pesada, quebradiza, friable, que mantiene el aspecto de una piedra y se puede desmenuzar a la manera de una piedra". Parece, pues, natural que el jeroglífico humanizado de este mineral posea su color específico y se le destine, como morada, los lugares subterráneos de los templos».

Sin embargo, la enorme popularización de las Vírgenes negras por toda Europa llegó años más tarde, tras la toma de Chipre por los Templarios. La isla de Chipre fue cristianizada por san Pablo y san Bernabé, y cuenta la tradición que la misma Virgen, antes de su muerte, había visitado la comunidad chipriota, lo que despertó una gran devoción, con la consiguiente construcción de templos y monasterios dedicados a ella. En 1191, tras la llegada de los caballeros del Temple, descubren el culto a una piedra negra asociada en un primer momento a Astarté y, posteriormente, a Afrodita Cipria. Allí, los templos erigidos en honor a la Virgen la representaban con el rostro negro. Tal y como se hiciera en el pasado con Cibeles, en Chipre habían incrustado parte de la roca meteórica como rostro de la Madre de Dios.

La historia cuenta que los Templarios guardaron parte de la piedra negra en el interior del trono cúbico en el que aparecía sentada la Virgen, representada ella misma a modo de *theotrokos*, o trono de dios, que es el modelo que ha pervivido en el resto de Vírgenes negras románicas originales: la Virgen por lo general sentada en el trono cúbico, con las piernas ligeramente abiertas y el Niño en su regazo, de manera que el cubo hace de trono para la Virgen, y la Virgen actúa de trono para el Niño.

A partir de ese momento prolifera por toda Europa la aparición «milagrosa» de Vírgenes negras que siguen un patrón común, sustituyendo en todos los casos a un culto pagano asentado en la zona. En las Vírgenes españolas, la leyenda incluye la ocultación de la imagen en cuevas o ríos para salvarla de la profanación morisca. El fervor y popularidad que alcanzó este culto fue tal que muchas iglesias, deseosas de tener su propia Virgen negra, pintaron, oscurecieron o elaboraron imágenes.

Sin embargo, el color no es el único rasgo distintivo de las Vírgenes negras originales. En la identificación de estas imágenes, cobra gran importancia el lugar del hallazgo, la historia y las leyendas que adquiere, sus milagros, las características de sus peregrinaciones y los ritos que se celebran en su honor. Si comparamos la Virgen de Guadalupe con las trece características citadas por Huynen, vemos lo siguiente.

1. Es, en efecto, una majestad, sentada en un trono bajo con el Niño sobre su regazo, con las piernas entreabiertas. La imagen extremeña fue mutilada en siglos posteriores para poder vestirla con los lujosos ropajes con que se la adora en la actualidad. La mirada de ambas figuras es siempre hacia delante.
2. La talla de Guadalupe está datada en el siglo XII y se esculpió en madera de cedro.
3. En el caso de la imagen extremeña, el rostro apenas tiene expresividad y su mirada permanece fija en el horizonte.
4. Los rasgos de la madre frente a los del niño están, en efecto, más y mejor elaborados.
5. Aunque la imagen guadalupeña hoy en día aparece ataviada con ricos ropajes que ocultan su figura original, en las antiguas fotografías que se conservan de ella sin vestir, se aprecian justamente estos colores en los ropajes de madre e hijo.
6. Las dimensiones son también similares: 60 x 30 x 30 cm. En el caso de la Virgen de Guadalupe, la altura es un centímetro menor, debido a que originariamente disponía de una corona

almenada de madera, que más tarde se le retiró para poder vestirla y coronarla.

7. Guadalupe, en este caso, está ubicado en el actual geoparque de Villuercas-Ibores-Jara. Hay que tener en cuenta que, en el momento del «hallazgo» de la Virgen, el paraje estaba deshabitado, y fue *a posteriori* cuando, con el levantamiento de la ermita y la popularización del culto, empiezan a trasladarse los fieles a la zona hasta establecer un asentamiento cada vez más poblado y significativo.

   Las Villuercas es un lugar de gran importancia geológica donde, además, se encuentra la mayor cantidad de pinturas rupestres de Extremadura (en cueva o libres), así como vestigios arqueológicos de los pueblos prehistóricos que las realizaron. Destacan, en especial, las numerosas pinturas de manos humanas. Existen también zonas de muy antigua extracción minera de hierro, fosforita, oro y plata. En cuanto a los cultos femeninos anteriores, nos encontramos con que las Villuercas forma parte del territorio del antiguo pueblo lusitano.

   Uno de los cultos fundamentales era el de Ataecina, Ataegina o Atégina, diosa celta de la naturaleza, la luna, la sanación, la fertilidad, el renacimiento, etc. También se la adoraba como aquella que velaba por la observancia de las leyes y por ser la que enseñó a los hombres los elementos de la civilización. Su nombre se traduce como «la renacida», y por eso se asocia a los ciclos de las estaciones y al inframundo a través del ciclo de la vida y la muerte. De ella dependían las cosechas, los animales y el mundo de los difuntos, así como el poder de la curación. Ataecina es, en esencia, la Gran Madre, pero no del pueblo celta, ni siquiera del pueblo lusitano. Las evidencias de la presencia de Ataecina como culto hacen que se ubique, casi exclusivamente, en el centro de Extremadura, en lo que se ha denominado el triángulo Norba-Turgalium-Emerita, aunque también se han hallado restos de su culto en Toledo, Cuenca, Beja (Portugal) y Cerdeña (Italia). Su centro más importante estaba donde, en la actualidad, se ubica la basílica visigoda de Santa María del Trampal, en el pueblo de Alcuéscar (Cáceres), donde se han encontrado numerosas inscripciones que los fieles le dedicaron. Una de ellas la nombra así: «DEA DOMINA SANCTA TURIBRIGENSE ATAECINA» («Diosa Señora Santa de Turóbriga Ataecina»).

La diosa, más tarde, fue asimilada a Proserpina en época romana por su relación con la naturaleza y con el inframundo, como atestiguan algunas inscripciones que rezan: «ATAEGINA TURIBRIGENSIS PROSERPINA». También existen pruebas de su relación con otros cultos romanos, como muestra una inscripción hallada en Úbeda que vincula a Ataecina con los Dioses Manes. Entre los símbolos asociados a Ataecina se encuentra la cabra como animal sagrado, la espiga de trigo y la rama de ciprés.

En cuanto a la mencionada Turóbriga, en la actualidad se desconoce la ubicación exacta y características de este pueblo adorador de Ataecina. La etimología sólo puede hacer aproximaciones sobre los topónimos que han llegado hasta nuestros días, y ninguno es concluyente. Lo único evidente es que pertenecía a la zona donde se hallaron las inscripciones.

8. Huynen afirma que no existe Virgen negra sin alusión a Oriente. En el caso de la de Guadalupe, la imagen procede directamente de Bizancio, de manos del emperador Mauricio.
9. Si nos fijamos en el culto a la Virgen de Guadalupe, tras la construcción del monasterio de Santa María de Guadalupe, en 1337 por orden de Alfonso XI, se crea una red de caminos que unían Plasencia, Cáceres, Mérida, Ciudad Real, Toledo y Madrid con Guadalupe. En concreto, el llamado Camino de los Descubridores, con origen en Cáceres, a 133 km de Guadalupe, tenía conexiones con el Camino de Santiago portugués y con la Vía de la Estrella, que surge a partir del camino de la Vía de la Plata, que entronca al final con el camino portugués.

   De aquella red de caminos creada por Alfonso XI de Castilla y León, se han recuperado doce, que hoy pueden conocerse en la Red de Caminos a Guadalupe.
10. Si bien en Extremadura y en los alrededores de la basílica no existe constancia de centros de Cluny o del Císter, sí que hay abundante presencia templaria.

11. La construcción original que albergó por primera vez la imagen de Guadalupe hace tiempo que no existe, al sustituirse en el siglo XIV por el monasterio actual, por lo que es difícil observar hoy en día sus características.
12. No faltan los hechos milagrosos en el historial de la Virgen de Guadalupe, en especial la liberación de cristianos cautivos por los moros. El monasterio llegó a contar con un lugar en el que los liberados gracias a la Virgen ofrecían sus grilletes; de hecho, la historia explica que, en 1580, Miguel de Cervantes acudió a este lugar para ofrecer a la Señora de Guadalupe las cadenas de su cautiverio en Argel.
13. Sus rituales y procesiones albergan elementos no canónicos que obedecen a rituales de corte esotérico, como ofrendas de ruedas de cera, colocación procesional de la estatua en una piedra fuera de la iglesia, ceremonias en las que se emplea vino o peregrinaciones con los pies desnudos (o desnudez del enfermo al que se quería que la Virgen curara). También, según narra Fulcanelli, puede existir una asociación con el color verde en los rituales.

El Santuario de Guadalupe tiene su cabecera y eje perpendicular al punto donde nace el sol el 8 de septiembre, el mismo día que se celebra la Natividad de María. El 6 de septiembre comienza el ritual. Tras la ofrenda de flores y la misa ritual, tiene lugar una misteriosa ceremonia que viene repitiéndose desde muy antiguo, que consiste el descenso de la Virgen desde el camarín hasta el altar mayor.

Acabada la misa, los oficiantes suben en procesión hasta el camarín, donde está la imagen de la Señora velada con un velo de tisú de plata, despojada de los mantos y joyas que suele lucir. Con todo el clero en el camarín, el maestro de ceremonias retira al Niño Jesús de la imagen y lo coloca en un azafate de plata, y entrega la Virgen al padre guardián; después, reparte el resto de los elementos de la imagen (manto, corona, cetro...) a los presentes. La procesión inicia entonces el camino inverso, descendiendo del camarín mientras se canta el «Magnificat» hasta el presbiterio, donde está preparado un alojamiento especial para la Virgen llamado la «Cama de la Mora». Se coloca allí la Virgen y se vuelve a vestir con sus más ricos ropajes. Después, se descorren las cortinas rojas para mostrársela al pueblo, al tiempo que repican las campanas y suena el órgano. Se canta una Salve, tras lo cual, la imagen vuelve a ser velada como símbolo y recuerdo de los siglos que estuvo oculta.

Al amanecer del día siguiente, la imagen pasa a ocupar el baldaquino ubicado en el centro del altar mayor, donde permanecerá para presidir la fiesta del día 8. Esa mañana del día 7, tras la misa de los peregrinos, se descorren los velos de la «Cama de la Mora» y la imagen se coloca en el centro del presbiterio. Será el día 9 cuando, siguiendo el mismo rito en sentido inverso, se suba de nuevo la imagen hasta el camarín.

Así pues, la Virgen de Guadalupe es una de las imágenes que, desde su aparición a finales del siglo XIII hasta nuestros días, más influencia ha tenido en nuestro país y allende los mares. No hemos hablado de ello en este trabajo, pero cabe destacar la influencia que tuvo en el descubrimiento y cristianización del Nuevo Mundo; no en balde, Colón fue recibido en el Real Monasterio de Guadalupe por los Reyes Católicos en dos ocasiones para obtener la financiación de su viaje, y allí regresó en varias ocasiones más para agradecer a la Virgen el descubrimiento; además, allí fueron bautizados dos indios que trajo de su segundo viaje. Igualmente significativo fue que la primera tierra que se descubrió fuera bautizada como Guadalupe, y que fuese otra aparición de la Virgen, esta vez en México, la que hiciera progresar entre los indígenas el proceso de conversión cristiana.

La imagen puede catalogarse, sin lugar a dudas, entre las Vírgenes negras de Europa con antiguas y definidas raíces paganas. Su culto, hoy en día realizado bajo la advocación mariana, sigue reuniendo a miles de fieles peregrinos, como antaño hiciera Ataecina en aquellos mismos lugares, atraídos por la promesa de la curación y la liberación.

Ataecina, Proserpina o Guadalupe guardan los misterios de la Diosa, la señora de las cavernas, la naturaleza, los animales salvajes y los tesoros que se gestan y esconden en las entrañas de la tierra. Habitaron los antiguos y agrestes montes y valles de Villuercas, donde en tiempos inmemoriales los primeros hombres que se asentaron en aquella zona descubrieron la majestuosidad de sus paisajes y, sobrecogidos, adoraron a la Gran Madre, quizá, dejando la impronta de sus manos ofrendantes en las paredes de piedra de sus grutas.

## Breve conclusión

A lo largo de estas páginas hemos hecho un recorrido, no precisamente lineal, por los cultos femeninos en Europa, comenzando en la antigüedad paleolítica y deteniéndonos en las Vírgenes negras, aunque podríamos haber continuado, porque la línea que las conecta no se ha interrumpido.

En algún momento de su vieja historia, el ser humano, que vivía en contacto con los elementos naturales, asumió que la sacralidad era parte de la vida misma. Lo sagrado estaba por doquier y se manifestaba de muchas formas, pero tras todas ellas había ideas esenciales al modo de los arquetipos platónicos, que no cambiaban aunque sí lo hiciera su apariencia. Los cultos femeninos son un ejemplo de esa esencia, que es, a su vez, parte misma de la esencia humana. Una esencia que no ha cambiado aunque lo haya hecho la vestimenta que ha adoptado según las épocas y los lugares.

Desde el Paleolítico hasta nuestros días existe una línea continua que resulta invisible a menos que fijemos los ojos en ella. Las tecnologías han evolucionado, lo mismo que las ciudades, las convenciones sociales o la forma de comunicarnos o de relacionarnos, pero no el arquetipo, la idea del sagrado femenino, que es el tema de este trabajo, no ha desaparecido y, aunque no lo parezca, tampoco ha cambiado, sólo los ojos de los que intentan interpretarlo.

Hoy, que en nuestra sociedad europea hemos desacralizado absolutamente todo, los restos de los lugares sagrados se exhiben en museos y el tiempo sagrado se ha rendido en su mayoría a las siempre exigentes necesidades comerciales. Hoy, por esa amputación de lo sagrado, existe una sed de eternidad que busca con ansia vestigios de un pasado en el que poder reconocernos. Nosotros también somos los mismos, porque la naturaleza humana poco o nada ha cambiado desde que el primer ser humano talló en la piedra una venus hasta ahora.

La Naturaleza, imaginada como diosa de piedra, se transformó en Señora de las fieras, Reina del cielo, Madre primigenia y mil atributos más sin dejar de ser nunca la propia Naturaleza. Isis y Cibeles se convirtieron, a su vez, en la Virgen María, e incluso después, siguió alimentándose de las deidades celtas hasta cristalizar en una curiosa imagen de rasgos negros que puso el énfasis de su leyenda en ser adorada en el mismo lugar en que se la encontró, haciendo así retornar a los hombres a lugares antaño frecuentados como sagrados, pero que habían sido olvidados. Y aunque sabemos más o menos quiénes estuvieron detrás de la expansión de su culto, no podemos saber si eran o no conocedores de toda la tradición que tenía tras de sí, ni si sabían de la importancia de la geografía relacionada con ella. Pero ahí están ahora. Estas curiosas Vírgenes negras que todavía despiertan curiosidad y se rodean de misterio. Nuestros ojos se posan en ellas, las miramos extasiados tratando de desentrañar sus secretos y nos olvidamos de que todas ellas son imágenes sagradas que permitieron establecer, con su «descubrimiento», un lugar de fundación, lo que Eliade llamaba un «centro», y ese lugar es tanto o más importante que la imagen, porque corresponde a otra línea eterna, la de la geografía sagrada. Las imágenes se convierten entonces en marcas sobre un mapa. Cuando el tiempo va borrando esas marcas, una mano invisible aparece para colocar otras.

# SEGUNDA PARTE

# DICCIONARIO DE ELEMENTOS SIMBÓLICOS RELACIONADOS

## Agua

Como elemento, vehículo de la vida y la energía, tanto en un nivel material como en el espiritual, por lo que se vincula fuertemente con el principio femenino. Está asociada también con la purificación y la renovación por su capacidad para lavar, y por eso es esencial en rituales como el bautismo o las fiestas lustrales. El agua está presente en los mitos de la creación de casi todas las culturas como primer principio de las cosas, como explica Blavatsky. De una forma más profunda, el agua es el elemento potencial, representado en el Caos primordial, sobre el que impacta el poder divino, dando lugar a la creación. Afirma Cirlot que «en la India se considera a este elemento como el mantenedor de vida que circula a través de toda la naturaleza en forma de lluvia, savia, leche, sangre». Siendo el principio también representa el fin, y puede destruir la vida de la misma forma que la crea. Puesto que de las aguas surge todo lo vivo, la madre, al gestar y dar a luz, se asocia con el agua. Es el agua la que modela las cuevas en el interior de la tierra, simbólicamente semejantes a úteros en los que se gesta la vida mineral. En Egipto, el jeroglífico de la mujer estaba representado por un pozo de agua fresca,[1] pero en un ámbito más espiritual, el Nun es una inmensidad líquida e inagotable de la que surgió la tierra y a la que la

1. *El lenguaje de la piedra.*

tierra volverá cuando llegue su momento final. Alquímicamente se simboliza con un triángulo que apunta hacia abajo, un símbolo que se encuentra en infinidad de venus paleolíticas señalando el pubis. No es extraño que las Vírgenes negras suelan tener relación con corrientes de agua, fuentes o cuevas. En los trigramas chinos, la imagen que representa el agua es lo Abismal, y se escribe del siguiente modo: «lo Receptivo (la tierra) ha logrado el trazo medio de lo Creativo (el cielo), y así se engendra K'an (lo Abismal). Como imagen es el agua que llega desde arriba y se pone en movimiento sobre la tierra, en ríos y correntadas, y origina toda vida en la tierra. Aplicado al hombre representa el corazón, el alma encerrada en el cuerpo, lo luminoso contenido en el interior de lo oscuro, la razón».[2]

## Águila

Según Blavatsky, antiquísimo símbolo consagrado al Sol y, por ende, al dios supremo de cada cultura, razón también por la cual adorna los escudos heráldicos de no pocas casas reales, ya sea con una o con dos cabezas. Como elemento del poder solar, se asocia con lo masculino, el padre o la guerra, pero también ejerce como mensajero entre los dioses y los hombres. Representa lo espiritual y celeste en contraposición con lo material y ctónico, no tanto en conflicto, como en pares de opuestos necesarios y complementarios en este mundo. Existen numerosas representaciones de águilas luchando con serpientes o devorándolas. En estos casos, la serpiente asume una de sus múltiples interpretaciones, la de un elemento terrestre y material, apoyando así la imagen del Águila solar y celeste que vence y domina las pasiones mundanas, lo superior sobre lo inferior. Con estos atributos se asocia a dioses como Zeus-Júpiter, Horus, Huitzilopotchli, Lui-sin, Garuda, etc. Aunque no es un símbolo que aparezca relacionado directamente con lo femenino, conviene conocerlo como su opuesto, porque de la relación de las características de uno se pueden inferir las del otro.

2. *I Ching. El libro de las mutaciones.*

## Andrógino

Símbolo antiquísimo que ya identificó Gimbutas en sus descripciones de la Diosa, y que es capaz de asumir en sí mismo lo masculino y lo femenino. El andrógino representa el momento previo a la dualidad separada de los sexos, cuando coexistían los dos principios de manera indeterminada, al inicio de la manifestación de lo Uno. Es, entonces, un momento primigenio de los seres, diferente del hermafrodita, que es superación de la dualidad. En la obra alquímica, Mercurio representa al andrógino en una figura conocida como Rebis o cosa doble. Numerosas deidades, especialmente las que se relacionan con los orígenes del universo, tienen características andróginas, aunque se las represente luego como hombre o como mujer. Es el caso de Neith en Egipto, Quetzalcoatl en Mesoamérica o Agdistis en Anatolia. Lo andrógino no se refiere sólo al aspecto sexual, sino que lo trasciende y remite justo a la idea de una Unidad que alberga el Todo. Esta Unidad, en su primera expresión, muestra su aspecto doble, formado por un par de opuestos que está referido en realidad a todos los posibles pares de opuestos. Los opuestos son necesarios para comenzar la creación, porque sin dos fuerzas antagónicas no hay movimiento posible. Es después cuando cada uno de los pares se separa en apariencia, pero no por eso han dejado de ser dos aspectos de una misma cosa. Cirlot explica lo siguiente: «Blavatsky dice que todas las naciones consideraban a su primer dios como andrógino a causa de que la humanidad primitiva se sabía nacida de "lo mental" (Minerva surgiendo de la cabeza de Júpiter), como lo prueban los símbolos y tradiciones».

Esto da otro sentido al Génesis, cuando dice: «Y creó Dios a los hombres a su imagen; a imagen de Dios los creó; varón y hembra los creó», pues el Zohar aclara: «El primer hombre era varón y hembra a la vez, pues está escrito: "Y dijo Elohim: Hagamos al homber a nuestra imagen y semejanza". Precisamente porque el hombre se parecía a Dios fue creado varón y hembra a la vez y posteriormente fue separado». En *El misterio de las catedrales,* Fulcanelli explica que el Rebis es «una materia doble, a la vez húmeda y seca, una amalgama de oro y *mercurio filosóficos*, combinación que ha recibido de la Naturaleza y del arte una *doble propiedad* oculta y equilibrada».

# Árbol

Eje del mundo. Es un centro en sí mismo y un elemento de conexión entre lo celeste y lo terrestre. Es frecuente que las deidades tengan asociado un árbol. Así, Hathor, la Gran Madre egipcia, es la señora del sicomoro. Ya vimos cómo el roble era considerado sagrado y estaba vinculado al dios Esus. El olivo es el árbol de Atenea; el mirto y el manzano, de Afrodita; el laurel, de Apolo, etc. Además, están los árboles míticos como el Yggdrasil nórdico o el Parijata hindú, pero a pesar de la gran diversidad de dioses y árboles vinculados, lo que no debemos perder de vista es el aspecto divino del árbol, porque es el modelo de la vida en el cosmos representado en su morfología. De esa forma, imitar al árbol es imitar el proceso de la vida, que se nutre de la tierra y el agua, crece y se expande por el aire y el fuego del sol, completando los dos ejes de los elementos: uno horizontal tierra-aire para la vida y la energía en lo material, y otro vertical, agua-fuego para la energía y la vida celeste. Cirlot afirma: «Tratándose de una imagen verticalizante, pues el árbol recto conduce una vida subterránea hasta el cielo, se comprende su asimilación a la escalera o montaña, como símbolos de la relación más generalizada entre los "tres mundos" (inferior, ctónico o infernal; central, terrestre o de la manifestación; superior, celeste)». Para los cabalistas, el árbol sephirotal muestra la expresión de Dios en el mundo, por lo que se representa en ocasiones invertido, anclando sus raíces en el cielo y otorgando sus frutos a la tierra. La capacidad de los árboles de crear bosques, volver a echar raíces a partir de una rama cortada y que algunos de ellos tengan una existencia de varios cientos o miles de años aporta al símbolo la cualidad de la duración y, por tanto, de la eternidad o la inmortalidad. Asume el rol de conector entre el cielo y la tierra, entre el espíritu y la materia, que es el papel fundamental otorgado a la Virgen María, por eso también se descubren Vírgenes negras en oquedades de árboles o con advocaciones de árboles, como la Virgen de la Encina, la Virgen del Pinar, la Virgen del Espino, la Virgen del Nogal, etc. Carlos Vizuete afirma lo siguiente:[3] «La asociación de santa

3. *Flora y Religiosidad popular: advocaciones vegetales de los Crucificados en España y América.*

María con la vegetación es muy antigua, y está presente tanto en los textos litúrgicos como en el culto popular. En la Edad Media, las representaciones del árbol de Jesé suelen abrir el ciclo iconográfico de la Vida de María y no faltan ejemplos en los que la Virgen aparece prefigurada simbólicamente en la zarza ardiente del monte Sinaí o en la vara de Aarón».

## Blanco

Color que suele asociarse a la pureza, pero también a la totalidad y a Dios, ya que es la suma de los colores primarios y, por tanto, resume la manifestación. Cirlot dice que es también el símbolo del andrógino y del oro, que está asociado a este color en lugar de la plata como podría pensarse. Es, asimismo, un centro que conecta con lo celeste o lo sagrado. Quizá por eso, diversas tierras míticas se han relacionado con este color, como «la isla blanca» de Tula, Alba Longa, Albión, Albania,[4] etc. Etimológicamente, «blanco» procede de la raíz indoeuropea *bhel-* que significa «brillar», de donde proceden palabras que se traducen como «mar» y también como «fuego». El blanco, junto con el rojo, el azul y el dorado, es uno de los colores habituales en las policromías románicas de la Virgen.

## Cuernos

En general, representan una dignidad, algo que se encuentra por encima de la cabeza y que otorga un poder. Dependiendo de la forma que tengan, los animales con cuernos pueden estar consagrados a deidades solares o a deidades lunares. Así, por ejemplo, los carneros se asocian con lo solar, como podemos ver en varios dioses egipcios como Orisis y Amón, o en el dios con cabeza de carnero Khnum, que modeló al hombre en un torno de barro y le dio el aliento de vida. Como comentamos al hablar del andrógino, es habitual que las deidades vinculadas

---

4. *Diccionario de símbolos.*

a la primera creación tengan un carácter doble, lo cual se refleja en uno de los epítetos que recibe este dios como «padre de los padres y madre de las madres», además de ser el que topa las tinieblas con su testa y abre paso a la luz. En la misma línea, Jesucristo es también el Agnus Dei o Cordero de Dios, con el mismo sentido de atravesar las tinieblas con su luz. En los jeroglíficos,[5] los cuernos representan el poder de abrir. Este sentido de la apertura podía aplicarse a muchas cosas: las inauguraciones, los partos, el inicio del año, realizar la apertura de la boca en el rito de momificación y también la capacidad de discernir y distinguir como aspecto de la inteligencia. Otros cuernos, como los del toro, el buey o la vaca, adquieren, por su semejanza con el creciente lunar, connotaciones diferentes, asociadas a los ciclos vitales, la fertilidad y lo femenino, y aun así no pierden estos otros cuernos su relación con la apertura, las inauguraciones y las fundaciones, ya que la letra A, que ahora usamos y que procede del alfabeto fenicio, era, en un primer momento, la representación de un buey o una vaca, sólo que al revés y, por eso mismo, era la primera letra, la que abría el alfabeto, porque estos animales se usaban para marcar con el arado los límites fundacionales de una nueva ciudad. Las representaciones de la Virgen María pisando un creciente lunar son las de la Inmaculada Concepción, en las que los cuernos de la Luna, que equivalen a los de Hathor, representan la pureza necesaria para traer al mundo al «hijo de Dios». Gimbutas detalla en sus trabajos numerosísimas representaciones de cornamentas de toro o vaca asociadas a la Diosa. De todos modos, conviene tener en cuenta que los cuerpos celestes no tienen sexo y pueden variar su significado según la interpretación que se les dé. Así, en las no pocas culturas en las que la Luna es un dios y el Sol una diosa, convendría profundizar en los roles que ambos desempeñan, ya que es posible que nos encontremos con que se otorga el poder como elemento masculino a los aspectos cíclicos de la naturaleza y a la fertilidad lunar, mientras que del Sol se destacan los aspectos relacionados con la vida y la energía, generalmente asociadas a lo femenino.

5. *El lenguaje de la piedra.*

## Cueva

Alquímicamente, vientre de la tierra donde se gestan los minerales y los metales; por esa misma razón, es también una figuración del seno materno. Su relación con lo femenino es más que evidente. Ya mencionamos la venus que se halló en las minas neolíticas de Gavà, realizada en cerámica negra. Las cuevas se han usado desde la prehistoria, bien para resguardarse (protección), bien como lugar de enterramiento (regreso al seno materno como símbolo del paso al inframundo y la regeneración), o para realizar otro tipo de rituales, de los que todavía desconocemos el significado, a través de pinturas y grabados en las paredes rocosas de las cavernas. Quizá las cuevas fueran los primeros recintos sagrados de la humanidad (templo natural). Numerosas Vírgenes negras aparecen en el interior de cuevas, como la de Montserrat. Para Guenón, la cueva es el símbolo complementario de la montaña, y ambas se suelen representar como un triángulo (montaña) con un triángulo invertido en su interior (cueva). Este triángulo invertido es, como el símbolo del elemento agua, una imagen de lo femenino. Como lugar considerado sagrado por su atmósfera más allá del tiempo y del espacio, se convierte también en un centro en el que puede manifestarse la divinidad. Hermes, guía de los difuntos en el Hades, además de dios del conocimiento, los viajes y los umbrales, entre otras muchas cosas, nace en una cueva del monte Cilene, en Arcadia, y el mismo Zeus lo hace en una cueva del monte Ida, en Creta. Una matriz es también un umbral, un lugar de paso entre un lado de la existencia y el otro. Como tal, se han considerado desde muy antiguo como puertas al inframundo y han sido protagonistas de ritos de iniciación en diversos cultos mistéricos. La diosa Artemisa tiene también una vinculación especial con las cuevas debido a su carácter ctónico y al patronazgo de la diosa sobre los partos, puesto que las cuevas eran consideradas «lugares de alumbramiento»;[6] allí se realizaban los rituales propios del culto a esta deidad. Un equivalente de la cueva natural son las criptas o cámaras subterráneas presentes en numerosos lugares de culto. Respecto a esto, Fulcanelli afirma que dichas

6. *Los rituales en cuevas asociados a Artemis/Diana en la Antigüedad greco-romana (siglos* VII *a. C.-*V *d. C.).*

«cámaras subterráneas de los templos servían de morada a las estatuas de Isis, las cuales se transformaron, cuando la introducción del cristianismo en Galia, en esas *Vírgenes negras* a las que, en nuestros días, venera el pueblo de manera muy particular».[7]

## Estrella

Cuando el sol hace su recorrido nocturno por el otro lado del planeta, las estrellas alumbran las noches más oscuras. Luego, a medida que el astro rey vuelve a aparecer por el horizonte, se ocultan discretas tras su brillo. La estrella es el presagio de la luz que está por venir, es el ejército de los miles de luces que luchan por iluminar el camino de los hombres en la noche hasta la llegada del Dios Sol. Con la estrella, la divinidad muestra a los hombres sus designios. Las representaciones gráficas de las estrellas pueden tener distintos significados según el número de puntas. Así, la estrella de cinco puntas representa al hombre-dios, al héroe que va a emprender su camino divino que le conducirá finalmente a ocupar su lugar en el firmamento, junto a las constelaciones de los que le precedieron. La estrella de seis puntas está conformada por dos triángulos interpenetrados que representan la pirámide celeste que deja caer sobre la tierra su reflejo en la pirámide terrestre. En la estrella de ocho puntas son dos cuadrados los que se reúnen, lo que le confiere una interpretación más material. Una estrella señaló el camino de los Magos de Oriente hasta el pesebre donde había nacido Jesús. Siete estrellas aparecen en algunas representaciones coronando la cabeza de Cristo, de manera que Él se muestra así como el Dios Sol central alrededor del que giran los siete planetas, que eran las llamadas «estrellas fijas» en la antigüedad. También la Virgen aparece multitud de veces rodeada de estrellas, cuando no aparecen directamente sobre su manto, que entonces suele ser de color azul, como el firmamento de Nut. El planeta Venus, desde antiguo, se ha denominado «estrella matutina» o «lucero del alba», y numerosas tradiciones afirman que Venus es el astro salvador de la humanidad, pues por eso Prometeo, la gran divinidad que rescata al hombre de

7. *El misterio de las catedrales.*

la ignorancia concediéndole el fuego de los dioses, es el símbolo de la Mente divina. Prometeo no tardó mucho en asociarse con Lucifer, que significa «portador de la luz» y «portador de la aurora», puesto que también se vinculaba con Venus. Sin embargo, Prometeo fue adorado como benefactor de la humanidad, y Lucifer condenado a ser odiado y vilipendiado por haber transmitido a Eva la clave para alcanzar el Conocimiento que, desde siempre, se ha simbolizado a través de una mujer. Fulcanelli afirma lo siguiente: «En la iconografía simbólica, la estrella sirve para designar tanto la concepción como el nacimiento. La Virgen es representada a menudo nimbada de estrellas».[8]

## Fuego

El fuego, como la montaña, se simboliza mediante un triángulo. Precisamente eso es lo que representa la pirámide, cuya etimología remite a «hoguera» y «fuego»; es un triángulo y una montaña. Junto con el agua, este elemento también tiene un carácter purificador y transformador; primero, destruyendo las formas viejas e inútiles para dejar sitio a un nuevo crecimiento, razón por la que se asocia también con la vida. El fuego representa la mente, pero no la que se refiere a la razón, sino a la mente divina que los hindúes llamaron *Manas*, y que es también el amor y la capacidad de recordar lo que verdaderamente somos. Si el agua es la energía de la tierra y lo material, el fuego lo es del cielo y de lo espiritual. El fuego es un reflejo del Sol y se relaciona también con el rayo. Entre sus características está que no produce sombra y que es el único elemento que se transmite. Según Blavatsky, «es la reflexión más perfecta y no adulterada, tanto en el cielo como en la tierra, de la Llama una. Es vida y muerte, origen y fin de toda cosa material». Para el *I Ching*, el fuego es lo adherente, porque significa «estar adherido a algo», y explica cómo, al contrario que con el signo del agua o lo Abismal, «lo Creativo (el cielo) ha cogido dentro de sí la línea central de lo Receptivo (la tierra) y así se engendra Li (el agua). Como símbolo es el fuego. El fuego no tiene forma definida, sino que adhiere a las cosas que arden

8. *Ibid.*

y así brilla en su claridad. Como el agua desciende desde el cielo, así el fuego asciende llameante desde la tierra. Mientras K'an (el agua) simboliza el alma encerrada en el cuerpo, Li simboliza la naturaleza en su radiante transfiguración».[9]

## León

Animal de fuerte asociación solar, aunque su simbolismo está vinculado a la fuerza animal. Es el gran poder animal que hay que domeñar para poder conquistar la propia humanidad y trascenderla hasta convertirse en dioses. Por este motivo, el primer trabajo de Heracles consiste en vencer al león de Neme. Asimismo, el tarot que representa la Fuerza muestra a una mujer dominando a un león. En las antiguas representaciones de diosas como Cibeles, éstas aparecen sobre su carro tirado por leones o fieras semejantes, mostrando así su control sobre ellos. En otras representaciones pueden aparecer montando a este animal con el mismo significado. Es importante hacer notar que uno de los epítetos de estas deidades femeninas ancestrales es el de «Señora de las fieras». Si el león o similar es la fuerza bruta, el elemento femenino es el único que puede conquistarlo. En esoterismo, esa conquista se hace por medio del poder del Amor y la Sabiduría. El león es en la tierra lo que el águila en el cielo, y por eso mismo, al ser el águila una criatura del cielo y representante del poder espiritual, el león lo es del poder terrestre, salvo cuando aparece alado, en cuyo caso es el fuego, con todo lo que representa. En cuanto a la leona salvaje, Cirlot afirma que es símbolo de la Magna Mater.

## Luna

Aunque en muchas culturas la luna se asocia con lo femenino, eso no siempre es así, como vimos al hablar de los cuernos. Dependiendo de los valores tanto lunares como solares que ponga de relieve cada cultu-

9. *I Ching. El libro de las mutaciones.*

ra, éstos adoptarán un rol diferente. Explica H. Blavatsky que «la Luna es la *Diva triformis*, el Tres en Uno: la Luna en el cielo, Diana en la tierra y Hécate en el infierno», esto es, la diosa triple Selene, Ártemis y Hécate.

Está en relación con los ciclos vitales de fertilidad, gestación, nacimiento y muerte, especialmente por su efecto sobre las aguas y las mareas, y aunque ejerce su influencia sobre todos los seres, está sobre todo vinculada con los ciclos de la mujer. Isis, Ishtar, Astarté, Venus, Ártemis y otras deidades han sido regentes de la Luna, pero también pueden ser ambivalentes; de hecho, a Isis se la llama también «mujer vestida de Sol».[10] Además del toro, el buey y la vaca que hemos mencionado, el oso es también un animal relacionado con la Luna. Representa el mundo inferior, entendido como el mundo sensitivo. Aunque podamos caer en la tentación de considerar lo sensitivo o terreno como inferior o despreciable en comparación con lo espiritual o celeste, lo cierto es que se trata de cualidades del mundo en el que vivimos, de manera que no podemos despreciarlas o pretender ignorarlas, como no podemos eludir un muro si tratamos de atravesarlo. Estos símbolos enseñan a conocerlo para dominarlo y armonizarlo, para que nuestra parte animal no impida el desarrollo de la humana y la ayude a alcanzar la divina. Finalmente, ocultando más de lo que dice, Fulcanelli afirma las siguientes palabras: «Nosotros sabemos que la diosa Isis es la madre de todas las cosas, que las lleva a todas en su seno, y que sólo ella es la dispensadora de la *Revolución* y de la *Iniciación*. Profanos, que tenéis ojos para no ver y oídos para no oír, ¿a quién dirigiríais, si no, vuestras plegarias? ¿Ignoráis que sólo puede llegarse hasta Jesús por la intercesión de *su Madre; sancta María ora pro nobis*? Y la Virgen es representada, para vuestra instrucción, de pie sobre una *media luna* y siempre vestida de azul, color simbólico del astro de la noche. Podríamos decir mucho más acerca de esto, pero creemos que ya hemos hablado bastante».[11]

10. *Glosario teosófico.*

11. *El misterio de las catedrales.*

## Madre

La madre tiene, como casi todos los símbolos, un aspecto doble. Es la naturaleza en su aspecto benefactor y dador de vida, pero también en su aspecto de muerte, pues ambas cosas son parte indisoluble de la existencia. Por eso, regresar a la tierra o a la madre es sinónimo de morir. El agua, la cueva, la noche, la tierra, la luna, el mar, la piedra y la sabiduría son algunos de los símbolos asociados a la madre. Ella es también un umbral, ya que trae a este mundo y encarna a almas que antes estaban en el otro lado de la vida.

## Mar

Como decíamos al hablar del agua, representa la materia primigenia e indiferenciada, el caos de los griegos. Es el océano primordial de las mitologías y, de la misma manera que al hablar de la madre, volver al mar es morir y, al mismo tiempo, es el origen de la vida. Representa también el principio femenino. Curiosamente, cuando los mitos relatan casos como el nacimiento de Agdistis, Afrodita o Erictonio, se trata de hijos nacidos sin mediar relaciones, sólo con el semen que cae sobre una piedra, sobre el mar o sobre la tierra, lo que resalta el poder gestador y, al mismo tiempo, virginal de lo femenino.

## Montaña

Lugar donde cielo y tierra se unen, no porque el cielo, o lo espiritual, descienda, sino porque lo terrenal y material se eleva. Las pirámides o templos son, de alguna manera, una montaña artificial, y comparten parte de su simbolismo. Recordemos la Acrópolis de Atenas, una «ciudad alta» donde residía el corazón sagrado del lugar. Ascender una montaña requiere esfuerzo y voluntad, como toda senda espiritual. Muchas montañas son consideradas sagradas en diversas culturas, y otras muchas, reales o ficticias, están presentes en los mitos de todo el mundo. De las montañas nacen los ríos que dan vida a la tierra y ayudan a nutrir a todos los seres. No debe sorprendernos que, en numerosas pirámides, templos o incluso en el mismo dolmen de Menga, encontremos la misma relación con el agua, ya sea con la existencia de un pozo en el interior, una corriente de agua o una fuente natural. En los parajes donde se han hallado imágenes de Vírgenes negras puede haber también montañas relevantes en la tradición del lugar cuando no se encuentran propiamente en dichas elevaciones, como en el caso de Montserrat. Señala Cirlot que «el sentido místico de la cima proviene también de que es el punto de unión del cielo y la tierra, centro por el cual pasa el eje del mundo, ligando los tres niveles (y constituyendo el foco de la inversión, el punto de intersección de la gigantesca cruz de san Andrés que expresa la relación de los mundos». Es también una representación de armonización de los dos principios, ya que si la montaña es una manifestación del principio masculino, tanto las cuevas como los ríos lo son de lo femenino. Asimismo, puede representar la Unidad o la Re-Unión, ya que todas sus caras convergen en una única cima. La montaña puede representar también lo Ideal, un bien sagrado e inaccesible que hay que conquistar paso a paso. Para el *I Ching*, la montaña es la imagen del signo que representa el Aquietamiento, y explica que «lo masculino se halla arriba, sitio donde ambiciona estar de acuerdo con su naturaleza; lo femenino está abajo, hacia donde conduce la orientación de su movimiento. De este modo hay quietud, puesto que el movimiento ha alcanzado su fin normal. Aplicado al hombre, se señala aquí el problema que consiste en alcanzar la quietud del corazón».[12]

## Negro

Los sumerios se llamaban a sí mismos «cabezas negras», que era una alusión genérica a la humanidad. Con la raíz indoeuropea *dhghem-* no sólo se representaba la tierra, sino también a los hombres; de hecho, la palabra humanidad procede de *humus*, que es la tierra negra y fértil, el suelo sobre el que se siembra. De esa misma tierra es de la que se mo-

12. *I Ching. El libro de las mutaciones.*

dela al ser humano en el torno de diversos dioses alfareros, motivo por el cual «humano» procede de *humus*, porque el hombre procede de la tierra en todos sus sentidos. Como color, es la ausencia de luz o, más bien, la capacidad de absorberla toda sin reflejarla, en contraposición al blanco, que refleja todo el espectro. Dado que en este trabajo hablamos de las Vírgenes negras, conviene recordar a las deidades previas al cristianismo que fueron asociadas con el negro, como Cibeles o Ártemis. En la obra alquímica, el *nigredo* es la primera etapa, en la cual los elementos se «pudren» y descomponen, puesto que sin romper y destruir la forma «vieja», no puede surgir la forma «nueva», los nuevos seres. «Dirigíos a mí desde el fondo de vuestro corazón y no me rehuséis por ser negra y oscura; el sol me ha bronceado y los abismos han tapado mi rostro», se afirma en el *Aurora consurgens*.[13] Conserva un simbolismo ambivalente, ya que es, a la vez, la muerte y la posibilidad de la nueva vida, como reza *La voz del silencio*: «Abandona tu vida si quieres vivir». Para llegar a la luz es necesario atravesar primero las tinieblas, por eso el negro es tanto oscuridad como el paso necesario para alcanzar un estado de mayor perfección, de la misma manera que el carbón es el paso primigenio que debe experimentar la materia antes de convertirse en diamante, que no es blanco, sino transparente, lo que significa que de retener la luz se pasa a dejar que ésta te atraviese. El negro representa también la ignorancia como situación previa y necesaria, al menos si nos reconocemos como ignorantes, a la sabiduría. En todos los casos vistos es un punto de partida. Que este color sea el usado para estas particulares Vírgenes, asociadas siempre a lugares emblemáticos y sagrados, sólo puede acentuar el aspecto de centro o eje desde el cual parte y se extiende el universo y la vida. Es por eso que es la oscuridad surgida del caos, lo que se halla en el principio de toda creación: «Del Caos nacieron Érebo[14] y la negra noche. De la noche, a su vez, surgieron Éter y Hémera,[15] a los que engendró como fruto de sus amores con

13. Tratado alquímico ilustrado del siglo xv de autoría desconocida.
14. Dios primordial de la oscuridad, la sombra y la negrura junto con su hermana Nix, la noche.
15. Éter es lo brillante y puro, es la luz que nace de la oscuridad. Por su parte,Hémera es la personificación del día. Son, claro está, una representación de que de la noche nace el día, y de la oscuridad, la luz.

Érebo», dice Hesíodo en su *Teogonía*. Fulcanelli, por su parte, pregunta: «¿Cuál es, entonces, la *condición primordial*, esencial, para que pueda manifestarse una generación cualquiera? Responderemos por vosotros: *la ausencia total de toda luz solar*, incluso difusa o tamizada».[16] Y, dicho esto, pensemos cómo germina la semilla enterrada en la oscuridad de la tierra, o cómo el feto humano se gesta en el líquido y oscuro seno de su madre.

## Osa

Los mitos vinculan a este animal con Ártemis. Etimológicamente se cree que comparten raíz, ya que la palabra «oso» procede de la raíz indoeuropea *rtko-*, de donde también proviene Arturo, Norte y Osa Mayor, e igualmente podría proceder el nombre de la diosa. Se trata siempre de la osa, puesto que expresa una fuerte naturaleza maternal, fiera protectora de las crías, así como cíclica y vinculada a la renovación. Durante el invierno se resguarda en el interior de una cueva y reaparece al despuntar la primavera. El mito afirma que Ártemis castigó a la ninfa Calisto convirtiéndola en osa, al darse cuenta de que había sido seducida por Zeus. El hijo de Calisto, Arcas, fue rey de los arcadios, a quienes, según la tradición, él enseña a hilar, a tejer, a sembrar el trigo y a cocer el pan. Mientras, Calisto, convertida en osa, es transformada en la Osa Mayor por Zeus cuando un cazador iba a matarla. A pesar de ese supuesto castigo, lo cierto es que en los ritos ancestrales dedicados a Ártemis, como el festival de Artemisa Brauronia, la diosa es representada como un oso. Para Gimbutas, la osa era «el símbolo perfecto de la muerte y la regeneración»[17] por el proceso de hibernación. Así, asume el significado de lo que nace siendo, cómo no, Ártemis, deidad regente y protectora de los nacimientos, sean en este lado de la vida o en el otro. En alquimia, el oso también se asocia con la fase de nigredo, por lo que se vincula a lo instintivo y a todas las etapas iniciales, como apuntamos al hablar del color negro.

---

16. *El misterio de las catedrales.*
17. *Las diosas vivientes.*

## Peregrinación

Cuando hablamos de peregrinación, es posible que nuestra imaginación nos transporte, como muy lejos, a la época en la que los peregrinos arrostraban todo tipo de peligros para llegar a Tierra Santa y, algo después, a Santiago de Compostela... Quizá también venga a nuestra mente la ciudad de La Meca, pero las peregrinaciones son tan antiguas como el ser humano. El lugar sagrado no era un sitio para vivir, era el punto del espacio en el que se podía conectar con lo celeste y divino, por eso la gente acudía a él desde los sitios desde donde hubieran tenido conocimiento de ellos. Una peregrinación es un equivalente al viaje del héroe o a un viaje de transformación, como la misma obra alquímica. En Grecia se peregrinaba hacia los centros oraculares como Delfos o sanadores como Epidauro. En México se mantuvo, durante mucho tiempo después de que sus constructores desaparecieran, Teotihuacán. También existen lugares de peregrinaje en la India y Nepal. Casi cualquier sitio donde se mantenga vivo algún culto religioso tiene sus lugares de peregrinación, como una llamada a visitar el lugar santo. A Chiribiquete ha acudido gente de manera ininterrumpida durante casi 20 000 años. Se trata de personas que no viven en la zona, sino que acuden en momentos precisos para llevar a cabo acciones relacionadas con su cosmovisión sagrada. No muy diferente de la gente que acudía a Menga, o de la que viajaba a Ojo Guareña. La peregrinación es una alusión a la vida misma, y se vincula con «el gran mito del origen celeste del hombre, su "caída" y su aspiración a retornar a la patria celestial, todo lo cual da al ser humano un carácter de extranjería en la morada terrestre a la vez que una transitoriedad a todos sus pasos por la misma».[18] De alguna manera, revela que el ser humano salió en algún momento de su verdadera esencia divina, y la peregrinación es un viaje de retorno al origen. Blavatsky señala que «peregrino» es el nombre que «se ha dado a nuestra Mónada mientras recorre su ciclo de reencarnaciones. Es el único principio eterno e inmortal que existe en nosotros».[19] En la Edad Media, la ruta de peregrinación a Santiago de Com-

18. *Diccionario de símbolos.*

19. *Glosario teosófico.*

postela se asoció con la concha. Para Fulcanelli, «la Concha de Compostela, sobre la cual habría mucho que decir, sirve, en el simbolismo secreto, para designar el principio *Mercurio* (el agua bendita de los filósofos que era contenida en grandes conchas), llamado también *Viajero* o *Peregrino*. La llevan místicamente todos aquellos que emprenden la labor y tratan de obtener la estrella (campos stella)».[20] Se trata de Mercurio, Hermes o Thot, pues representan lo mismo. Es siempre protector de los viajeros y un gran viajero él mismo, dado su papel como mensajero de Zeus o Dios. Se trata del dios del conocimiento y de los umbrales, como veremos más adelante, lo cual lo relaciona también con Ártemis, aunque en otro sentido, ya que Hermes es el encargado de guiar a las almas tanto en éste como en el otro lado de la vida, o de conducirlas desde la ignorancia a la sabiduría, que es otra forma de guiar a los hombres hasta su patria celeste.

## Perro

Primer animal domesticado por el ser humano, se supone que hace unos 30 000 años, resulta revelador verificar que, en prácticamente todas las culturas, su simbolismo se relaciona con el paso del alma al inframundo. Ya sea como el Cerbero guardián del Hades, como Anubis en el pesaje del corazón o como Xolotl, hermano de Quetzalcoatl, es el responsable de guiar con seguridad por el otro mundo a las almas de los difuntos. El perro se asocia con la noche, la Luna y los tránsitos y, por lo mismo, es compañero de Mitra, Hécate, Ártemis y también de Seraphis. En numerosos sepulcros medievales aparecen perros esculpidos a los pies de los difuntos como emblema de la fidelidad. Es guardián, protector y acompañante leal. La constelación del Perro, según Eratóstenes, «lleva una estrella sobre su cabeza, a la que llaman Isis, y otra sobre la lengua, a la que denominan Sirio, grande y muy brillante».[21] Sirio era el nombre del perro que acompañaba al cazador Orión, y aparecen juntos en el cielo, colocados ahí por Ártemis. Es una estrella

20. *El misterio de las catedrales.*
21. *Mitología del firmamento.*

importante en numerosas culturas que observaban los períodos en los que era o no visible en el firmamento para determinar el inicio de la estación de lluvias, como entre la América precolombina o el comienzo de la crecida en Egipto, donde además se la relacionaba con la diosa Isis y tenía por nombre Sothis, identificada con la diosa Sopdet, a veces representada como un perro. Cirlot afirma que «el perro es acompañante del muerto en su "viaje nocturno por el mar", asociado a los símbolos materno y de resurrección».[22] En este sentido, como vemos, también la estrella del perro marca el inicio de un nuevo ciclo regenerador en la naturaleza.

## Piedra

Antiquísimo símbolo con interpretaciones muy significativas. Por un lado, representa, como el agua, una materia indiferenciada, la potencia de ser que, por no estar manifestada en la multiplicidad y concreción de las formas mortales, se asocia a lo duradero e inmortal. Una piedra, dice Cirlot, es «unidad y fuerza», y también «la primera solidificación del ritmo creador». En la antigüedad, las piedras meteóricas negras, como la de Pesinunte o la de la Kaaba, han sido adoradas como divinas por su procedencia celeste, y siempre han estado asociadas a una deidad femenina y primigenia. Las culturas megalíticas han dejado numerosos testimonios del uso ritual y simbólico de las piedras. En Carnac (Bretaña francesa), las piedras han sido levemente talladas, lo justo para apuntar mejor su forma sin llegar a tener ningún rasgo distintivo especial, sólo una vaga evocación inconcreta, pero suficiente para representar los momentos primigenios de la creación, donde las piedras erectas son una evocación de lo masculino, y las que aparecen tumbadas lo son de lo femenino.

En el caso especial del llamado gigante de Manio, el mayor menhir de la zona, con 6,5 m de altura, mantiene, en momentos concretos del año, relación con otras estructuras cercanas: un cuadrilátero de piedra con una «puerta» que se asemeja a una vulva y una roca redondeada,

22. *Diccionario de símbolos.*

apenas escondida en el suelo de la foresta, llamada «la dama de Manio». En el solsticio de invierno, el sol naciente proyecta la sombra del gigante y atraviesa «la puerta» hasta el interior del cuadrilátero. Nueve meses más tarde, en el equinoccio de otoño, la salida del sol hace que la sombra del gigante acaricie a la dama de Manio, que entonces indica con su redondez un vientre grávido, que indica el final del ciclo. El indiferenciado Agdistis, recordemos, nace al caer el semen de Zeus sobre una piedra.

Tras el diluvio, Deucalión y Pirra hacen que renazca una nueva humanidad arrojando «los huesos de su madre Gea», esto es, piedras. En numerosos mitos y culturas hay algunas piedras investidas de algún tipo de poder. Entre los celtas irlandeses, Lia Fail es un menhir que, según la tradición, ruge en presencia del verdadero rey de Irlanda; en Escocia, la piedra de Scone ha tenido un papel fundamental en los ritos de coronación de sus reyes y, en la tradición artúrica, era una piedra la que custodiaba la espada destinada al verdadero rey de Inglaterra... vestigios de las épocas en las que el derecho real estaba asociado al designio divino. Una piedra es también un hito, una marca en el camino para los viajeros.

Existe una asociación etimológica entre el nombre de Hermes con *erma*, que significaría «montón de piedras» en referencia a los mojones que señalan los caminos, algunos toscamente tallados y otros con formas cuadrangulares, penes erectos grabados y una cabeza masculina en lo alto, que representan la potencia y la fuerza. Un betilo, cuyo nombre significa «Casa de Dios», es un conjunto de piedras sagradas de la antigüedad, generalmente meteoritos. En cuanto a la piedra filosofal de los alquimistas, simboliza, según Blavatsky, «la transmutación de la naturaleza animal e inferior del hombre en la naturaleza divina y más elevada».[23] Asimismo, dice de los betilos o «las betyles» que eran piedras consideradas mágicas con virtudes oraculares que se reflejaron en las numerosas leyendas sobre piedras parlantes.

23. *Glosario Teosófico.*

## Serpiente

Símbolo ancestral que está presente en representaciones pictóricas y tallas en piedra desde principios del Neolítico. En Gobekli Tepe ya aparecen grabados de serpientes, entre otros muchos animales, así como en Ggantija y en infinitos lugares distribuidos por todo el mundo. Las asociaciones pueden parecer muy diversas, pero bajo toda esa pluralidad subyace un simbolismo rico, aunque, en general, sencillo. La serpiente es la representación de la energía, es una fuerza pura de enorme potencia y, como tal, su interpretación dependerá del uso que se haga de esa fuerza. Poseer y dominar esa fuerza es la potestad de los sabios y Grandes Maestros, a los que desde muy antiguo se les ha otorgado el título de «Serpiente de sabiduría», de la misma manera que ésta se ha asociado con el conocimiento. Asimismo, al hablar de la energía, el significado variará dependiendo del uso que se haga de ese conocimiento. En sánscrito, *kundalini*, el poder serpentino, representa «el poder de vida», una de las fuerzas de la naturaleza sobre la que Blavatsky afirma que «la electricidad y el magnetismo no son más que manifestaciones de la misma».[24] Como decíamos, al ser un poder, su significado puede variar según el uso que se haga de él. Así, la serpiente «buena» es la encarnación de la Sabiduría divina en las regiones de lo espiritual, mientras que la serpiente «mala» es la encarnación de esa sabiduría en el plano de la materia. Esta dualidad se aprecia muy bien en los símbolos egipcios, en los que la serpiente Apap o Apophis es un ser ondulado y reptante que trata de impedir el paso de la barca solar de Ra por el cielo. Representa el mal contra el que hay que luchar a diario para que la luz del sol aparezca periódicamente en el horizonte. Sin embargo, la cobra Uraeus es una serpiente erguida que ornamenta la frente de los faraones como símbolo de protección y de atención permanente. Al hablar del simbolismo del águila, vimos que aparece a veces asociada en lucha con la serpiente. El águila representa el principio celeste y solar, mientras que la serpiente está vinculada en este caso a lo ctónico o terrestre. El dominio de lo celeste sobre lo terrestre, representado en la muerte de la serpiente por el águila, o en otro símbolo

24. *Ibid.*

asociado, como la serpiente emplumada mexicana, es la capacidad de lo celeste para sublimar lo terrestre, o de lo espiritual para elevar lo material, que hasta entonces era la seducción de la fuerza por la materia, en una suerte de involución que se resuelve con la muerte de la sierpe. Tanto Apolo como Heracles, dioses solares, matan a una gran serpiente, como también lo hace san Miguel (asociado simbólicamente a Apolo) o san Jorge; o la crían, como Atenea a Erictonio. Su interpretación ambivalente se hace patente en las representaciones en las que aparece enroscada en una vara, como la de Moisés o la de Asclepios. Aunque su naturaleza es reptante y terrestre, la serpiente y lo que representa, el poder, el conocimiento y la sabiduría, pueden elevarse sobre un elemento vertical como una vara o un árbol y transformar su significado, pues puede tanto matar como curar. Cuando se verticaliza, la serpiente es evolución. Una serpiente alada o «emplumada» como Quetzalcoatl asume esa misma imagen de sabiduría divina. Entonces el poder se aproxima a lo divino y permite la regeneración y la inmortalidad. Numerosos dioses de todas las culturas se encuentran asociados a la serpiente de una u otra manera. Como potencia de vida se vincula a las aguas, a lo femenino, a lo ctónico, a la renovación de la materia, a la reencarnación, al tiempo y también al árbol y al andrógino. La relación de elementos vinculados con ella podría ser eterna, pero baste, para finalizar, señalar su fuerte unión con el dios Hermes a través del caduceo, constituido por la vara dorada de Apolo, emblema de la unidad, alrededor del cual se enroscan dos serpientes que señalan la necesaria superación de la ilusión de los pares de opuestos por medio de su armonización.

## Sol

Blavatski afirma que este astro «es a la vez Espíritu y Materia, es un perenne manantial de vida que, como la luz, emana de él sin cesar. Como "dador de vida" que es, conserva y sustenta a todas las criaturas, y es el corazón de todo el Sistema Solar».[25] Existen representaciones de Cristo en antiguas catacumbas en las que aparece con una corona solar,

25. *Ibid.*

como si fuera el mismo Apolo. El Sol como deidad está presente en prácticamente todas las culturas antiguas de una u otra forma. La orientación de los monumentos antiguos con respecto a los solsticios y equinoccios no deja de ser un culto vinculado con el Sol, como en no pocos templos de la antigüedad y, como vimos, en Menga o en Carnac. Si la Luna era el principio femenino y pasivo, el Sol es el masculino y activo, y los mitos establecen entre ambos un *hieros gamos* o matrimonio sagrado.

## Tierra

El *I Ching* otorga a la Tierra el poder de ser lo Receptivo, y dice que «la cualidad intrínseca del signo es la entrega ferviente»,[26] y explica de una manera bellísima: «Es la perfecta pieza complementaria de lo Creativo (el cielo), su contraparte, no lo opuesto; una complementación y no una hostilización. Es la naturaleza frente al espíritu, la tierra frente al cielo, lo espacial frente a lo temporal, lo femenino-maternal frete a lo masculino-paternal. Empero, el fundamento de esta contraparte, aplicado a circunstancias humanas, se encuentra no sólo en las relaciones entre el hombre y la mujer, sino también entre el príncipe y el ministro o el padre y el hijo; más aún, hasta en los individuos se halla esta dualidad en la coexistencia de lo espiritual con lo sensual». La Tierra es, por antonomasia, la Madre de todos y de todo. En la *Teogonía* se dice que primero fue el Caos y luego Gea, la «de ancho regazo, asiento inconmovible de todas las cosas; ella engendró por sí misma el cielo estrellado, las altas montañas y el mar tempestuoso».[27] En diversas mitologías se representa a la Tierra como la vaca de la abundancia que proporciona todos los bienes a los seres que viven en ella. Gea es la materia primordial junto a Uranos (el cielo) y Eros (el amor). Formaba una Trinidad primitiva, como explica Blavatsky. Como hemos visto desde el inicio de este trabajo, la Gran Madre es, de alguna manera, la Madre Tierra o la Naturaleza toda, junto con las inmutables leyes que la rigen.

26. *I Ching. El libro de las mutaciones.*
27. *Diccionario de mitología clásica.*

# BIBLIOGRAFÍA

## Libros

ALVAR, J.; BLÁZQUEZ, J. M. *et al. Cristianismo primitivo y religiones mistéricas*. Madrid: Cátedra, 1995.

ARANDILLAS, A.; ÍÑIGO, J. M. *Fiestas y romerías de la Virgen*. Madrid: PPC, 1999.

BERNABÉ, A.; ÁLVAREZ-PEDROSA, J. A. *Historia y leyes de los hititas*. Madrid: Akal, 2000.

BERRESFORD, P. *Druidas. El espíritu del mundo celta*. Madrid: Oberon, 2003.

Biblia. Madrid: PPC, 2011.

BLAVATSKY, H. *Glosario Teosófico*. Barcelona: Editorial Humanitas, 1993.

CELSO. *El discurso verdadero contra los cristianos*. Madrid: Alianza Editorial, 2009.

CIRLOT, J. E. *Diccionario de símbolos*. Barcelona: Ediciones Siruela, 1997.

CORBELLA, J.; CARBONELL, E.; MOYÁ, S.; SALA, R. *Sapiens. El largo camino de los homínidos hacia la inteligencia*. Barcelona: Ediciones Península, 2018.

Dhammapada. Madrid: Editorial NA, 2019.

DUMÉZIL, G. *Escitas y osetas*. México D. F.: Fondo de cultura económica, 1996 [1989].

EISLER, R. *El cáliz y la espada*. Madrid: Capitán Swing, 2021.

ELIADE, M. *Herreros y alquimistas*. Madrid: Alianza Editorial, 2006.

ELIADE, M. *Historia de las creencias y las ideas religiosas* (tomos I, II y II). Barcelona: Paidós, 2011.

ELIADE, M. *Lo sagrado y lo profano.* Barcelona: Austral, 2017.

*Enūma Elish*. Madrid: Ediciones Cátedra, 2020.

ERATÓSTENES. *Mitología del firmamento.* Alianza: Madrid, 1999.

ESTEBAN, J. F. *Tratado de iconografía*. Madrid: Istmo, 2002.

FALCÓN, C.; FERNÁNDEZ, E.; LÓPEZ, R. *Diccionario de mitología clásica*. Madrid: Alianza Editorial, 2002.

FERNÁNDEZ-FÍGARES, M. D. *Las caravanas de las ideas entre Oriente y Occidente*. Madrid: Editorial NA, 2021.

FINKELSTEIN, I.; SILBERMAN, N. A. *La biblia desenterrada*. Madrid: Siglo XXI de España editores, 2007.

FULCANELLI. *El misterio de las catedrales*. Barcelona: Plaza & Janes, 1971.

GARCÍA SANJUÁN, L.; MORA MOLINA, C. *La intervención de 2005 en el Dolmen de Menga. Temporalidad, biografía y cultura material en un monumento patrimonio mundial.* Sevilla: Editorial Universidad de Sevilla y Junta de Andalucía, 2018.

GIMBUTAS, M. *Diosas y dioses de la Vieja Europa*. Madrid: Ediciones Siruela, 2021.

GIMBUTAS, M. *Las diosas vivientes*. Barcelona: Ediciones Obelisco, 2022.

GORDILLO, F. *Ensayo sobre las palabras*. Barcelona: Obelisco, 2021.

GRAVES, R. *La Diosa Blanca* (dos tomos). Madrid: Alianza Editorial, 1983.

GRIMAL, P. *Diccionario de mitología griega y romana*. Barcelona: Paidós, 1987.

HART, G. *Mitos egipcios*. Madrid: Akal, 2003.

HESÍODO. *Teogonía. Trabajos y días. Escudo. Certamen*. Madrid: Alianza Editorial.

*Himnos sumerios*. Madrid: Tecnos (estudio, traducción y notas de Federico Lara Peinado), 2006.

HUYNEN, J. *El enigma de las vírgenes negras*. Barcelona: Plaza & Janes, 1977.

Impelluso, L. *La naturaleza y sus símbolos.* Barcelona: Mondadori Electa, 2003.

Jacq, C. *El enigma de la piedra.* Barcelona: Ediciones B, 1999.

Kerényi, K. *Eleusis.* Madrid: Siruela, 2004.

Kerényi, K. *Hermes, el conductor de las almas [II].* Madrid: Sexto Piso, 2008.

Lewis-Williams, D.; Pearce, D. *Dentro de la mente neolítica.* Madrid: Akal, 2016.

Muñoz Amilibia, A. M.; Cabrera Valdés, V.; Fernández Vega, A.; Ripoll López, S.; Hernando Grande, A.; Menéndez Fernández, M.; Ripoll Perelló, E. *Prehistoria (tomos I y II).* Madrid: Universidad Nacional de Educación a Distancia, 2008.

Neumann, E. *La Gran Madre. Una fenomenología de las creencias femeninas de lo inconsciente.* Madrid: Editorial Trotta, 2009.

Otto, W. *Los dioses de Grecia.* Madrid: Ediciones Siruela, 2003.

Pernoud, R. *Leonor de Aquitania.* Barcelona: Acantilado, 2009.

Platón. *La República.* Madrid: Alianza Editorial, 2008.

Rodríguez Ariza, J. *El simbolismo de la virgen negra. Aproximación a una construcción cultural.* Tesis doctoral. Departamento de Arte y Musicología. Facultad de Filosofía y Letras de la Universitat Autònoma de Barcelona, 2018-2019.

Rolleston, T. W. *Mitos y leyendas de los celtas.* Madrid: Turner, 2013.

Roob, A. *Alquimia y mística. El museo hermético.* Madrid: Taschen, 1997.

Royo Marín, A. *La Virgen María. Teología y espiritualidad marianas.* Madrid: Biblioteca de Autores Cristianos, 1996.

Sáez, R. *Evolución humana. Prehistoria y origen de la compasión.* Córdoba: Almuzara Libros, 2019.

Sainero, R. *Sagas celtas primitivas.* Akal: Madrid, 2018 [1993].

Sánchez Romero, M. *Prehistorias de mujeres.* Barcelona: Destino, 2022.

Sánchez Salor, E. *Polémica entre cristianos y paganos.* Madrid: Ediciones Akal, 1986.

Schmidt, K. *Le premier temple. Göbekli Tepe.* París: CNRS Editions, 2015.

Schwarz, F. *Geografía sagrada del antiguo Egipto*. Buenos Aires: Longseller, 2008.

Schwarz, F. *El ocultamiento de lo sagrado*. Madrid: Editorial NA, 2017.

Spinoza, B. *Tratado teológico-político*. Madrid: Alianza Editorial, 2014.

Velasco, M. *Breve historia de los celtas*. Madrid: Ediciones Nowtilus, 2016.

Wilhelm, R. *I Ching. El libro de las mutaciones*. Barcelona: Edhasa, 1995.

*Zohar, El*. Barcelona: Ediciones Obelisco, 2012.

## Artículos

Abascal, J. M. *Ataecina. Religiões da Lusitania. Loquuntur saxa*. Catálogo de la exposición. Lisboa, págs. 53-60, 2002.

Alberro, M. «La diosa de la soberanía en la religión, la mitología y el folklore de los celtas y otros pueblos de la Antigüedad». *Anuario Brigantino*, 26, 2003.

Almagro-Gorbea, M. *Las raíces celtas de la literatura castellana*. Discurso de toma de posesión como académico de número en la Real Academia de Doctores de España, 25 de enero de 2017.

Alonso, A. «La presencia femenina en el arte mueble paleolítico de la península Ibérica». *Cuadernos de Arte Prehistórico,* 6, diciembre de 2018, págs. 8-42, ISSN 0719-7012.

Assaf, Y.; Bouznach, A.; Zomet, O. *et al.* «Conservation of brain connectivity and wiring across the mammalian class». *Nat Neurosci,* 23, págs. 805-808, 2020.

Belkis, Rogovsky. *El rol de la mujer en el judaísmo desde la época bíblica hasta la actualidad*. Coloquio. org. Congreso judío latinoamericano. Buenos Aires, diciembre de 2011, Ed. 14.

Cardito Rollán, L. M. «La Gran Diosa neolítica y su vinculación con las actividades mineras: los depósitos rituales». *CuPAUAM,* 22, págs. 21-35, 1995.

Chuan-Chao, W. *et al.* «The genetic prehistory of the Greater Caucasus». *bioRxiv* (artículo traducido y adaptado por *Investigación y Ciencia* con permiso de *Spektrum der Wissenschaft*, 2018).

Deroy, L. «Kubaba, déesse crétoise». *Minos: Revista de Filología Egea.* Universidad de Salamanca, vol. 2, 1952.

Dexter, M. R.; Goode, S. «The Sheela na gigs, Sexuality, and goddess in Ancient Ireland». *Irish Journal of feminist studies*, vol. 4, núm. 2, págs. 50-75, 2002.

Díaz Santana, B. «Los celtas: identidad, etnicidad y arqueología». *SPAL,* 12, págs. 299-316, 2003. ISSN: 1133-4525 / ISSN-e: 2255-3924

García Fernández, P. *Los rituales en cuevas asociados a Artemis/Diana en la Antigüedad greco-romana (siglos* vii *a. C.-*v *d. C.).* Facultad de Filosofía y Letras, grado en Historia. Trabajo fin de Grado. Universidad de Zaragoza (2021-2022).

Gómez Cobo, A. «La virgen María en Leandro de Sevilla». *Carthaginensia.* Universidad de Murcia, vol. XX, núms. 37-38, págs. 57-108, 2004.

González, P. «Divinidades y vírgenes de cara negra». *Revista digital de iconografía medieval,* vol. 9, núm. 17, págs. 45-60, 2017, ISSN 2254-7312.

Gordillo, F. «Apolo y Hermes». Instituto Internacional Hermes, febrero de 2022.

Gorman, J. «La mujer cazadora trastoca las creencias sobre los roles de género en la prehistoria». *The New York Times*, 2020.

Guicciardini, N. «Los Principia: el sistema del mundo». *Investigación y Ciencia. Temas*, 50, 2007.

Guicciardini, N. «Los Principia: fundamentos». *Investigación y Ciencia. Temas*, 50, 2007.

Karacic, A. «La civilización de la Europa Antigua». *Oriente y Occidente,* vol. 16, núms. 1/2.

Mariño, L. «Anna Perenna, la diosa nutricia anciana. Del pan de los vivos a la leche de los muertos». *LIBURNA,* 19, págs. 109-162, 2022, ISSN: 1889-1128, ISSNe: 2660-9932.

Martínez López, C. «Virginidad-fecundidad: en torno al suplicio de las vestales», vol. 6, Universidad de Salamanca, 2010, ISSN. *Online*: 2530-4100.

Olmos, R. «Diosas y animales que amamantan: la transmisión de la vida en la iconografía ibérica». *Zephyrus*, 53-54, págs. 353-378 Universidad de Salamanca, 2000-2001.

Ramiro, A. «Nuestra Señora de Guadalupe, de patrona de Extremadura a reina de las Españas. Advocaciones marianas de Gloria». San Lorenzo del Escorial, págs. 495-516, 2012.

Ramiro, A. «Fiestas de Santa María de Guadalupe y la pervivencia de la fe». *El patrimonio inmaterial de la cultura cristiana,* págs. 341-362, San Lorenzo del Escorial, 2013.

Rodríguez, G. «El norte de África en los milagros de Guadalupe». *Estudios de Historia de España,* XII. Universidad Católica Argentina. Buenos Aires, págs. 447-465, 2010.

Rodríguez López, M. I. «La Tierra personificada: evolución iconográfica y dimensión simbólica». *Anales de Historia del Arte*, 31, págs. 239-262, 2021.

Rodríguez Peinado, L. «La Virgen de la Leche». *Revista digital de iconografía medieval,* vol. V, núm. 9, págs. 1-11, 2013. e-ISSN: 2254-853X.

Ruhstaller, S. «El origen del nombre Menga». *Menga. Revista de prehistoria de Andalucía*, 8, págs. 183-193, 2017.

Sauvet, G.; Fortea Pérez, F. J.; Fritz, C.; Tosello, G. «Crónica de los intercambios entre los grupos humanos paleolíticos. La contribución del arte para el periodo 20000-12000 años BP». *Zephyrvs*, 61, 2009.

Simón, A. «El misterio de María en los autores cluniacenses: San Odón (+942), San Odilón (+1049), San Hugo (+1109) y Pedro el Venerable (+1156)». *Revista Española de Teología*, 66/2, págs. 157-181, 2006.

Ubieto, A. «Caminos peregrinos de Aragón». Institución Fernando el Católico, Zaragoza, Publicación 3482, 2016.

Valtierra Lacalle, A. «El Císter y el auge de las vírgenes negras. Una tradición antigua de revalorización de las figuras femeninas en época medieval». *Revista Digital de Iconografía Medieval,* vol. XIII, núm. 23, págs. 42-68, 2021. ISSN 2254-7312

Vizuete Mendoza, J. C. «Flora y Religiosidad popular: advocaciones vegetales de los Crucificados en España y América». *Actas del Sim-*

*posium,* 3/6-IX-2010. 2010, ISBN 978-84-89788-84-8,1053-1070.

WOUDHUIZEN, F. «Luwians: the earliest Indo-Europeans in Crete». De la conferencia *Europe through the Millennia – Languages, Races, Cultures, Beliefs*, celebrada en Lodz (junio de 2004).

## Páginas web

www.aluescar.com
www.caminosaguadalupe.com
www.celticahispana.com
www.deChile.net
www.planvex.es
www.cronistasoficiales.com
www.dle.rae.es
www.hermesinstitut.org
www.investigacionyciencia.es
www.mas.lne.es
www.revistaesfinge.com
www.templariosenextremadura.com
www.turismoenextremadura.es
www.wikipedia.com
www.multimedios.org (Biblioteca electrónica cristiana)
www.museosdeandalucia.es
irnas.csic.es
www.terraeantiqvae.com
www.worldhistory.org
www.osmtj.org (Regla primitiva de los Templarios)
www.oxfordreference.com
www.musee-bretagne.fr
www.telasmos.org
www.nytimes.com/es
www.encyclopaedia.herdereditorial.com
www.deigenitrix.net

# ÍNDICE

SEGUNDA PARTE

Este libro se comenzó a escribir en Valdemoro el 4 de febrero de 2021 y se finalizó el 5 de noviembre de 2023.